PASSIONS DANGEREUSES

BARBARA TAYLOR BRADFORD

PASSIONS DANGEREUSES

ROMAN

*Traduit de l'américain
par Michel Ganstel*

Albin Michel

Titre original :
DANGEROUS TO KNOW
© Barbara Taylor Bradford, 1995.

Traduction française :
© Éditions Albin Michel, S.A., 1996
22, rue Huyghens, 75014 Paris
Tous droits réservés, y compris droits de reproduction,
sous toutes formes, en totalité ou partiellement.

ISBN 2-226-08660-9

 IMPRIMÉ AU CANADA

Pour Bob, avec tout mon amour.

« *Fou, vicieux et dangereux à connaître* »,
Lady Caroline Lamb,
à propos du poète lord Byron,
son amant.

Première partie

VIVIANNE
La Fidélité

1

J'étais tombée amoureuse de Sebastian Locke dès notre première rencontre. Il avait trente-deux ans, moi douze. Je ne soupçonnais pas qu'il était l'amant de ma mère. Je me doutais encore moins que je l'épouserais dix ans plus tard.

Aujourd'hui, il était mort. Mort dans des conditions si étranges, voire suspectes, qu'on ne savait s'il fallait envisager des causes naturelles, un suicide ou un meurtre.

Nous étions divorcés depuis longtemps. Cela faisait près d'un an que je ne l'avais pas revu lorsque, lundi dernier, il m'avait invitée à déjeuner. Si la police attendait de moi que je la renseigne sur les causes de sa mort, j'en étais bien incapable. Comme les autres, j'étais désemparée.

Les enquêteurs venaient d'arriver, il fallait que je les reçoive. J'avais dit à Belinda, ma secrétaire, de les faire entrer dans la bibliothèque et, peu après, je me trouvai en présence des inspecteurs Joe Kennelly et Aaron Miles, de la brigade criminelle du Connecticut.

— Je ne vous cacherai pas que nous nageons, madame Trent, déclara Kennelly après que nous fûmes installés. Le rapport d'autopsie nous éclairera peut-être, mais d'ici là, nous ne disposons d'aucune piste sérieuse. Les circonstances nous interdisent toutefois d'écarter d'emblée l'hypothèse du crime. Malgré tout, la question se pose : qui

15

aurait eu des raisons de tuer Sebastian Locke? Un personnage aussi en vue, un philanthrope aussi unanimement respecté ne pouvait pas avoir d'ennemis, n'est-ce pas?

Son collègue et lui me dévisageaient avec curiosité. Je connaissais à Sebastian nombre d'ennemis qui le détestaient cordialement, mais je n'allais certes pas étaler devant la police nos dissensions familiales. Bien que notre divorce remontât à huit ans déjà, je me sentais toujours membre du clan Locke. D'ailleurs, la famille, ou du moins ce qu'il en restait, n'avait cessé de me traiter comme telle.

— Au cours de ses voyages à travers le monde, ai-je répondu, Sebastian était amené à côtoyer beaucoup de gens, d'origines et de milieux très divers. Je n'exclus pas qu'il ait suscité, sans le vouloir, quelques inimitiés ici ou là. Les hommes tels que lui excitent parfois la haine du seul fait qu'ils détiennent un pouvoir. Je crains cependant de ne pouvoir vous renseigner davantage à ce sujet, inspecteur Kennelly, ai-je conclu.

— M. Locke avait-il l'habitude de venir seul dans sa résidence du Connecticut? s'enquit alors son collègue Miles.

La question me prit au dépourvu.

— Il ne vivait plus à Laurel Creek avec Betsy Bethune, sa dernière épouse, mais je pense qu'il y allait encore de temps en temps. Il devait aussi inviter des amis ou des relations d'affaires à passer le week-end avec lui.

— Lui arrivait-il d'y séjourner en l'absence des domestiques? insista l'inspecteur Miles.

— Non, sûrement pas. Quoique... En réalité, je l'ignore, car je ne suis plus au courant de ses habitudes. Nous sommes divorcés depuis plusieurs années et je le revoyais rarement.

— Votre dernière rencontre remonte à une semaine, madame Trent. Vous êtes même l'une des dernières personnes de son entourage proche à l'avoir vu peu de temps avant sa mort.

16

– C'est exact. Nous avons déjeuné ensemble, comme vous l'avez sans doute appris en consultant son agenda.

– En effet, votre nom y figurait à la date du lundi, avec ses autres rendez-vous de la journée.

– Nous nous étions donné rendez-vous au restaurant Le Refuge, dans la 82e Rue Est. Tout près de mon appartement, ai-je précisé – puisque, après tout, je n'avais rien à cacher.

L'inspecteur Kennelly prit alors le relais.

– Comment était M. Locke ce jour-là, madame Trent? Dans quel état d'esprit, de quelle humeur? Vous a-t-il paru abattu, troublé? Inquiet, peut-être?

– Au contraire. Je retrouvais le Sebastian Locke que j'avais toujours connu : enjoué, calme, sûr de lui...

Je dus m'interrompre. Les larmes me brouillaient soudain la vue, un sanglot me nouait la gorge. Sebastian, mort... Je ne pouvais me résoudre à l'admettre, tant cela me semblait inconcevable.

– En un mot, ai-je repris après m'être ressaisie, il était semblable à lui-même. Pendant les deux heures de ce déjeuner, son comportement m'a paru tout à fait normal.

Ces mots à peine prononcés, je me rendis compte qu'ils ne dépeignaient pas la réalité. Lundi dernier, Sebastian n'était pas semblable à lui-même. Je l'avais découvert enthousiaste, exubérant, très loin en tout cas de l'image flegmatique et blasée qu'il donnait volontiers de lui. A aucun moment le côté sombre, sinon tourmenté, de son caractère n'avait transparu. De fait, il me semblait *heureux*, état si exceptionnel chez lui que je l'aurais qualifié d'anormal. Je n'allais toutefois pas le mentionner aux enquêteurs. A quoi bon, d'ailleurs? J'étais convaincue que Sebastian avait été victime d'une crise cardiaque ou d'une embolie. Il n'était pas plus suicidaire que je ne l'étais moi-même. Quant à la thèse du crime, elle ne me paraissait pas plus plausible. Certes, il avait des ennemis, mais en y réflé-

17

chissant froidement, je doutais fort qu'aucun d'eux ait eu
des motifs assez puissants de le haïr pour aller jusqu'à
l'assassiner.

— Oui, Sebastian était normal ce jour-là, ai-je confirmé
d'une voix ferme. Je n'ai rien observé d'inhabituel dans son
comportement. Il m'a longuement exposé ses projets
jusqu'à la fin de l'année et paraissait en excellente santé.

— Quels étaient-ils, ces projets ? demanda l'inspecteur.

— Il devait retourner en Afrique superviser un nouveau
programme d'aide humanitaire avant de se rendre en Inde,
à Calcutta. Il comptait s'entretenir avec Mère Teresa, dont
il subventionnait l'œuvre depuis plusieurs années. Il avait
l'intention, m'a-t-il dit, de rentrer aux États-Unis en
décembre et de passer les fêtes de Noël dans le Connecticut.

— Vous ne l'avez donc pas revu dans le courant de la
semaine ? intervint l'inspecteur Miles.

— Non, inspecteur.

— Pas même ici, au cours de ce dernier week-end ?

— Je devais impérativement terminer un article et je ne
suis pour ainsi dire pas sortie de cette pièce.

Les deux policiers se levèrent.

— Quand Sebastian est-il mort, exactement ? leur ai-je
demandé avant qu'ils ne prennent congé.

— L'heure du décès n'est pas encore établie avec préci-
sion, mais elle se situe vraisemblablement dans la soirée de
samedi, répondit l'inspecteur Miles.

— Nous vous remercions de votre aide, madame, dit
Kennelly avec un signe de tête courtois.

— Je crains de ne pas vous avoir été très utile.

— Au contraire, madame. Vos indications nous per-
mettent de corroborer les témoignages recueillis jusqu'à
présent, à savoir que le comportement de M. Locke était
tout à fait normal.

— Je suis sûre que sa mort est due à des causes naturelles.
Jack et Luciana sont d'ailleurs du même avis.

– Nous le savons, madame Trent. Nous nous sommes déjà entretenus avec eux, déclara Miles.

– Quand connaîtrez-vous les résultats de l'autopsie ? ai-je demandé en les raccompagnant à la porte.

– Pas avant plusieurs jours, répondit Kennelly. Le corps ne sera transporté à Farmington, dans les services du médecin légiste, que demain ou après-demain. L'autopsie sera pratiquée sans délai, mais nous savons d'expérience que le rapport se fait souvent attendre. Soyez tranquille, madame Trent, ajouta-t-il, nous garderons le contact.

Quelques instants plus tard, assise à mon bureau, le stylo à la main, je ne parvenais même pas à déchiffrer les pages étalées devant moi. Je devais, ce lundi, finir de réviser l'article terminé la veille au soir ; mais le coup de téléphone de Jack m'annonçant la mort de Sebastian et la visite des policiers presque aussitôt après avaient eu raison de ma concentration. Alors, trop bouleversée pour reprendre le fil de mon travail, j'ai reposé mon stylo et je me suis efforcée de remettre de l'ordre dans les pensées confuses qui tourbillonnaient par milliers dans ma tête.

Aussi loin que remontent mes souvenirs, Sebastian faisait partie intégrante de ma vie. Plus que quiconque, il avait exercé sur moi une influence décisive. En dépit de nos affrontements fréquents, parfois violents, dont nous sortions épuisés et meurtris, nous parvenions à nous réconcilier, à rester proches l'un de l'autre. Mais nous avions beau nous connaître depuis toujours, nous ne nous sommes réellement compris et nos rapports ne se sont apaisés qu'après notre divorce. Notre mariage a été bref, orageux. La raison m'en est apparue plus tard : l'homme de quarante-deux ans, mûri par l'expérience, n'avait pas su comment réagir aux enfantillages de la fille de vingt ans sa cadette dont il avait fait sa femme – moi.

Une image de Sebastian le jour de nos noces me traversa

19

l'esprit et, pour la énième fois ces dernières heures, je dus refouler les larmes qui me montaient aux yeux. Je pleurais sur Sebastian, mort à cinquante-six ans alors qu'il lui restait tant à vivre... sur moi... sur Jack et Luciana...

Difficile à vivre, complexe, secret, il avait certes été tout cela. Mais il avait aussi été un homme exceptionnel et foncièrement bon. Quelles qu'aient été les complications de sa vie privée, sans parler des problèmes qu'il semblait provoquer comme à plaisir, il avait eu la force de se battre pour de grandes causes et assez de compassion pour se pencher sur le sort de ceux qui souffraient afin d'alléger leurs douleurs. Un journaliste français l'avait décrit comme « un phare dont la lumière nous guide dans la nuit des temps troublés que nous traversons ». Je considérais que cette phrase n'exprimait que la stricte vérité. Le monde entier pâtirait à coup sûr de sa disparition.

« Oh! Sebastian... tu étais trop jeune pour mourir », me suis-je entendue murmurer. Alors, les yeux clos, la tête sur mes bras repliés, j'ai revécu le coup de téléphone de Jack, reçu à peine deux heures plus tôt.

Je revoyais mon article pour le *Sunday Times* quand Belinda m'avait annoncé que Jack Locke était à l'appareil.

— Jack! Comment vas-tu? m'étais-je exclamée gaiement. Et d'où m'appelles-tu?

— De Laurel Creek, Vivianne. Je suis à Cornwall.

— Tu es rentré de France? Quelle joie! Depuis quand?

— Deux jours, mais...

— Alors, viens dîner ce soir, je compte sur toi! Je serai ravie de te revoir, de me changer les idées et...

— Vivianne, écoute-moi! m'avait-il interrompue. Il faut que je te parle.

Quelque chose dans sa voix m'avait donné la chair de poule.

— Qu'y a-t-il, Jack?

— Il s'agit de Sebastian. Je ne sais pas comment te le dire avec précaution, alors je n'irai pas par quatre chemins. Sebastian est mort.

— Sebastian, mort ? Non ! C'est impossible ! Pourquoi ? Comment ? Quand est-il mort ? Ce n'est pas vrai, Jack ! Dis-moi que ce n'est pas vrai...

J'étais hors de moi, mon cœur cognait contre mes côtes comme un oiseau affolé contre les barreaux de sa cage.

— C'est vrai, Vivianne. Harry Blakely, le jardinier, m'a alerté tout à l'heure, vers neuf heures et demie. Tu te souviens de Harry ?

— Bien sûr.

— Il était venu à la ferme, comme tous les lundis. Il descendait au fond du parc pour élaguer les saules quand il a découvert le corps de Sebastian près du lac, au pied des rochers. Il était couché sur le ventre, une plaie au front. Selon Harry, il serait resté là toute la nuit, peut-être même plus longtemps. Une fois certain de la mort de Sebastian, Harry est remonté à la maison pour téléphoner à la police, qui lui a dit de ne pas déplacer le corps et de ne toucher à rien. Il m'a ensuite appelé à Manhattan. J'ai immédiatement averti Luciana, qui était rentrée de Londres, et nous sommes venus jusqu'ici dans l'hélicoptère de Sebastian. Harry a trouvé la bibliothèque dans un désordre indescriptible : des meubles renversés, les tiroirs du bureau ouverts, des papiers répandus partout. La porte-fenêtre était entrebâillée, une des vitres cassée. Harry a tout de suite pensé au crime d'un rôdeur qui serait entré par effraction.

— Veux-tu dire que Sebastian aurait été... assassiné ?

— Vu les circonstances, cela n'aurait rien d'impossible, tu ne crois pas ?

— Si, peut-être... D'un autre côté, Sebastian a aussi bien pu être victime d'une crise cardiaque, d'une attaque cérébrale. Il aurait renversé les meubles en se débattant, il serait sorti respirer et se serait blessé au front en tombant sur les rochers...

21

A mesure que je l'exposais, l'hypothèse me paraissait absurde. Pourtant, je m'y raccrochais.

— Crois-tu qu'un agresseur l'aurait poursuivi et frappé? avais-je repris d'une voix étouffée par l'angoisse. A condition que cet agresseur ait réellement existé...

— Je ne sais pas, Vivianne. Je me demande même si nous saurons jamais la vérité.

— Oh, Jack! Sebastian, mort... Je n'arrive pas à le croire! m'étais-je écriée en fondant en larmes.

— Ne pleure pas, Vivianne, je t'en prie! Pleurer ne le ressuscitera pas.

— C'est vrai, Jack, mais je n'y peux rien. J'ai aimé Sebastian toute ma vie et tu sais que je l'aimais encore, même après notre divorce.

— Je sais, je sais, avait-il grommelé avec impatience.

Le silence était retombé. L'apparente froideur de Jack me choquait et aggravait mon désarroi.

— Et Luciana, comment va-t-elle? avais-je enfin demandé.

— Bien, bien. Elle tient le coup.

— Veux-tu que je vienne à Cornwall? Il ne me faut pas plus d'une demi-heure.

— Merci, mais il est inutile de te déranger. De toute façon, la maison grouille de policiers. Je t'appelais aussi pour te prévenir qu'ils vont bientôt arriver chez toi, parce qu'ils ont vu ton nom dans le carnet d'adresses de Sebastian. Ils m'ont interrogé à ton sujet, j'ai répondu que tu étais son... non, *une* de ses ex-femmes, et que tu l'avais rencontré dernièrement. C'est sans doute pour cela qu'ils veulent te poser des questions.

— Je comprends, Jack, mais je ne pourrai pas leur apprendre grand-chose. Sebastian m'avait paru en pleine forme lundi dernier... Mon Dieu! Cela fait une semaine jour pour jour que nous avons déjeuné ensemble! Non, c'est impossible, je refuse de le croire...

Un nouveau sanglot m'avait échappé. Il m'avait fallu un moment pour me ressaisir, essuyer mes larmes.

— Excuse-moi, c'est tellement inattendu... Pour moi, Sebastian était... invulnérable. Je n'avais jamais envisagé qu'il puisse lui arriver quelque chose. Je le croyais immortel.

— Il était pourtant bel et bien mortel... Il faut que je te quitte; deux policiers qui arrivent.

— Rappelle-moi, Jack !

— Mais oui, bien sûr.

— Et dis à Luciana... Non, je préfère lui parler moi-même. Peux-tu me la passer ?

— Elle est sortie prendre l'air. Nous nous retrouverons tous ensemble plus tard.

Jack avait mis fin à la communication sans même me dire au revoir. Je ne sais combien de temps j'étais restée pétrifiée, le combiné à la main, à écouter le bruit lancinant de la tonalité, jusqu'à ce que je raccroche enfin à mon tour.

Depuis, j'étais assommée par la douleur et désemparée. Je me sentais épuisée, vidée de mes forces.

Je n'avais éprouvé de sentiment comparable que deux fois dans ma vie : à la mort de ma mère, survenue de manière aussi subite que celle de Sebastian et dans des circonstances aussi troublantes, et au décès de Michael Trent, mon second mari, victime d'une crise cardiaque foudroyante. Dans les deux cas, j'avais senti mon univers se désintégrer autour de moi, me laissant seule dans un néant absolu. Pourquoi tous ceux que j'aimais m'étaient-ils arrachés de manière si brutale ? L'enfer est-il sur terre ? me suis-je demandé. En est-ce un avant-goût ?

Incapable de rester en place, j'ai prévenu Belinda que je sortais prendre l'air et j'ai jeté sur mes épaules une vieille cape de laine pendue au portemanteau du vestibule.

Sur le perron, je me suis arrêtée un instant. En ce début

d'octobre, il faisait un temps superbe, plus doux qu'au printemps. Le soleil brillait dans un ciel bleu sans nuages. Les arbres commençaient à prendre les teintes d'or et de pourpre de l'été indien, dont la magnificence suscite toujours mon émerveillement.

Par le sentier dallé qui traverse la pelouse, je me suis dirigée vers le petit kiosque qui se dresse au fond du jardin auprès d'un bouquet d'arbres, dans un coin solitaire et paisible que j'aime tout particulièrement. Bien avant ma naissance, ma grand-mère avait fait bâtir ce kiosque pour ma mère, quand elle était encore enfant. J'ai gravi les trois marches de bois et je me suis assise sur le banc en serrant la cape autour de mes épaules. Il ne faisait pourtant pas froid. Peut-être frissonnais-je en sentant la présence de mes fantômes, dans cet endroit qui en avait tant vu passer au fil des ans...

J'ai remonté le temps et me suis retrouvée avec eux. Ma grand-mère, d'abord, bonne-maman Rosalie, aux joues roses et au chignon blanc comme neige. Trônant avec sa dignité coutumière devant la table ronde, elle versait le thé de la théière de porcelaine marron ébréchée qu'elle refusait de remplacer parce que, disait-elle, c'était celle qui faisait le meilleur thé.

Elle me racontait l'histoire de Ridgehill, la chère vieille maison où je vis à présent, qui s'est transmise de mère en fille sans jamais quitter la famille depuis sa construction en 1799. Car Ridgehill a toujours appartenu à une femme, jamais à un homme, selon les vœux testamentaires de ma quadrisaïeule Henrietta, la plus puissante des matriarches de la famille Bailey, qui avait bâti la maison en prenant sur ses deniers. Ma grand-mère descendait d'elle en ligne directe. J'étais une Bailey, moi aussi.

De sa voix douce à la diction raffinée, bonne-maman me rappelait qu'un jour la maison serait à moi et m'expliquait l'étonnant testament d'Henrietta. Mon aïeule avait décidé d'avantager ses seules descendantes en écartant pour toujours les hommes de la succession – au point que, faute de fille, la maison devait passer à la femme du fils aîné. J'adorais écouter bonne-maman évoquer le passé de ma famille.

Ma mère nous rejoignit, radieuse et gaie. Je revoyais son opulente chevelure d'un roux doré, sa peau laiteuse et lisse, ses yeux d'un vert éclatant – ses yeux d'émeraude, comme disait mon père.

Il était là lui aussi, Liam Delaney, l'Irlandais au charme tellement irrésistible qu'aucune femme n'y restait insensible – c'est du moins ce que ma grand-mère m'avait répété pendant toute ma jeunesse. Grand, brun, le teint frais, les yeux pétillants, il était écrivain et journaliste. C'est de lui que je tiens mon penchant pour les mots, mais je ne suis pas sûre d'avoir hérité de son art de les assembler de manière à leur faire exprimer l'inexprimable. Bonne-maman disait qu'il me manquait seulement d'avoir embrassé, comme il s'en vantait, la fameuse pierre de Blarney, dans le comté de Cork. Bonne-maman le croyait car lui seul, à sa connaissance, était doté de tels pouvoirs de persuasion.

Un beau jour, il y a bien des lunes, mon cher père nous a quittées en affirmant qu'il serait de retour trois mois plus tard. Je ne l'ai jamais revu et je ne sais même pas s'il est encore en vie. J'avais dix ans lorsqu'il s'est envolé jusqu'aux confins de la terre, en quête d'idées pour de mirifiques reportages. Il y a vingt-six ans de cela... Il est sans doute mort, à l'heure actuelle.

Son départ avait attristé ma mère mais elle s'en était consolée en recevant régulièrement de ses nouvelles. Elle me lisait des extraits de ses lettres – expurgées, je suppose, de leurs passages choquants ou trop intimes. Je savais depuis longtemps que mon père était un magicien du verbe, surtout quand il voulait enjôler les femmes.

25

Il s'était d'abord rendu en Australie puis, de là, en Nouvelle-Zélande, avant de cingler vers Tahiti. Il avait ensuite fait escale aux îles Fidji et sillonné le Pacifique à la recherche de Dieu sait quoi – d'autres femmes, peut-être, toujours plus exotiques. Après une lettre postée des Tonga, sa correspondance s'était brusquement interrompue et nous n'avons jamais plus entendu parler de lui. A l'époque, je croyais que ma mère avait le cœur brisé d'avoir été abandonnée par un mari volage. J'étais loin de me douter que, dix-huit mois à peine après que Liam Delaney eut levé l'ancre à la poursuite des mirages des mers du Sud, son épouse délaissée était déjà éperdument amoureuse de Sebastian Locke.

Dans le jardin inondé de soleil, je le vis apparaître aussi clairement que la première fois. Mince, svelte, l'image même de l'élégance, il traversait la pelouse dans ma direction, avec cette aisance désinvolte qui n'appartenait qu'à lui.

En cette étouffante après-midi de juillet 1970, j'avais eu la certitude immédiate de découvrir le plus bel homme qu'il m'eût été donné d'admirer – encore plus séduisant que mon père, ce qui n'était pas peu dire. Comme lui, Sebastian était grand et brun ; mais alors que Liam avait des yeux de velours noir, les siens étaient aussi bleus que des éclats de ciel, d'un bleu saisissant de pureté et de profondeur. Ils donnaient l'impression de percer à jour tout ce vers quoi ils se tournaient, de plonger jusqu'au tréfonds des âmes et des cœurs. Sur le moment, j'avais été réellement persuadée que Sebastian déchiffrait mes pensées les plus secrètes. J'ai retrouvé cette même sensation pendant que nous déjeunions ensemble.

Il portait ce jour d'été-là un pantalon de flanelle blanche et une chemise de fin voile bleu pâle, au col ouvert et aux manches retroussées. Bronzé, athlétique, irrésistible, il s'était appuyé à un pilier du kiosque et m'avait souri en posant sur moi le regard hypnotique de ses incroyables yeux bleus. Quand, au bout de quelques secondes, il m'avait dit : « Bonjour, tu dois être la célèbre Vivianne », je m'étais sentie rougir jusqu'à la racine des cheveux. Il avait ensuite gardé ma main dans la sienne plus longtemps que je ne m'y étais attendue ; et tandis que je contemplais son visage ouvert et souriant, mon cœur manquait un nombre de battements que je renonçai à compter.

Dès cet instant, cela va sans dire, j'étais follement, irrévocablement amoureuse de lui. Je n'avais encore que douze ans et, pourtant, je me sentais beaucoup plus âgée. Pour la première fois de ma vie, un homme me faisait battre le cœur et je rougissais devant lui !

A trente-deux ans, Sebastian en faisait dix de moins et avait conservé une allure de jeune homme. Il incarnait à mes yeux l'archétype des séducteurs légendaires qui exercent sur les femmes un pouvoir magnétique. En dépit de mon inexpérience, je sentais qu'il possédait le sex-appeal, le charisme, bref, ce je-ne-sais-quoi propre aux grands amoureux de l'Histoire. En un mot, j'étais ensorcelée, et, bien que je ne sois jamais parvenue à le lui faire admettre depuis, je suis certaine qu'il avait éprouvé ce jour-là un sentiment pour moi. Il se peut aussi, je l'avoue, qu'il ait tout bonnement ressenti une sorte d'affection paternelle envers la fille de la divine Antoinette Delaney, avec laquelle il vivait à l'époque une liaison torride. Quoi qu'il en soit, à peine s'était-il assis près de moi sur le banc du kiosque que je savais qu'il occuperait dans mon avenir une place immense. Ne me demandez pas comment une fillette de cet âge avait pu se mettre de telles idées en tête. Le fait est que je me serais laissée mourir plutôt que d'en démordre.

Nous avions parlé de chevaux, dont il savait qu'ils me terrorisaient, et il m'avait demandé si cela me ferait plaisir d'aller apprendre à monter dans sa propriété de Cornwall, Laurel Creek Farm.

— J'ai un fils de six ans, Jack, et une fille de quatre ans,
Luciana, qui passent leur temps sur leurs poneys et se
débrouillent déjà très bien, m'avait-il dit. Viens monter
avec nous, Vivianne. Ta mère est une cavalière émérite, elle
serait enchantée que tu suives son exemple. Il ne faut pas
avoir peur des chevaux. Je t'apprendrai moi-même. Avec
moi, tu n'auras rien à craindre.

Il avait raison. Je m'étais tout de suite sentie en
confiance et il m'avait enseigné l'équitation en faisant
preuve d'infiniment plus de patience et de compréhension
que ma mère. Bien entendu, je l'en avais aimé davantage.

Des années plus tard, je me suis rendu compte qu'il
n'avait consenti à tant d'efforts qu'afin de faire de nous
tous une famille, car il aimait ma mère et voulait se l'atta-
cher pour toujours. Mais comment l'aurait-il épousée? Elle
était toujours légalement mariée à Liam Delaney, qui
s'était volatilisé par-delà les océans et dont nous étions sans
nouvelles. Faute d'un divorce en bonne et due forme, il
n'était pas question qu'elle se remarie. Pourtant, à terme,
les efforts de Sebastian n'ont pas été vains; la cellule familiale qu'il rêvait de constituer ne s'est jamais tout à fait
désintégrée par la suite.

Cette après-midi-là, tandis qu'il me parlait de chevaux
sur un ton rassurant, je ne pouvais que le contempler, béate
d'admiration, incapable d'articuler un mot. J'étais corps et
âme sous le charme de cet homme. Hypnotisée. Envoûtée.

Depuis, à vrai dire, je n'ai jamais cessé de l'être.

L'irruption de Belinda m'arracha à mes souvenirs et dis-
persa mes chers fantômes aux quatre coins du jardin.

— Vivianne! Le *New York Times* au téléphone!

Me levant d'un bond, je la rejoignis au milieu de la
pelouse.

— Le *New York Times*? Que me veulent-ils?

— Ils ont appris la mort de Sebastian, ils savent déjà que

28

la police a ouvert une enquête. Bref, le journaliste au bout du fil voudrait vous interviewer.

La seule idée des manchettes du lendemain dans la presse internationale me donna des frissons. Je connaissais trop bien ce milieu qui, après tout, était le mien. A n'en pas douter, la mort de Sebastian ferait la une de tous les journaux. Un homme célèbre, un philanthrope connu du monde entier trouvé mort dans des circonstances suspectes... De quoi produire des pages et des pages de copie à sensation. De quoi disséquer la vie privée de la victime, fouiller dans son passé, sa famille, exhumer ses secrets sans respect pour rien ni personne... J'en étais malade.

— Il demande à vous parler, Vivianne, insista Belinda. Il attend en ligne.

Un gémissement accablé m'échappa.

— Pourquoi moi, grand Dieu ? Pourquoi moi ?

2

— Pourquoi moi? ai-je répété ce soir-là. Pourquoi m'imposer le rôle de porte-parole de la famille?

Jack venait d'arriver pour dîner, nous étions dans le petit salon. Le dos à la cheminée, les mains dans les poches, il fronça les sourcils, hésita.

— Je ne sais pas, Vivianne... Et puis si, je sais : je suis un lâche. Je n'avais pas le courage de parler au type du *Times*, alors je m'en suis débarrassé en te l'envoyant.

— C'est pourtant toi le chef de famille, pas moi!

— Oui, mais toi tu es journaliste. Une journaliste connue et respectée, ajouterais-je. Tu sais mieux que moi comment affronter la presse.

— Pourquoi ne l'as-tu pas aiguillé sur Luciana? Elle est la fille de Sebastian, après tout.

— Et toi son ex-femme.

— Je t'en prie, Jack!

— Écoute, je l'ai à peine vue de la journée, elle n'a même pas été capable de me dire plus de trois mots depuis ce matin. Imagine-la répondre à une interview! Tu connais ma chère demi-sœur, la moindre chose la bouleverse.

— C'est trop facile! Je ne comptais d'ailleurs même pas sur elle ce soir, j'étais sûre que ce serait au-dessus de ses forces de venir dîner, ai-je dit avec amertume.

Pendant toute notre enfance, Luciana avait prétexté la fatigue ou feint la maladie pour échapper à ce qui lui déplaisait, esquiver une corvée ou se sortir d'une situation difficile. En réalité, je savais mieux que personne qu'elle était solide. Dure, même — ce qu'elle prenait grand soin de dissimuler sous une prétendue fragilité et des mines évanescentes. Elle jouait la comédie avec tant d'aisance que le mensonge était devenu pour elle une seconde nature. Plus d'une fois, son père m'a dit qu'elle était la plus habile affabulatrice qu'il ait jamais connue.

— Il n'y a rien à boire, chez toi?

La question sarcastique de Jack me ramena sur terre.

— Excuse-moi, je manque à tous mes devoirs. Scotch, comme d'habitude? Ou du vin, pour changer?

— Scotch, s'il te plaît. Sec.

J'allai préparer nos verres, lui tendis le sien avant de m'asseoir près de la cheminée. Il grommela un vague remerciement, avala une longue gorgée et resta debout, le verre à la main. Le silence retomba.

— Quelle affreuse journée! dis-je enfin. La pire que j'aie vécue depuis des années. Je ne peux pas me faire à l'idée que Sebastian soit mort.

Jack sirotait son whisky avec indifférence. Il pouvait se montrer froid, glacial, je le savais depuis notre enfance, mais son insensibilité en un pareil moment m'indignait. Son père était mort dans des circonstances plus que suspectes et il se comportait comme si de rien n'était, sans manifester le moindre chagrin! Si le père et le fils n'avaient jamais été très proches, une telle absence de sentiment n'en était pas moins anormale à mes yeux. La brutale disparition de Sebastian me plongeait dans le désarroi, je luttais encore contre mes larmes, contre une douleur si vive et si profonde qu'elle ne s'éteindrait pas avant longtemps...

— Ils ont enlevé le corps, dit-il tout à coup.

Je sursautai malgré moi.

31

– Tu veux dire, la police?

– Oui. Qui voudrais-tu que ce soit?

– Ils l'ont emporté à Farmington? Pour l'autopsie?

– On ne peut rien te cacher.

Son ironie grinçante me fit sortir de mes gonds.

– Assez! Je ne supporte pas de te voir comme ça!

– Comment suis-je donc, ma douce?

– Tu m'as très bien comprise! Ta froideur et ton indifférence sont parfaitement déplacées. Je sais que tu le fais exprès, n'essaie pas de donner le change. Je te connais trop bien et depuis trop longtemps.

Avec un haussement d'épaules, il lampa le fond de son verre et alla s'en servir un autre.

– Selon l'inspecteur Kennelly, le corps nous sera rendu demain, dit-il en se laissant tomber dans un fauteuil.

– Déjà?

– Le médecin légiste compte procéder à l'autopsie dès le matin. Ce sera vite fait. Il se contentera, paraît-il, de prélever des échantillons d'organes, du sang, de l'urine, des trucs de ce genre...

– Tais-toi, Jack! C'est de Sebastian qu'il s'agit! Tu n'as donc aucun respect pour la mort? Tu es un égoïste au cœur sec, moi pas. Je n'admets pas que tu parles de ton père sur ce ton et je te prie de respecter mes sentiments.

Il affecta d'ignorer ma tirade.

– L'enterrement pourra avoir lieu cette semaine.

– Que cela se passe dignement et dans l'intimité, ai-je répondu d'un ton radouci. Il m'avait souvent dit qu'il voulait reposer à Cornwall.

– Dans ce cas, il faudra prévoir un service religieux pour tous les gens qu'il connaissait. Où et quand, à ton avis? Je voudrais rentrer en France le plus tôt possible.

– New York me semble s'imposer. Qu'en penses-tu?

– Comme tu voudras. J'approuve d'avance tout ce que tu décideras.

Je me dominais déjà à grand-peine. Cette fois, je ne pus m'empêcher d'exploser.

— Ah non, Jack! Non et non! Tu ne vas pas encore te décharger sur moi de toutes les corvées! C'est à Luciana et à toi de vous en occuper.

— Tu nous donneras quand même un coup de main?

— Peut-être. Mais je ne te laisserai pas fuir tes responsabilités comme tu as toujours eu trop tendance à le faire. Maintenant que Sebastian n'est plus, c'est toi le chef de famille. Plus vite tu le comprendras, mieux cela vaudra pour tout le monde. N'oublie pas, entre autres choses, qu'il t'incombe dorénavant de diriger la fondation et d'assumer les engagements de ton père.

Ma dernière phrase fit mouche. Jack fronça les sourcils.

— Que veux-tu dire? Quels engagements?

— Les programmes humanitaires de la fondation, Jack. Le sort de millions d'hommes dans le monde en dépend.

— Pas question, ma douce! Si tu t'imagines que je vais passer ma vie à distribuer de l'argent à pleines poignées comme un ivrogne, tu es devenue aussi folle que l'était mon père.

— La famille Locke ne sait plus quoi faire de son argent! m'exclamai-je, furieuse contre lui.

— Ce n'est pas une raison pour m'obliger à traîner d'un bout du monde à l'autre pour répandre des largesses sur tous les pouilleux de la création.

— Tu seras quand même bien *obligé* de diriger la fondation et les affaires de ton père. Tu es son fils unique, son héritier. Si cela te confère quelques droits, cela t'impose aussi et surtout des devoirs.

— Je dirigerai, soit. Mais de loin. Je ne suis pas le Sauveur, moi. Je n'ai pas vocation de guérir le monde de tous ses maux ni de soulager toutes les détresses. Ne l'oublie pas, je te prie, et ne m'en parle plus. Mon père avait complètement perdu le sens commun.

33

— Sebastian a consacré sa vie à faire le bien autour de lui, je te prie de ne pas l'oublier non plus.

Il y eut un bref silence. Jack m'observa avec curiosité.

— C'est incroyable, dit-il enfin.

— Quoi donc ?

— Que tu sois toujours en adoration devant lui au bout de tout ce temps et après tout ce qu'il t'a fait subir.

— Je ne comprends pas ce que tu cherches à insinuer. Il m'a toujours très bien traitée.

— Moins mal que ses autres femmes, je veux bien l'admettre. Il avait une certaine affection pour toi.

— Une certaine affection ? C'est toi qui deviens fou ! Sebastian m'aimait depuis notre première rencontre, quand j'avais douze ans...

— Le vieux satyre !

— Tais-toi ! Et il n'a pas cessé de m'aimer, même après notre divorce.

— Il n'a jamais aimé personne, Viv, répliqua Jack. Pas plus moi que ma mère. Pas plus Luciana que sa mère. Pas plus ta mère que ses deux autres femmes. Pas même toi, ma douce.

— Arrête de m'appeler « ma douce » ! C'est grotesque. Et je te répète qu'il m'aimait.

— Et moi, je te répète qu'il était incapable d'éprouver un sentiment pour quiconque, même si sa vie en dépendait. Il lui manquait un organe essentiel : le cœur. Sebastian Locke était un monstre.

— C'est faux ! Il m'aimait, j'ai de bonnes raisons de le savoir. Enfonce-toi cela dans la tête une fois pour toutes et n'y revenons pas, je te prie.

— Puisque tu le dis, grommela-t-il.

L'air soudain maussade, il se détourna et s'absorba dans la contemplation du feu.

Tandis que je l'observais, attristée qu'il ait si mal connu son père et continue à porter sur lui des jugements aussi faux, sa ressemblance avec Sebastian me frappa. Même mâchoire carrée, même nez aquilin, mêmes cheveux bruns. Ses yeux, en revanche, étaient d'un bleu délavé, bien loin de l'éclat et de la profondeur de ceux de son père. Quant à leur caractère et à leur personnalité, on n'en aurait pas trouvé de plus dissemblables chez deux étrangers.

L'humeur sombre de Jack a duré pendant tout le dîner. Il mangeait peu, buvait beaucoup et ne parlait guère. N'y tenant plus, je me suis décidée à faire le premier pas :

— Excuse-moi d'avoir été si désagréable avec toi tout à l'heure, lui ai-je dit en lui prenant la main.

Autant parler à un mur...

— Je suis désolée, Jack, ai-je insisté. Sincèrement. Ne sois pas comme cela, voyons.

— Comme quoi ?

— Froid. Antipathique. Et têtu comme une mule.

Il me dévisagea un instant... et me fit un sourire.

Lorsque Jack souriait, son visage s'illuminait d'une gentillesse qui le rendait irrésistible. Une fois de plus, comme toujours, je ne pus qu'y céder et je sentis mon affection pour lui renaître, intacte.

— Je ne t'en veux pas, ai-je repris en lui rendant son sourire, mais ta méchanceté envers Sebastian me reste en travers de la gorge. D'autant plus qu'elle est injuste.

— Nous avons sur lui des points de vue différents, voilà tout, a-t-il grommelé en liquidant son énième verre du mouton-rothschild que Sebastian m'avait envoyé l'année précédente. Tu as toujours été béate d'admiration devant lui et tu vois la vie à travers des lunettes roses. Moi pas.

— Toi aussi tu l'adorais, quand tu étais petit.

— Libre à toi de le croire, mais c'est faux.

— Pas d'histoires, Jack, de grâce ! Tu n'as pas besoin d'impressionner la galerie, c'est à moi que tu parles. La chère vieille Viv, ta meilleure amie. Tu te souviens ?

35

— Tu es plus obstinée qu'un chien qui ronge un os!
dit-il en éclatant de rire. Et c'est moi que tu accuses d'être
têtu comme une mule?

— Seulement quand il est question de Sebastian.

— En tout cas, ma douce, tu fais preuve d'une fidélité et
d'une loyauté dignes d'éloges.

— Merci. Et je te répète de ne plus m'appeler ta douce
sur ce ton ridicule! Tu sais à quel point cela m'exaspère.

— Entendu... On fait la paix?

Il sourit, me prit la main. Je lui rendis son sourire avec le
même empressement que du temps de notre enfance.

— On fait la paix. Entendu...

Nous avons ensuite parlé de choses et d'autres. De la
France ou, plus précisément, de la Provence, où nous pos-
sédions chacun une maison – l'une et l'autre offertes par
Sebastian, comme je fus sur le point de le lui rappeler. La
disparition de son père n'avait en rien atténué la rancune
que Jack lui vouait de son vivant. Mais à quoi bon m'insur-
ger, vouloir lui ouvrir les yeux? De toute façon, il était trop
tard.

Lorsque nous sommes retournés au petit salon prendre
le café, Jack a de nouveau abordé les circonstances de la
mort de Sebastian alors que je ne m'y attendais plus.

— La police m'a demandé de vérifier ses affaires, dans la
bibliothèque et le reste de la maison. Autant que je sache,
aucun objet de valeur n'a disparu.

— Ont-ils donc écarté l'hypothèse d'un crime de rôdeur
ou d'un cambriolage qui aurait mal tourné?

— Je l'ignore.

— C'est bizarre... Quand j'ai déjeuné avec Sebastian
lundi dernier, il m'a dit que Mme Crane, sa gouvernante,
était en vacances.

— Et alors, Viv?

— Alors, rien. Je trouve seulement étrange que Sebastian, qui aimait être servi et ne savait pas même faire du

36

café, soit venu à la ferme sans personne pour s'occuper de lui. La police elle-même s'en étonne.

— Il m'a dit à moi, jeudi dernier, qu'il y allait parce qu'il avait un travail à finir. J'ai eu la nette impression qu'il se réjouissait d'être seul et tranquille.

— Peut-être n'y est-il pas allé seul, ai-je suggéré. Et si la personne qui l'accompagnait avait causé sa mort, volontairement ou non?

— Ce n'est pas impossible...

— Au fait, ai-je enchaîné, comment se fait-il que Luciana et toi soyez revenus en même temps aux Etats-Unis? Aviez-vous l'un et l'autre une raison particulière?

— Pas celle de tuer Sebastian, en tout cas.

Son sourire sarcastique me donna le frisson.

— Je n'insinuais rien de semblable! Tes plaisanteries de mauvais goût me portent sur les nerfs, Jack. Tu n'es plus un enfant, que diable! Il s'agit d'une chose sérieuse.

— Excuse-moi, Viv, dit-il d'un ton sincèrement contrit. Luciana et moi sommes revenus pour l'assemblée générale de Locke Industries. Elle devait se tenir demain mais elle a été ajournée, je crois.

— C'est la moindre des choses. Ecoute... Revenons à ma première réaction, quand tu m'as appris la mort de Sebastian. Eh bien, j'étais sûre qu'il avait eu une crise cardiaque ou une attaque cérébrale. Je ne te cacherai pas que je le crois encore — et même plus que jamais.

Il fit une moue dubitative.

— Pas toi? ai-je insisté.

— Franchement, je ne sais pas. Tout à l'heure encore, j'aurais été d'accord avec toi. Maintenant, je ne suis plus sûr de rien.

— Crois-tu sincèrement à l'hypothèse de l'agression?

— Elle n'est pas absurde. Sebastian aurait pu surprendre un cambrioleur au moment de son arrivée dans la maison.

— Avant que ce prétendu cambrioleur n'ait eu le temps

de voler quoi que ce soit ? Allons donc ! Tu viens toi-même de me dire qu'il ne manquait aucun objet de valeur.

— Les tableaux et les œuvres d'art sont toujours là, c'est vrai. Mais Sebastian aurait pu détenir autre chose, quelque chose d'assez précieux pour tenter un malfaiteur.

— Je ne te suis pas. Quoi, par exemple ?

— De l'argent liquide, Viv. Tu sais très bien que Sebastian avait toujours sur lui des sommes considérables, au point que je l'ai souvent mis en garde contre cette imprudence. Il aurait pu aussi apporter avec lui des dossiers ou des documents confidentiels. Il voyageait beaucoup, il connaissait toutes sortes de gens, des chefs d'Etat...

— Des documents ? Mais cela suppose la préméditation ! Un rôdeur qui entre au hasard dans une maison isolée, c'est une chose. Un cambrioleur qui s'introduit par effraction afin de voler des documents précis, c'en est une autre. Il fallait qu'il soit au courant de ce qu'il devait chercher.

— En effet. Et c'est inquiétant.

— Qu'est-ce qui t'a fait penser à des documents ? As-tu remarqué qu'il en manquait ? Quel genre de documents ?

— Je l'ignore et je ne sais pas pourquoi j'y ai pensé. Sauf que Sebastian m'avait dit qu'il comptait se rendre à la ferme pour y travailler au calme. Il avait bien des défauts mais il n'était pas menteur, je ne mets donc pas sa parole en doute. Or, je n'ai trouvé aucun dossier – du moins aucun de ceux sur lesquels il avait eu l'occasion de travailler récemment.

— Et tous les papiers répandus dans la bibliothèque ?

— Rien d'important : des lettres, des factures, des papiers personnels. Tu sais, Viv, je n'avais pas mis les pieds à Laurel Creek depuis une éternité. Comment saurais-je s'il manque vraiment quelque chose ? Mme Crane est la seule personne capable de le vérifier, du moins en ce qui concerne les œuvres d'art. Mais je ne crois pas qu'elle soit au courant pour les dossiers ou les documents de Sebastian.

— Ce qui nous ramène à la case départ.

Le silence retomba. Nous étions aussi perplexes l'un que l'autre.

— Ecoute, Viv, Sebastian était en excellente santé, dit enfin Jack. Plus j'y pense, moins je crois à ton hypothèse d'une mort naturelle. Je suis persuadé, au contraire, qu'il a surpris un cambrioleur, que celui-ci s'est enfui, que Sebastian l'a poursuivi dehors, qu'ils se sont battus et que Sebastian s'est tué en tombant sur un rocher. Il serait mort par hasard, en quelque sorte, ou plutôt par accident.

— A moins qu'il n'ait été tué pour des motifs que nous ignorons, par quelqu'un venu à la ferme avec lui ou qui l'y aurait rejoint.

Jack réfléchit un instant.

— Nous tournons en rond, Viv. Tout ceci est pure conjecture, ça ne repose sur rien et ne nous mène à rien. Attendons le rapport d'autopsie, nous en saurons peut-être plus.

Sur ce dernier point, du moins, je ne pouvais qu'être d'accord avec lui.

3

Après le départ de Jack, je me suis attardée à ranger la maison qui, à vrai dire, n'en avait nul besoin. J'ai même essayé de me remettre à revoir mon article – en vain, bien entendu. Si mes efforts se révélaient aussi infructueux le lendemain, je devrais me résoudre à faxer le texte tel quel.

Minuit sonnait lorsque je suis enfin montée me coucher. Ma chambre donne sur l'arrière de la maison, côté jardin. C'est une pièce lumineuse et accueillante, à laquelle des poutres apparentes et une cheminée de pierre confèrent un charme inégalable. Deux portes-fenêtres ouvrent sur un large balcon en demi-lune, l'endroit le plus merveilleux au monde pour prendre son petit déjeuner les matins de printemps, quand les lilas sont en fleur.

Henrietta Bailey avait choisi avec soin l'emplacement et l'orientation de la demeure qu'elle voulait léguer à ses descendantes. Ridgehill se dresse au sommet d'une éminence dominant le lac Waramaug. Des fenêtres de la maison, comme de celles de la chambre principale où je succédais à mes aïeules, on découvre de superbes panoramas. Avant de me préparer pour la nuit, je résiste rarement à l'envie d'admirer le spectacle apaisant du lac enchâssé dans son écrin d'arbres, surtout lorsque, par une belle nuit comme celle-ci, la lune jette sur lui ses reflets d'argent.

Ma contemplation n'eut cependant pas l'effet escompté. La journée avait été trop éprouvante, j'avais les nerfs trop à vif, le cœur trop lourd. Malgré le silence et l'obscurité, le sommeil me fuyait. Hantée par le souvenir de Sebastian, je me retournais dans le grand lit à colonnes. Nous avions partagé tant de moments dans cette chambre, lui et moi. Tant de joies et de plaisirs. Tant de chagrins, aussi.

C'est ici que notre enfant avait été conçu, notre seul enfant, perdu avant terme. S'il avait vécu, notre mariage aurait-il tenu? Peut-être, me disais-je parfois. C'est dans ce lit aussi que Sebastian avait séché mes larmes après ma fausse couche. Comment Jack osait-il le traiter de monstre sans cœur? Sebastian m'avait toujours soutenue, entourée d'une affection dont il était prodigue pour tous ceux qui lui étaient chers. Jack se trompait lourdement sur le compte de son père; mais il est vrai que Jack n'avait cessé d'accumuler les erreurs de jugement dans sa propre vie et d'en rejeter la responsabilité sur les autres, Sebastian en particulier. J'avais beau aimer Jack comme un frère, cela ne m'empêchait pas de garder ma lucidité à son égard.

Aussi loin que je remonte dans mes souvenirs, j'ai toujours pu compter sur Sebastian. La mort de ma mère a cependant marqué un tournant décisif dans nos rapports. J'avais dix-huit ans le jour de sa chute fatale chez Sebastian, à Laurel Creek, Dix-huit années se sont écoulées depuis. La moitié de ma vie. Pourtant, cette journée de 1976 est restée gravée dans ma mémoire avec tant de clarté que je me la rappelle comme si c'était hier.

J'étais revenue en hâte de Manhattan. Jess, la gardienne de Ridgehill, avait aussitôt téléphoné à Sebastian qui était accouru de Laurel Creek. Il faisait anormalement chaud pour un mois de juin. Sur le balcon de cette chambre où, cette nuit même, je cherchais en vain le sommeil et l'oubli, je sanglotais, le cœur brisé, lorsqu'il m'avait rejointe.

41

— Vivianne, ma chérie...

Aveuglée par les larmes, éblouie par le soleil, j'avais levé les yeux vers lui. Assis à côté de moi sur le vieux banc de bois, ses yeux bleus voilés par le chagrin, il me dévisageait avec une tendresse inquiète. Après avoir essuyé mes joues du bout des doigts, il m'avait serrée contre lui en me parlant comme on console un enfant.

— Moi aussi je l'aimais, Vivianne. Je sais ce que tu éprouves, je souffre autant que toi. Quel terrible drame !

— Elle était si jeune, quarante-deux ans... Je ne comprends pas... Que s'est-il passé, Sebastian ? Pourquoi, comment est-elle tombée dans l'escalier de la cave ? Et d'abord, qu'allait-elle y faire ?

— Je ne sais pas, Vivianne. Personne ne le saura sans doute jamais... Elle s'était installée pour quelques jours à Laurel Creek pendant qu'on refaisait les peintures ici, à Ridgehill. Hier soir, quand l'accident s'est produit, j'étais à New York où je présidais un dîner officiel de la fondation. J'ai quitté Manhattan ce matin de très bonne heure afin d'arriver à temps pour prendre mon petit déjeuner avec elle, et j'ai trouvé la maison sens dessus dessous. Une heure avant mon retour, Alfred avait découvert son corps et prévenu la police. Il a ensuite téléphoné à Jess en lui demandant de t'avertir. Quand j'ai cherché à te contacter, tu étais déjà en route pour venir ici.

— Jess pense qu'elle est morte sur le coup, avais-je réussi à articuler d'une voix entrecoupée par les sanglots. Est-ce vrai, Sebastian ? Je ne supporterais pas l'idée qu'elle ait souffert.

— Jess a sûrement raison. Une chute pareille, dans un escalier de pierre aussi raide, ne pardonne pas. Elle n'a pas eu le temps de souffrir, j'en suis persuadé.

L'image de ma mère rebondissant sur les marches comme un pantin désarticulé avait provoqué une nouvelle crise de larmes. Sebastian me caressait les cheveux en mur-

42

murant des paroles apaisantes. Blottie contre sa poitrine, je sentais sa force intérieure glisser peu à peu en moi. Nous étions restés ainsi un long moment, étroitement enlacés, jusqu'à ce que mes larmes se tarissent.

C'est alors qu'un étrange sentiment m'avait fait battre le cœur. Les joues empourprées, la gorge sèche, je comprenais trop bien ce qui m'arrivait : je voulais que ses lèvres cessent d'effleurer mes cheveux pour se poser sur ma bouche, que sa main caresse ma poitrine plutôt que mon bras. Qu'il me fasse l'amour comme à une femme plutôt que de me prodiguer des consolations comme à une enfant. A son insu, il éveillait en moi une sensualité dont je prenais conscience avec une honte croissante — mais que je désirais qu'il assouvisse.

Je n'osais plus bouger ni même lever les yeux vers lui de peur de me démasquer, car je le savais capable de lire mes pensées les plus secrètes, il m'en avait maintes fois donné la preuve. Paralysée par le remords, j'attendais que s'estompe et disparaisse ce scandaleux dérèglement de mes sens. Comment pouvais-je éprouver de tels appétits alors que ma mère gisait à la morgue de Farmington ? Sebastian était son amant depuis plus de six ans et je ne songeais qu'à me l'approprier ! me répétais-je avec horreur. Je me haïssais de nourrir des pensées aussi impies, je méprisais mon corps qui me trahissait en un pareil moment.

Peu après, Dieu merci, Sebastian m'avait lâchée avant de poser sur mon front un rapide et chaste baiser.

— Tu te sentiras sans doute très seule, Vivianne, mais ne t'inquiète de rien, je veillerai sur toi. Je ne peux pas prendre la place de ta mère, je le sais, mais je suis et je serai toujours ton ami, ne l'oublie pas. Si tu as le moindre problème, n'hésite pas à faire appel à moi. Je ne t'abandonnerai jamais, je te le promets.

— Depuis notre première rencontre dans le kiosque, je me sens en sécurité parce que je sais que tu me protèges.

Mon naïf élan de sincérité l'avait fait sourire.

– Tu étais si adorable, avait-il murmuré comme s'il se parlait à lui-même. Tu as volé mon cœur.

Et maintenant, il n'était plus là pour me protéger. Sans lui, ma vie serait désormais plus pauvre, plus terne. Le visage enfoui dans l'oreiller, j'ai longtemps pleuré avant de parvenir à m'endormir enfin.

Le soleil me réveilla en sursaut car, la veille au soir, j'avais oublié de tirer les rideaux. Dehors, les oiseaux saluaient la venue d'une journée nouvelle. Il était sept heures au réveil, sur ma table de chevet. Je m'apprêtais à me couler sous les draps pour m'accorder le luxe d'une grasse matinée quand la réalité me revint brutalement : Sebastian était mort. Jamais plus je ne reverrais son sourire. Jamais plus je n'entendrais le son de sa voix.

Mille souvenirs, mille détails m'envahirent l'esprit. Certes, nous étions divorcés depuis huit ans et je ne l'avais pas souvent revu ces trois dernières années. Mais auparavant, Sebastian avait fait partie intégrante de ma vie vingt et un ans durant. Vingt et un, mon chiffre porte-bonheur... J'avais tout juste vingt et un ans quand Sebastian et moi avions fait l'amour pour la première fois.

Son image reparut devant mes yeux, aussi nette qu'en ce jour de 1979. Il avait quarante et un ans, exactement vingt ans de plus que moi, mais ne les paraissait pas – il n'avait d'ailleurs jamais porté son âge. Ce soir-là, Sebastian donnait à Laurel Creek une fabuleuse réception en l'honneur de mon anniversaire. Une foule joyeuse se pressait sous deux immenses tentes dressées sur la pelouse ; le buffet était somptueux, le champagne, exquis, l'orchestre, le meilleur de New York. La soirée se déroulait comme un rêve jusqu'à ce que Luciana la transforme en cauchemar. Désarçonnée par la soudaineté de son attaque, bouleversée par les méchancetés qu'elle me crachait au visage, j'avais fui. Telle

44

une bête blessée qui retourne à sa tanière, j'étais venue chercher refuge chez moi. A Ridgehill...

Les yeux clos, j'entends encore crisser des pneus sur le gravier de la cour, une portière claquer, des pas dans le vestibule. Une seconde plus tard, livide et frémissant de colère, Sebastian faisait irruption dans la bibliothèque. Je me tenais près de la porte-fenêtre, un mouchoir trempé de larmes dans mon poing crispé...

— Que signifie ce départ précipité?

— Je ne peux pas te le dire.

— Tu peux, tu *dois* tout me dire! Depuis le temps que je suis ton confident, tu devrais le savoir.

— Pas ça, je ne peux pas.

— Pourquoi, bon sang?

Muette, le cœur au bord des lèvres, je le dévisageais en secouant machinalement la tête.

— Que s'est-il passé de si grave, Vivianne? Tu n'as quand même pas peur de moi? Ressaisis-toi, dis-moi ce qui s'est passé.

Devant mon mutisme obstiné, il avait enchaîné:

— C'est Luciana, n'est-ce pas? Elle t'a dit des méchancetés, elle t'a blessée? Parle, j'ai le droit de savoir.

— Non, Sebastian. Je ne suis pas une rapporteuse.

— Quel admirable sens de l'honneur!... Ce n'est plus de ton âge, Vivianne. Si tu étais encore une petite écolière, j'applaudirais ton refus de dénoncer une camarade de classe, mais il ne s'agit pas de cela. Tu sais quel prix j'attachais à la réussite de cette fête, pour toi, pour moi aussi. Ton départ en catastrophe a surpris tout le monde. Par égard pour nos invités, tu dois m'expliquer ce qui l'a provoqué. C'est la moindre des choses.

Il avait raison, bien sûr. Prenant mon courage à deux mains, je m'étais jetée à l'eau:

— Luciana m'a dit que j'étais une charge pour toi, un

poids mort dont tu avais hâte de te débarrasser. Que tu ne supportais plus d'être obligé de m'entretenir, de payer mes études à Wellesley. Que je devrais avoir honte de profiter de ta charité. Que je n'étais que la... la...

— La quoi ? Continue, avait-il ordonné sèchement.

— La fille d'une de tes putains, avais-je conclu à voix basse, la gorge sèche.

Dans un silence tendu, je l'avais vu pâlir, rougir, serrer les dents. Je m'attendais à une explosion de fureur mais, au bout d'un moment, c'est avec plus de tristesse que de colère qu'il avait enfin repris la parole.

— Ma fille est foncièrement perverse. Elle ment comme elle respire. Quand elle veut faire du mal à quelqu'un, comme elle t'en a fait ce soir, elle dit n'importe quoi. Mais elle n'est pas assez intelligente pour savoir jusqu'où elle peut aller. Et quand elle va trop loin, elle ne se rend pas compte du tort qu'elle se fait à elle-même.

— Alors... je ne suis pas un boulet ? Tu ne veux pas te débarrasser de moi ?

— Comment as-tu pu croire une telle absurdité ? Ne t'ai-je pas assez prouvé à quel point je tenais à toi ? Et la fête de ce soir, imagines-tu que c'était pour moi une corvée ? Je voulais *te* faire plaisir, mais aussi *me* faire plaisir.

Je n'avais pu que hocher la tête, honteuse de ma propre bêtise. Comment avais-je pu être assez sotte pour croire les mensonges de Luciana ? Depuis notre enfance, elle était jalouse de moi, je le savais. Ce soir, ulcérée sans doute de ne pas être la reine de la fête, elle avait voulu se venger en me chassant. Et moi, j'avais pris la fuite, je m'étais laissé manipuler comme une idiote ! L'artifice était si gros que des larmes de dépit et de rage contre moi-même me montaient aux yeux. Sebastian aurait raison de me mépriser...

— Ne pleure pas, Vivianne. C'est trop triste de conclure par des larmes une si belle soirée.

— Pardonne-moi, Sebastian.

46

— Tu n'as pas à me demander pardon, voyons.

— Si. Je n'aurais pas dû écouter Luciana.

— C'est vrai. Je te recommande, à l'avenir, de ne plus prêter à attention à ce qu'elle dit. Ni même à ce que dit Jack. Il n'est pas menteur mais il peut être sournois.

— Je n'écouterai plus personne. Personne que toi, avais-je ajouté avec élan. Rassure-moi, je t'en prie. Dis-moi que rien n'est changé entre nous.

— Rien ne changera jamais entre nous, Vivianne. Nous sommes amis pour la vie, l'aurais-tu oublié?

Etouffée par l'émotion, je n'avais pu répondre. En cet instant, je brûlais du désir d'être vraiment sienne, je désirais avec passion qu'il m'appartienne, de telle sorte que plus rien ne vienne jamais nous séparer.

Il m'observait d'un air mi-étonné, mi-amusé.

— Quelle étrange expression... A quoi penses-tu?

— Je pensais... que tu es l'homme le plus merveilleux au monde et que tu l'as toujours été. Je voulais aussi te remercier de ce bel anniversaire.

— Tout le plaisir est pour moi, ma chérie.

— Aujourd'hui, j'ai vingt et un ans...

— Vraiment? m'avait-il interrompue en riant.

— Ne ris pas. Je suis une femme, Sebastian.

Etait-ce l'intensité de mon regard ou l'intonation de ces derniers mots? Je vis son sourire s'effacer peu à peu. Il me dévisageait pensivement, avec ce que je pris pour de la perplexité, de la réprobation peut-être. Alors, presque contre mon gré, j'avais franchi les deux pas qui nous séparaient encore et le miracle s'était produit. D'un même mouvement, nous avions cédé à la force irrésistible qui nous poussait l'un vers l'autre. Il m'avait tendu les bras, je m'y étais jetée...

En un éclair, tout était transformé – lui, moi, le cours même de nos vies, irrévocablement infléchi. Le passé n'existait plus. Seul demeurait le présent. Le présent mais, surtout, l'avenir qui nous appelait, *notre* avenir. De toute éternité, nous étions destinés l'un à l'autre, je le savais, une certitude qui me venait du plus profond de moi-même.

Longtemps après, lorsqu'il avait fallu interrompre ce premier baiser qui nous laissa haletants et frémissants de désir, il s'était écarté avec une sorte de brusquerie.

— J'étais venu te chercher pour te ramener à la fête, avait-il dit d'une voix rauque.

— Non, Sebastian. Je veux rester ici, avec toi. Toi seul. Je n'ai jamais rien attendu, rien désiré d'autre dans la vie. C'est toi que je veux, Sebastian.

— Oh, Vivianne...

Nous étions déjà retombés dans les bras l'un de l'autre pour un nouveau baiser, plus exigeant, plus passionné encore. Je ne sais comment nous sommes montés dans ma chambre, comment nous nous sommes retrouvés nus sur le grand lit à colonnes. Je n'aspirais qu'à m'imprégner de sa présence, de ses caresses. Dans l'intensité de mon désir, j'avais à peine senti la douleur de sa première pénétration, une douleur si exquise et si vite transcendée par l'extase du plaisir que mes cris s'étaient fondus en un seul hymne à l'amour comblé.

Epuisés d'une bienheureuse fatigue, nous étions restés étendus côte à côte en gardant un silence plus éloquent que toutes les paroles. Plus tard, appuyé sur un coude, Sebastian m'avait tendrement regardée dans les yeux en me caressant la joue, repoussant une mèche qui me tombait dans les yeux.

— Si j'avais su que tu étais vierge, Vivianne...

D'un doigt sur ses lèvres, je l'avais fait taire.

— Chut ! Ne dis rien, Sebastian. C'est pour toi que je me réservais. J'ai toujours rêvé que tu sois le premier. Le seul.

— Oh, Vivi... Et moi qui ne me doutais de rien...

— Je t'aime, Sebastian. De toute mon âme, de toutes

48

mes forces. Je t'ai toujours aimé et je t'aimerai jusqu'à mon dernier souffle.

Penché vers moi, il avait posé ses lèvres sur les miennes et m'avait serrée dans ses bras comme s'il voulait m'en faire un rempart contre tous les périls du monde.

La sonnerie stridente du téléphone m'arracha à ma torpeur et fit voler en éclats mes souvenirs doux-amers.

— Allô? ai-je marmonné en bâillant.

— C'est moi, Jack. Secoue-toi, ma vieille, j'arrive. Je t'apporte les journaux du matin.

Du coup, je fus pleinement réveillée.

— Ne m'en dis pas plus! Une collection de manchettes à sensation et d'articles nécrologiques larmoyants, n'est-ce pas?

— Je n'ai pas encore eu le temps de les lire mais tu ne dois pas te tromper beaucoup.

— Tu as raison de venir te cacher ici, les journalistes vont te traquer. Amène donc aussi Luciana.

— L'oiseau s'est déjà envolé, Viv. Elle est repartie pour Manhattan — ou même Londres, elle en est bien capable.

— Cela ne m'étonne pas d'elle... Bien, ai-je ajouté en m'extrayant du lit. Donne-moi le temps de faire un brin de toilette et de mettre le café en route. Je t'attends dans une demi-heure.

— Compte plutôt vingt minutes.

Sur quoi, avec sa brusquerie coutumière, Jack raccrocha sans me laisser le temps de protester.

4

A son expression, je compris d'emblée que Jack était d'humeur désagréable. Je fis cependant l'effort de le saluer gaiement en déposant la cafetière sur la table. Il me répondit par un vague grognement et se laissa tomber sur la chaise la plus proche.

— Je vois, ai-je poursuivi sèchement. On a donc décidé d'être *réchin*, ce matin?

Ce mot inattendu lui fit lever les yeux.

— Qu'est-ce que ça veut dire? grommela-t-il.

— Tu le sais très bien. Bonne-maman te traitait souvent de réchin quand tu étais encore en culottes courtes et que tu te montrais odieux comme tu l'es en ce moment.

— Franchement, je ne m'en souviens pas.

— Eh bien, je vais te rafraîchir la mémoire. Réchin signifie hargneux, grincheux, contrariant. C'est un mot venu du vieux français qui est resté dans le patois du Yorkshire, le pays de mon arrière-grand-père. Tu n'as quand même pas oublié les histoires que bonne-maman nous racontait sur son père? Elles nous faisaient rire aux larmes.

— Ah, oui! Le fameux George Spence... Ecoute, si tu ne veux pas que je m'évanouisse sur ton carrelage, il me faut de toute urgence du café bien fort.

Sur quoi, il empoigna la cafetière, remplit nos deux tasses, vida la sienne d'une lampée et se resservit aussitôt.

— Je comprends. Tu as la gueule de bois.

— Une monumentale. J'avais besoin de me remonter le moral, hier soir, quand je suis rentré à Laurel Creek. Et ne me demande pas pourquoi, je te prie.

Connaissant depuis longtemps les excès de boisson auxquels Jack s'adonnait de temps à autre, je m'en étais souvent inquiétée mais, devant l'inanité de mes efforts pour le ramener à la raison, j'avais cessé de perdre mon temps à lui faire la morale. Je m'assis donc en face de lui et m'abstins de tout commentaire.

— Alors, quelle est l'étendue des dégâts ? ai-je demandé en montrant les journaux posés sur la table.

— Le bilan est moins mauvais que prévu. Plutôt positif, même. Pas trop de boue remuée. Ton nom figure parmi ceux de ses cinq ex-femmes. Tu trouveras les articles à la une avec renvoi en page trois, les notices nécrologiques à la fin.

Jack avait apporté le *New York Post*, le *New York Times* et le *Daily News*. En les comparant rapidement, je ne constatai guère de différence dans le ton et la teneur des articles. Les trois journaux se contentaient de reprendre les dépêches d'agences en termes presque identiques : un homme célèbre et respecté avait été trouvé mort dans des circonstances encore inexpliquées, on déplorait sa perte et on entonnait sa louange posthume. A la une, des photos récentes de Sebastian donnaient de lui l'image, flatteuse mais véridique, d'un homme distingué, plein de charme et de séduction. Une séduction qu'il n'aurait plus l'occasion d'exercer...

Délaissant un instant le *Post* et le *News*, je me concentrai sur le *Times*. L'article du journaliste qui m'avait interviewée la veille par téléphone évitait de verser dans le sensationnel. Bien écrit, précis, il restait prudent dans ses conclusions. Le reporter faisait preuve d'une louable conscience professionnelle en me citant textuellement, sans ajouts intempestifs ni altérations abusives de mes propos.

La notice nécrologique consistait en une version abrégée et expurgée de la biographie de Sebastian Lyon Locke, dont elle énumérait les titres de gloire : richissime descendant d'une prestigieuse dynastie américaine, président-directeur général de Locke Industries Inc., président-fondateur de la fondation Locke, mondialement connu pour ses activités philanthropiques, etc. Suivait une liste complète des œuvres caritatives qu'il avait lancées ou qu'il subventionnait dans le tiers-monde. Rédigé à l'avance, comme c'est souvent le cas, le papier avait été complété à la dernière minute par quelques lignes d'introduction et de conclusion.

A première vue, il n'y avait rien à redire. La fin me réserva toutefois une surprise de taille car elle ne mentionnait que quatre des proches de Sebastian : moi, en tant qu'ex-pupille et ex-épouse du défunt (les quatre autres étaient passées sous silence), Jack et Luciana, ses enfants, et enfin Cyrus Lyon Locke, son père, chassé de ma mémoire depuis si longtemps que j'en avais oublié l'existence.

— Mon Dieu, Jack ! me suis-je exclamée. Et Cyrus ? Je n'y pensais plus. As-tu contacté ton grand-père ?

— Cette vieille canaille plus morte que vive ? Qu'il continue donc à pourrir dans son mausolée de Bar Harbor...

— Ton opinion ne m'intéresse pas, je te demande si tu l'as appelé ! l'ai-je interrompu. Est-il au courant de la mort de Sebastian ?

— J'ai eu Madeleine hier soir au téléphone, je lui ai tout raconté. Le vieux chnoque dormait.

— Lui as-tu dit de l'amener ici pour l'enterrement ?

— Certainement pas. Il est gâteux.

Mon ex-beau-père devait être au moins octogénaire mais son âge exact m'échappait.

— Quel âge a-t-il donc ?

— Il est né en 1904, nous sommes en 1994. Calcule toi-même : quatre-vingt-dix ans. On ne fait plus voyager les vieillards, à des âges pareils.

— Il faut quand même qu'il vienne. Sebastian était son fils unique.

— Le seul survivant, tu veux dire.

— Soit. Que t'a dit Madeleine ?

— Pas grand-chose, comme d'habitude. Une litanie de condoléances suivies de commentaires sur la santé délicate de Cyrus qui, a-t-elle précisé, a néanmoins toute sa tête, etc. Je ne peux pas la supporter ! Avec elle, on a toujours l'impression de nager en pleine catastrophe.

— Je sais, elle est sinistre. Malgré tout, je suis sûre qu'elle a raison de dire que Cyrus garde sa lucidité. Il a toujours eu une intelligence remarquable...

La sonnerie du téléphone m'interrompit. Je me levai pour répondre.

— Quand on parle du loup..., ai-je dit à mi-voix en couvrant le combiné d'une main. C'est pour toi.

— Qui est-ce ?

— La voix du Destin à l'accent irlandais.

Avec un soupir excédé, Jack prit le téléphone.

— Bonjour, Madeleine. Nous parlions justement de vous et de Cyrus. Vivianne tient à vous inviter aux obsèques...

— Ce n'est pas *moi* qui invite ! ai-je chuchoté, furieuse.

Jack feignit de ne pas m'avoir entendue et poursuivit sa conversation. Quelques instants plus tard, il raccrocha et resta adossé au mur, de nouveau morose.

— Comment se fait-il que Madeleine t'ait appelé ici ? lui ai-je demandé sèchement.

— J'ai laissé ton numéro à Carrie, la nièce de Mme Crane. Elle la remplace à Laurel Creek jusqu'à son retour.

— Merci bien ! Pourquoi te crois-tu obligé de m'imposer toutes les corvées de la famille ? Ce n'est pas à *moi* d'organiser les obsèques de Sebastian, Jack! C'est à toi d'en assumer la responsabilité. A toi et à Luciana.

– Oublie Luce. Elle ne pense qu'à prendre la fuite. A retourner à Londres auprès de son andouille de mari.

– Viendra-t-il, au moins?

– Qui?

Son attitude commençait à m'exaspérer.

– L'andouille, comme tu dis. Gerald Kamper, le mari de ta sœur. Ton beau-frère. L'Anglais.

– Il ne compte pas. Celui qui me chiffonne, c'est le vieux. Madeleine prétend qu'il veut être présent aux funérailles de son fils, qui le haïssait. Un comble!

– Je suis sûre que Sebastian l'aurait lui-même souhaité.

– Arrête, je t'en prie! Quelle famille...

La conversation dérapait. Il fallait amadouer Jack.

– Ecoute, n'aggrave pas les choses. Faisons un petit effort, et tout se passera bien. Il est quand même normal que Cyrus veuille assister à l'enterrement de son propre fils...

– Normal? Je ne te croyais pas bête à ce point! Cyrus Locke n'a rien de *normal,* pas plus que Sebastian n'était *normal!* Ni l'un ni l'autre n'ont jamais eu le moindre sentiment humain – une déficience génétique, sans aucun doute. Le vieux est aussi monstrueux que l'était son digne fils. Mieux vaut pour tout le monde qu'il reste terré à Bar Harbor avec sa secrétaire-gouvernante-maîtresse-garde-chiourme et je ne sais quoi encore...

Jack s'interrompit brusquement et me décocha un de ses sourires macabres à donner froid dans le dos.

– Il n'empêche que même si nous le voulions, nous ne pourrions pas empêcher Cyrus de venir. Il voudra vérifier.

– Vérifier quoi?

– Si Sebastian est bien mort. S'il est sous six pieds de terre à engraisser les pissenlits.

– Jack, de grâce...

– Ne me dis pas « Jack, de grâce » sur ce ton larmoyant!

54

Pas ce matin, en tout cas, tu me l'as déjà trop servi toute la journée d'hier. Pas de larmes non plus, j'en ai eu ma dose. Tu es sentimentale comme une mandoline, ma vieille.

— Et toi, l'être le plus antipathique que j'aie eu le malheur de côtoyer de toute ma vie! Tu me sors par les yeux, Jack. Sebastian est mort avant-hier et tu te conduis comme si tu t'en moquais éperdument.

— Non, je m'en fiche complètement. Nuance.

— Et tu oses traiter Cyrus d'anormal? Tu es cent fois pire que lui.

— Que veux-tu, j'ai l'esprit de la famille. Tel père, tel fils, n'est-ce pas?

— Assez, Jack! Sebastian était un excellent père.

— A d'autres! Il n'a jamais été un père, ni pour moi ni pour Luciana, tu devrais le savoir mieux que personne. Je te l'ai dit et je te le répète : il était incapable d'aimer qui que ce soit.

— Et moi, je te répète que c'est faux. Il m'aimait.

— Voilà que ça te reprend, fit-il avec un ricanement dédaigneux. Qu'il ait crevé d'envie de coucher avec toi depuis que tu étais toute gamine, je l'admets volontiers. Il en bavait de convoitise, le vieux satyre...

— C'est faux!

— C'était visible à l'œil nu, te dis-je. Luciana et moi avions même trouvé un titre de vaudeville pour décrire son manège : « La séduction de Vivianne, ou comment suborner une innocente pucelle ».

— Pourquoi, je te prie?

— Parce que, pendant des années, nous nous sommes bien amusés à observer ses travaux d'approche. Fascinant! Le gros matou qui guette la souris avant de lui sauter dessus... Quelle patience il lui a fallu! Attendre que tu grandisses en te faisant des mamours, en te couvrant de cadeaux. Tout était bon pour t'amener à lui tomber toute rôtie dans le bec. Et il est passé à l'acte dès qu'il n'a plus couru de risque, c'est-à-dire à ta majorité. Le soir même de ton vingt et unième anniversaire. Ça lui démangeait au point de ne même pas pouvoir attendre le lendemain.

— Ecoute, Jack, ai-je dit avec un soupir de lassitude, ta haine pour ton père te rend aveugle. Rien ne s'est passé comme tu le prétends. Sebastian ne m'a pas séduite...

Il m'interrompit d'un éclat de rire.

— Prendras-tu toujours sa défense envers et contre tout? C'est toi qui es aveugle, ma pauvre Viv. Aveugle ou naïve, choisis.

Jack vida la cafetière dans sa tasse et alluma une cigarette – une habitude dont je le croyais débarrassé. Folle de rage, je retins de justesse la réplique cinglante qui me montait aux lèvres et je partis en claquant la porte pour aller m'enfermer dans la bibliothèque.

Une fois assise à ma table, je repris machinalement mon article destiné au magazine du *Sunday Times* et je m'efforçai de me calmer en finissant de le réviser. Ma colère contre Jack me procurait-elle l'énergie dont j'avais besoin? Sans doute car, en moins de deux heures, mon travail fut terminé de manière satisfaisante.

L'arrivée de Belinda, que je n'attendais qu'une heure plus tard, me prit au dépourvu.

— Je suis venue en avance parce que je pensais que vous auriez besoin de moi, m'expliqua-t-elle. Voici les journaux. Les avez-vous déjà vus?

— Oui, Jack les a apportés très tôt ce matin. Au fait, est-il toujours planté dans la cuisine?

— Non, il est dans mon bureau. Il accapare le téléphone pour organiser les obsèques et le service religieux.

— Ravie de l'apprendre! Je craignais qu'il ne se défile, comme à son habitude.

— Je l'entendais parler au pasteur de Cornwall. Si je comprends bien, l'enterrement aura lieu vendredi?

— C'est ce que nous avons décidé hier soir. Le service est fixé pour mercredi à New York.

– Mercredi ? Nous n'aurons guère le temps de prévenir tout le monde.

– Voyons, Belinda ! Il suffit de passer un communiqué de presse. Mieux encore, laissons la fondation s'en charger. Le monde entier sera informé en vingt minutes.

– Vous avez raison. Où avais-je la tête ?

– Rendez-moi un immense service, Belinda : filtrez les appels des journalistes, aujourd'hui au moins. Je ne me sens vraiment pas d'humeur à les affronter.

– Pas de problème, je les tiendrai à distance. S'ils insistent, faut-il leur dire de rappeler demain ?

– Oui... Non, j'ai une meilleure idée : passez les communications à Jack. Et quand il retournera à Laurel Creek, donnez-leur le numéro de téléphone. Il est aussi capable que moi de parler aux journalistes. En attendant, je ne suis là pour personne.

Et je suis allée chercher refuge dans ma chambre.

5

Apaisée par l'atmosphère de la pièce baignée de soleil, je sortis sur le balcon profiter de l'exceptionnelle douceur de cette fin de matinée. La nature semblait vouloir nous offrir ces derniers feux de l'été indien comme pour se faire pardonner de nous infliger bientôt les rigueurs de l'hiver, souvent rude dans la région. La neige survenait dès le début de décembre et il n'était pas rare de la voir persister jusqu'en avril. Je ne comptais cependant pas subir les frimas du Connecticut. Depuis de longues années en effet, je passais le plus clair de mon temps en Provence, dans l'ancien moulin à huile où j'aimais écrire au calme les biographies et les essais auxquels je me consacrais plus volontiers qu'au journalisme.

J'avais eu un tel coup de foudre pour cette maison, découverte pendant notre voyage de noces, que Sebastian me l'avait offerte en cadeau de mariage. Le jour où nous étions passés devant par hasard, elle ne ressemblait pourtant guère à la charmante résidence qu'elle est devenue au fil des ans. Sur la grille rouillée, une planche vermoulue portait encore les mots « Le Vieux Moulin » tracés à la peinture noire. La bâtisse était entourée d'un vaste terrain en friche, envahi de ronces et d'herbes folles. L'ensemble était à vendre pour une bouchée de pain. Mais que de travaux à exécuter pour rendre les lieux habitables! Nous avions eu à cœur, Sebastian et moi, de rénover et d'agrandir Le Vieux Moulin en respectant le style du pays. Cette restauration, autant inspirée de ses idées que des miennes, nous avait coûté beaucoup de temps et d'efforts; ils ont été amplement récompensés.

Le Vieux Moulin et Ridgehill sont désormais mes seuls véritables foyers, l'un parce qu'il est dans ma famille depuis deux siècles, l'autre parce que j'ai le sentiment de l'avoir recréé. Je chéris également ces deux vieilles maisons entre lesquelles je partage mon temps. Mon studio de Manhattan n'est rien de plus qu'un pied-à-terre commode, où je fais halte lorsque ma profession exige ma présence en ville.

Arrivée en août pour mon séjour annuel dans le Connecticut, je comptais comme d'habitude regagner la France fin octobre au plus tard. Maintenant, j'étais prête à modifier mes projets afin d'attendre le rapport d'autopsie, car je ne voulais pas partir sans apprendre la vérité sur la mort de Sebastian. Sachant que la police s'adresserait à Jack et Luciana plutôt qu'à moi, je n'avais pourtant aucune raison valable de m'attarder – si ce n'était d'obtenir des réponses aux questions obsédantes que je me posais sur les conclusions du médecin légiste. Malgré le doute que Jack avait glissé dans mon esprit, je m'accrochais farouchement à la conviction que la mort de Sebastian était due à des causes naturelles.

Ma vue plongeait sur mon jardin et les collines, étagées jusqu'au lac Waramaug, où les arbres déployaient leurs couleurs éclatantes sous un ciel sans nuages. Etait-ce l'influence de mes tristes pensées? Je ne remarquais que les feuilles déjà tombées à terre, les branches qui commençaient à se dénuder plus tôt qu'à l'accoutumée. Dans une quinzaine de jours, ce merveilleux tapis pourpre et or aurait disparu. Une grisaille froide et désolée s'étendrait à perte de vue.

Désolée... Le mot dépeignait trop bien mon humeur.

Étais-je la seule personne à pleurer la mort de Sebastian ? me demandais-je, amère. Ses enfants n'en semblaient pas le moins du monde affectés. Quant à Cyrus, nul ne pouvait deviner les sentiments d'un vieillard ayant lui-même un pied dans la tombe. Il avait déjà perdu trois de ses enfants, le dernier venait de mourir. Quelle que soit sa dose d'égoïsme, me disais-je, il est atroce de devoir enterrer ses propres enfants.

Sebastian était longtemps resté l'unique survivant des rejetons de Cyrus Locke. Du moins le supposions-nous, car une de ses sœurs avait disparu des années auparavant sans laisser de traces. Nous ignorions même si elle était encore en vie.

Sebastian était le fils aîné de Cyrus et de sa première épouse, morte en couches. Trois autres enfants, deux filles et un garçon, étaient nés de sa deuxième femme, Hildegarde. Glenda, l'aînée des demi-sœurs de Sebastian, s'était suicidée. Malcolm, son frère, avait péri dans un accident de bateau sur le lac de Côme. Quant à Fiona, la plus jeune, elle avait sombré sept ans plus tôt dans l'abîme pitoyable de la drogue – les limbes des morts vivants, comme disait Sebastian. Depuis la disparition de sa sœur, il n'avait cessé de la rechercher ; j'avais entendu dire que des enquêteurs de Locke Industries s'efforçaient récemment encore de retrouver sa piste.

A l'exception de Cyrus, le patriarche, il ne restait donc que Jack et Luciana, tous deux sans descendance. C'était pour moi une tragédie de voir la dynastie Locke, fleuron des grandes familles américaines, condamnée à l'extinction après s'être désintégrée au fil des ans. S'il apprenait le sort de sa progéniture, Malcolm Lyon Locke, le père fondateur, se retournerait à coup sûr dans sa tombe ! Pour ce jeune Ecossais entreprenant et enthousiaste, embarqué à Dundee vers le Nouveau Monde en 1830 et déjà millionnaire à vingt-huit ans, la déception aurait été cruelle.

Si Luciana persistait à détester les enfants au point de s'interdire d'en concevoir, si Jack refusait de se remarier et d'en avoir, il ne resterait pour perpétuer le nom que quelques cousins éloignés, petits-enfants des frères de Cyrus, James et Trevor. Nul, à vrai dire, ne se souciait de ces personnages falots, vivant dans l'oisiveté des rentes imméritées qui leur venaient de la fortune familiale édifiée par leurs prédécesseurs et que Sebastian, à la suite de Cyrus, avait si bien su faire fructifier.

Des coups frappés à la porte de la chambre me tirèrent de mes sombres réflexions.

— Je peux entrer, Viv ? fit la voix de Jack.

Sans attendre ma réponse, il traversa la pièce et me rejoignit sur le balcon.

— Tout est réglé, m'annonça-t-il. J'ai eu le pasteur de Cornwall au téléphone. La cérémonie aura lieu vendredi à onze heures, l'inhumation tout de suite après.

— Dis-moi, Jack, nous devrions peut-être inviter ensuite à déjeuner quelques amis proches et la famille...

— La famille ? m'interrompit-il en s'esclaffant. Tu as un curieux sens de l'humour. Quelle famille ?

— Il y aura toi, Luciana et moi, puisque tu considères que j'en fais toujours partie. Tu ne pourras pas laisser Madeleine et ton grand-père repartir dans le Maine sans leur offrir au moins un verre d'eau. Les cousins Locke viendront peut-être aussi, sans compter quelques amis de Sebastian et certains de ses collaborateurs les plus proches.

— Tu as raison, admit-il en maugréant. Faisons chacun une liste et comparons-les plus tard.

— Et les anciennes femmes de Sebastian, celles qui sont encore en vie ? Betsy Bethune, par exemple ?

— Ne compte pas sur Betsy. Elle donne une tournée de récitals dans le monde ou quelque chose de ce genre. En ce moment, elle doit jouer à Sydney, je crois.

— Et Christabelle ?

– Seigneur, qu'est-ce qui te fait penser à Christa? Ni Luciana ni moi n'avons la moindre idée de l'endroit où elle se cache, probablement pour crever d'une cirrhose du foie. Ne l'invite surtout pas! Luciana t'arracherait les yeux; elle ne peut pas souffrir sa mère.

– A ton aise... Et le service à New York?

– Luciana m'a promis de s'en occuper.

– C'est vrai? me suis-je exclamée. Je n'en reviens pas.

– Tu as la dent plutôt dure pour nous deux, Viv.

– Oui. Et alors? Que devrais-je dire de ton attitude? De quoi préfères-tu que je te traite : d'égoïste, de barbare sans cœur, de grossier personnage?

– D'accord, d'accord... Rangeons les gants de boxe au vestiaire, veux-tu?

– Avec joie.

– Bon. Je te quitte... Ecoute, ajouta-t-il du pas de la porte, enterrons-le dans les règles mais après, je ne veux plus en entendre parler. J'ai hâte de rentrer à Paris.

Je ravalai de justesse une réplique cinglante.

– Pas si vite! ai-je dit sèchement. Demande aux relations publiques de Locke Industries ou de la fondation de préparer des communiqués de presse, et vérifie si le ton est approprié. Nous les examinerons ensemble – à condition, bien entendu, que tu souhaites toujours ma coopération.

– Je suis allé au-devant de tes désirs : j'ai appelé Millicent Underwood. Elle y travaille déjà.

– Stupéfiant...

– Quoi donc?

– Ton efficacité, aussi soudaine qu'inexplicable.

– Elle n'a rien d'inexplicable. Je veux me débarrasser le plus vite possible de ces corvées, voilà tout.

Il ponctua sa déclaration d'un large sourire qui me donna un sentiment de malaise, auquel j'hésitai d'abord à attribuer une cause précise. Un instant plus tard, l'ayant observé, je n'en pouvais plus douter : Jack était *content!* Content et soulagé. Il se réjouissait de la mort de Sebastian.

Cette découverte me fit l'effet d'un coup de massue. Incapable de soutenir son regard narquois, je lui tournai le dos et me dirigeai vers mon secrétaire, à l'autre bout de la pièce.

— Je commence à faire ma liste, bredouillai-je, la tête baissée.

— Travaille bien. A tout à l'heure, Viv.

J'entendis la porte claquer et ses pas s'éloigner. Appuyée au meuble, je m'efforçai de calmer le tremblement qui me saisissait.

Car je ne pouvais m'empêcher de me demander, avec une horreur croissante, si Jack Locke n'était pas expressément revenu aux États-Unis dans l'intention de tuer son père.

Je ne pus me défaire de ce doute affreux le reste de la journée. J'avais beau m'occuper à classer mes notes manuscrites et mes cassettes dictées au magnétophone, les soupçons revenaient me hanter. A la fin de l'après-midi, peu après le départ de Belinda, j'ai allumé du feu au petit salon et me suis installée devant la cheminée, une théière à portée de la main, dans l'espoir de me clarifier les idées.

Que la mort d'un père laisse indifférent est une chose, s'en réjouir ouvertement en est une autre. Jack avait-il haï Sebastian à ce point? Ou son plaisir venait-il de la perspective de son énorme héritage? Je connaissais assez Jack pour savoir que le pouvoir que confère l'argent le laissait froid; l'argent, en revanche, l'intéressait à coup sûr. Et bien des gens auraient tué pour une fortune moindre...

Plus je tentais de chasser ces pensées inquiétantes, plus elles revenaient m'obséder. Le meurtre du père, acte chargé de symboles, était un rite aussi vieux que l'humanité. Avais-je eu un éclair d'intuition, étais-je le jouet de mon imagination? Si seulement je pouvais en parler à quelqu'un! Je ne disposais, hélas! d'aucun confident auquel je pusse me fier. Sauf, peut-être, Kit. Compréhensif, plein de bon sens et d'expérience, il était pour moi un ami aussi sûr que discret.

Ma main se tendit d'elle-même vers le téléphone. Mais à peine avais-je composé les indicatifs internationaux que je raccrochai. Je ne pouvais pas mêler Kit à ces histoires. D'abord parce que ce serait gravement trahir Jack, mon frère et mon ami de toujours. Mes soupçons ne reposaient que sur de vagues impressions, je n'avais pas le droit de les exposer à un tiers, même à un intime. Et puis, je dirais même surtout, Kit nourrissait une solide antipathie à l'égard des Locke en général et de Jack en particulier, avec lequel il s'était accroché dès leur première rencontre. A quoi bon jeter de l'huile sur le feu ?

Je me souvenais aussi que, peu avant mon départ pour New York, Kit avait fait quelques remarques peu amènes sur Sebastian, allant même jusqu'à me demander si je n'étais pas restée amoureuse de lui. Bien entendu, je l'avais détrompé avec la dernière vigueur et je suis sûre qu'il m'avait crue. Il n'empêche que ce serait une erreur de ma part de lui parler de Jack. Kit était un homme droit et sincère, je connaissais son ouverture d'esprit, je le savais capable de se montrer objectif. Mais la solution à mon dilemme ne consistait pas à me décharger sur lui du fardeau de mes inquiétudes.

Christopher Tremain était un peintre américain de renom dont j'avais fait la connaissance deux ans auparavant, lorsqu'il avait acheté une propriété en Provence non loin de chez moi. Nous nous étions découvert tant d'affinités et d'attirance mutuelle que, depuis un an, il me demandait avec insistance de l'épouser. Nous nous aimions, nous nous entendions aussi bien physiquement qu'intellectuellement et, pourtant, je me dérobais. Peut-être mon indigestion de bonheurs et de malheurs conjugaux m'avait-elle rendue allergique au mariage... Kit ne m'en tenait pas rigueur et, malgré sa déception, nos rapports ne s'étaient pas altérés. Ce n'était pas une raison pour risquer de les compromettre.

A la réflexion, je ne pouvais décidément me confier à personne. Mieux valait ne compter que sur moi-même.

6

Le jeudi soir, veille de l'enterrement de Sebastian, j'avais les nerfs à vif, je me retournais dans mon lit sans parvenir à trouver le sommeil. Finalement, découragée, je décidai de me lever et de descendre.

Il était trois heures du matin à l'horloge du vestibule. Neuf heures en France. Un instant, je fus tentée d'appeler Kit, non pas pour lui confier mes angoisses mais simplement pour entendre une voix amicale. J'étais étonnée qu'il ne m'ait pas déjà téléphoné. Le monde entier était maintenant informé de la mort de Sebastian, qui avait été mon tuteur avant d'être mon mari pendant cinq ans. Kit savait donc que sa disparition m'affecterait. Marie-Laure de Roussillon, ma meilleure amie en France, m'avait d'ailleurs appelée pour m'exprimer sa sympathie, comme l'avaient fait mes autres amis de Paris et du Midi.

Il se pouvait aussi que Kit ne soit pas encore au courant. Sa prochaine exposition devait avoir lieu à Paris en novembre. La dernière fois que nous en avions parlé, une dizaine de jours auparavant, il tenait absolument à terminer une grande toile qui lui posait, m'avait-il dit, un épineux problème de composition. Or, lorsque son travail l'absorbait, Kit s'isolait totalement du monde. Il peignait jour et nuit sans voir personne, sans lire les journaux, sans regarder la télévision ni même écouter la radio. La discipline qu'il s'imposait se résumait en trois mots : peindre, dormir, manger – activités réparties, bien entendu, de manière très inégale. Tant qu'il ne s'estimait pas entièrement satisfait, il lui arrivait de rester dans son atelier dix-huit heures d'affilée plusieurs jours de suite. Je n'avais pas osé lui téléphoner lundi pour lui apprendre la nouvelle. Aujourd'hui encore, je préférais ne pas risquer de lui faire manquer un coup de pinceau – et aussi, je l'avoue, de m'exposer à un de ses sarcasmes sur mon attachement à la famille Locke.

Aussi, plutôt que de chercher un réconfort extérieur, je me fis chauffer du lait à la cuisine, j'y ajoutai du sucre et je le sirotai à petites gorgées, pelotonnée sur le canapé de la bibliothèque. Bonne-maman considérait le lait chaud sucré comme une panacée, qu'elle m'administrait contre presque tous les maux dont je souffrais. Cette nuit, je ne demandais à la potion magique de mon enfance que de m'aider à m'endormir.

L'épreuve du lendemain me remplissait d'appréhension. Affronter ensemble Jack et Luciana serait déjà pénible. Que dire, alors, de Cyrus Locke et de Madeleine Connors, sa lugubre dame de compagnie ! Je savais d'expérience que les réunions de famille, mariages ou enterrements, se passent souvent fort mal. Les obsèques de Sebastian ne feraient sûrement pas exception à la règle... C'est alors qu'il me vint un éclair de lucidité : à quoi bon m'infliger plus longtemps ces contrariétés ? Je n'avais aucune raison de m'attarder. Rien ne m'interdisait de partir aussitôt après le service religieux du mercredi à New York et de réserver ma place sur l'avion de Paris le soir même.

Ma décision prise, j'eus soudain hâte de rentrer en France, de retrouver mon cher Vieux Moulin près de Lourmarin, au pied du Luberon. C'était là, au milieu des oliveraies et des champs de lavande, dans mes jardins recréés à force d'amour et de soins, que je connaissais vraiment la paix. C'était là, dans mon petit paradis à l'abri des turbulences du monde, que j'étais le plus heureuse et que je travaillais le mieux. Il était d'ailleurs grand temps de me remettre à la biographie des sœurs Brontë, commencée au début de l'année et dont je devais livrer le manuscrit à mon éditeur au mois de mars. Il me restait à peine quatre mois pour le terminer, je n'avais donc plus de temps à perdre.

Rassérénée par la perspective de me replonger dans ce travail que j'aimais, j'allais monter me coucher quand mon regard tomba sur le gros album de photos posé sur l'étagère près de la cheminée. Il contenait des vues du Vieux Moulin et j'eus envie de les regarder. Mais quand je l'ouvris, le hasard voulut que ce soit à la page des photos de mon vingt et unième anniversaire, en 1979. Intriguée, je me penchai sur ces documents, témoins de mon passé.

Que de surprises réservent les vieilles photographies! Nous y découvrons une réalité très différente de l'image que nous gardions de nous-mêmes. Quand il m'arrivait d'évoquer cette fête dans ma mémoire, je me croyais une femme faite à l'époque. Quelle erreur! La toute jeune fille que j'avais sous les yeux paraissait bien innocente et naïve dans sa robe blanche, un simple rang de perles au cou. Mes courts cheveux châtains me donnaient l'allure d'un petit page, mes joues étaient plus pleines, mes pommettes moins marquées qu'aujourd'hui. La moue que je croyais alors mutine ressemblait à celle d'un bébé qui fait risette. Et mes yeux verts fixaient l'objectif avec un sérieux désarmant. Bref, le portrait type de l'adolescente sans expérience.

A côté de moi, d'une élégance irréprochable dans son smoking de Savile Row, Sebastian souriait avec l'assurance de l'homme du monde blasé. Sur son plastron empesé, je revis briller les boutons de saphir qu'il avait eu tant de mal à défaire cette nuit-là dans ma chambre...

Près de lui, en robe de taffetas rose et le visage nimbé de

boucles blondes, Luciana arborait l'expression chaleureuse d'un iceberg. A treize ans, elle avait déjà une silhouette voluptueuse et faisait beaucoup plus que son âge. Son expression amère était digne d'une femme de trente ou quarante ans, confite dans la rancune et détestant le monde entier – j'étais mieux placée que quiconque pour le savoir.

La photo de Jack me causa un choc quand je me rendis compte qu'il n'avait pour ainsi dire pas changé. Avec ses cheveux décoiffés, son smoking froissé, sa mine morose de petit vieux ronchon, il était à quinze ans exactement le même qu'aujourd'hui. Se déciderait-il jamais à grandir ? me demandai-je avec regret.

En tournant les pages, je retrouvai une série de photos de Sebastian prises cet été-là à Nantucket, où nous étions en vacances. L'une d'elles avait pour cadre le yacht d'un de ses amis. Cheveux au vent, la chemise ouverte sur son torse bronzé, on aurait dit un jeune homme. Il avait pourtant quarante et un ans cette année-là, mais contrairement à ses enfants, il était loin de faire son âge.

Il ne portait pas davantage ses cinquante-six ans quand nous avions déjeuné ensemble la semaine précédente. A un moment, je n'avais pu m'empêcher de lui en faire la remarque. Flatté par mon compliment, il me l'avait rendu en ajoutant que nous étions tous deux bâtis pour défier le temps.

– Tu as toujours été ma préférée, Viv, avait-il dit en me prenant la main sur la table. Je me rends compte à quel point tu me manquais. Il faut nous revoir, ma chérie. Faisons-nous signe plus souvent. La vie est trop courte pour négliger les êtres auxquels on tient.

Je lui avais aussitôt rappelé que c'était lui qui était constamment par monts et par vaux tandis que moi, j'étais facile à joindre puisque je ne partageais mon temps qu'entre Ridgehill et Lourmarin.

– Sois tranquille, je te retrouverai, avait-il répondu avec un de ses sourires qui me faisaient battre le cœur.

Il était sincère, je l'avais senti. Maintenant, il ne pourrait plus jamais tenir cette dernière promesse...

Continuant à tourner rapidement les pages, je marquai une pause à celles de mes photos de mariage. J'étais dans toute ma gloire de jeune mariée en robe de soie blanche, un bouquet de roses blanches à la main, le regard levé vers mon séduisant mari. Mon adoration était si évidente, si tangible, que ma gorge se serra au souvenir de nos années de vie commune et que je m'accordai le temps d'y rêver un peu.

Nous nous étions mariés en juillet 1980, à la fin de mes études à Wellesley. Après que Sebastian et moi étions devenus amants, l'été précédent, je ne voulais pas retourner à la faculté. J'aurais préféré ne plus le quitter, voyager avec lui, rester toujours à ses côtés. Il s'était fâché en m'intimant l'ordre de terminer mes études et d'obtenir mes diplômes. Cette première querelle, qui présageait la violence de celles qui allaient suivre, se solda par ma défaite, suivie d'une prompte réconciliation, car nous n'étions ni l'un ni l'autre rancuniers. Elle nous avait cependant réservé à chacun une surprise de taille. A moi, de me révéler un caractère obstiné et rebelle dont je ne me savais pas pourvue ; à lui, de découvrir en moi pour la première fois une adversaire avec laquelle il devrait compter.

Je n'avais cessé d'espérer, depuis le début de notre liaison, que Sebastian m'épouserait. Sa demande, lorsqu'il l'avait formulée peu après ma sortie de Wellesley, m'avait pourtant prise au dépourvu car il m'avait constamment opposé jusque-là nos vingt ans de différence, objection qui me paraissait absurde. Il était si jeune à tant d'égards que je n'avais jamais considéré Sebastian comme plus âgé que moi.

Nous avons été unis à Laurel Creek par un juge que Sebastian connaissait de longue date. Après la simple et brève cérémonie, un lunch avait réuni quelques amis intimes et membres de la famille. Sebastian et moi étions ensuite partis en voiture pour New York, heureux d'être enfin seuls. Le lendemain matin, nous prenions le départ pour notre long voyage de noces, dont Londres constituait la première étape.

J'avais quelques souvenirs de Londres pour y être allée deux fois dans ma jeunesse avec ma mère et ma grand-mère. Les circonstances étaient cette fois bien différentes ! Sebastian avait retenu une suite au Claridge. Nous y avons séjourné une quinzaine de jours, car il avait des affaires à traiter et voulait nous équiper pour l'Afrique où nous devions nous rendre ensuite.

Ce séjour à Londres s'est déroulé pour moi comme un rêve. Nous soupions dans les endroits à la mode, nous allions à l'opéra de Covent Garden, dans les théâtres du West End. Je m'amusais, j'étais follement amoureuse de Sebastian, et lui de moi. Nous passions le plus clair de notre temps au lit, où il m'initiait aux plaisirs de l'amour. Il me passait tous mes caprices, m'habillait en princesse et me présentait à ses amis plus fièrement que si j'en avais été une.

Au bout de quinze jours, nous nous étions donc envolés pour Nairobi. Jamais je n'oublierai ces quelques semaines au Kenya ! J'étais émerveillée par l'Afrique, que Sebastian me faisait découvrir mieux que tous les guides profession-nels. Il m'emmenait dans ses endroits préférés, qu'il me présentait de manière passionnante. C'est ainsi que nous avons survolé la vallée du Rift, berceau de l'humanité ; sillonné en Land Rover des savanes verdoyantes ; observé les animaux sauvages vivant en liberté dans la réserve Masai Mara ; campé sur les rives du lac Victoria ; exploré les pentes du Kilimandjaro – que sais-je encore ? Je ne me lassais pas d'admirer ces paysages majestueux, vierges depuis la Création, sous des cieux infinis et changeants, tour à tour d'un bleu immaculé ou alourdis de grosses nuées d'orage, que la nuit métamorphosait en voûte de velours noir constellée de diamants. Endormis dans les bras l'un de l'autre, bercés par les bruits de la nature et les cris des animaux, je nous croyais réellement Adam et Eve revenus au paradis terrestre...

Quatorze ans déjà s'étaient écoulés. En revoyant ce soir-là les témoignages les plus mémorables de ces instants de pur bonheur, je pris conscience qu'ils restaient aussi vivaces dans ma mémoire que si je les avais vécus la veille.

Tournant de nouveau les pages, je suis enfin arrivée à celles de mon Vieux Moulin. J'avais oublié à quel point il était en ruine lorsque nous l'avions acheté!

Après notre départ du Kenya, nous avions séjourné en France, au château de Coste, près d'Aix-en-Provence, dont Sebastian était propriétaire depuis plusieurs années. J'y étais déjà venue maintes fois, lorsque ma mère vivait encore, passer d'inoubliables vacances d'été. C'était le lieu préféré de Jack; il ne le quittait qu'à regret et s'y sentait chez lui au point d'avoir fait l'effort, méritoire de sa part, d'apprendre le français, afin de mieux s'intégrer au pays. Je dois dire qu'il y est remarquablement parvenu.

C'est au cours d'une de nos promenades que Sebastian et moi étions tombés par hasard sur le Vieux Moulin. La propriété était admirablement située entre une oliveraie et des champs de lavande, à la fois assez isolée pour préserver l'intimité et assez proche de Lourmarin pour participer à la vie du village. Sebastian m'en avait fait cadeau parce que j'avais eu le coup de foudre pour le site et le style de la maison, malgré son triste état. Une fois les travaux de restauration entrepris, Sebastian en avait toutefois vite repéré les possibilités; aussi avait-il décidé de l'aménager de manière à en faire notre résidence principale en Europe, où passer plusieurs mois par an.

Depuis quelque temps déjà, absorbé par ses programmes humanitaires, Sebastian s'était désintéressé du château et des vignes, qui produisaient un excellent coteaux-d'Aix. Il

72

en avait confié la gestion à un régisseur et n'y venait plus que de loin en loin. Tombé amoureux comme moi du Vieux Moulin, il avait donné le château, les terres et les chais à Jack sur sa part d'héritage. Enchanté, Jack y avait passé toutes ses vacances jusqu'à la fin de ses études à Yale et, depuis, s'y était installé en permanence.

Sur les premières photos, le Vieux Moulin avait la triste allure d'une ruine qui défiait les efforts des plus courageux pour lui redonner vie. Les choses en fin de compte s'étaient mieux passées que nous ne l'avions craint. Relever les murs et le toit, ajouter deux ailes, aménager un intérieur chaleureux et confortable, tout ce long processus m'avait procuré les plus vives satisfactions de ma vie. Sebastian et moi y avons passé d'heureux moments jusqu'à notre divorce. Par la suite, il y revenait de temps à autre, lorsqu'il souhaitait échapper aux pressions du monde extérieur.

Quelques pages plus loin, j'arrivai enfin aux photos que je voulais voir, celles de mon Vieux Moulin dans toute sa splendeur. Qu'il était beau, avec ses murs d'ocre pâle et son toit de tuiles roses sous le ciel bleu ! Ma photo préférée était une vue d'ensemble, prise tard dans l'après-midi, qui le représentait dans son cadre d'oliviers et de champs de lavande. Sous les rayons du soleil couchant, on l'aurait cru bâti de lingots d'or... Bientôt, dans moins d'une semaine, je retrouverais enfin ces merveilles ainsi – du moins je l'espérais – qu'une certaine paix de l'âme.

C'est sur cette image consolante que je refermai l'album. Je pouvais maintenant aller dormir.

7

L'enterrement de Sebastian constitua pour moi une épreuve plus pénible que je ne l'avais prévu.

J'étais au premier rang de la petite église de Cornwall entre Jack et Luciana d'un côté, Cyrus Locke et Madeleine Connors de l'autre. Ils avaient beau représenter tout ce qui me tenait lieu de famille en ce monde, je me sentais entourée d'étrangers. Non que l'un ou l'autre ait eu des mots déplaisants ou se soit mal conduit envers moi. C'est leur attitude qui me choquait, une indifférence si flagrante que je bouillais intérieurement de colère.

Immobile, les mains jointes sur mes genoux, je devais prendre sur moi pour présenter un visage impassible. Et puis, mon chagrin l'emporta. Nous n'étions pas immortels, certes ; mais Sebastian était mort trop jeune, trop tôt. Comment, pourquoi était-il mort ? La question que j'étais parvenue à oublier revenait m'angoisser.

Malgré mes efforts pour prêter attention au service, je n'entendais pas la moitié de l'éloge funèbre de Sebastian, que prononçait le P-DG en exercice de Locke Industries. Du coin de l'œil, je coulai un regard vers Jack. Pâle, les yeux cernés, il arborait une expression aussi impénétrable que la mienne. Seules, ses mains trahissaient sa nervosité.

Le père de Sebastian m'intriguait davantage. Je m'étais

attendue à revoir Cyrus, sinon moribond, du moins très diminué. J'eus la surprise de le trouver dans une forme exceptionnelle pour un homme de son âge. Ses rares cheveux blancs ramenés sur le sommet de son crâne dissimulaient mal sa calvitie, sa peau diaphane se tendait sur son visage osseux, mais ses yeux n'avaient rien perdu de leur éclat, et j'avais remarqué la vigueur de sa démarche en entrant dans l'église. Je gardais le souvenir d'un homme grand et sec, à l'esprit plus tranchant que les mâchoires d'un piège d'acier ; tel je le retrouvais aujourd'hui, ou presque. Plus âgé, sans doute, mais à peine plus affaibli – beaucoup moins, en tout cas, que ce que Madeleine avait dit à Jack. Je n'aurais pas été étonnée qu'il devînt centenaire.

J'étais stupéfaite, en revanche, de l'allure de Luciana. Je ne l'avais pas revue depuis deux ou trois ans ; quand nous nous sommes saluées en descendant de voiture, j'ai à peine reconnu la créature émaciée, maladive, qui se tenait devant moi. J'étais pourtant certaine qu'elle ne souffrait d'aucune maladie et que sa maigreur excessive n'était due qu'à des régimes abusifs. Si elle se décidait un jour à avoir un enfant – éventualité fort improbable compte tenu de son aversion pour la maternité –, elle aurait à coup sûr le plus grand mal à mener à terme sa grossesse, dans un tel état.

Le plus triste, c'est qu'elle avait perdu sa beauté et la silhouette voluptueuse qui lui allait si bien dans sa jeunesse. Sa tête paraissait disproportionnée sur son corps squelettique ; quant à ses jambes, naguère galbées à la perfection, elles ressemblaient à des allumettes. Qui aurait pu croire qu'elle n'avait que vingt-huit ans ?

Dieu merci, elle avait eu au moins la décence de se mettre en noir. Connaissant son esprit de contradiction et son mépris systématique des conventions, je m'étais presque attendue qu'elle s'exhibe en tailleur rouge vermillon. En tout cas, elle n'avait pas réussi à convaincre son

75

mari de venir, à moins qu'elle ne l'ait pas même invité, car Gerald Kamper, qualifié par Jack d'« andouille britannique », brillait par son absence.

A côté de moi, Jack se raclait nerveusement la gorge et s'agitait sur son siège. Je me suis de nouveau efforcée de prêter attention au déroulement du service. Depuis que je m'étais évadée dans mes réflexions, Alan Farrell, le bras droit de Sebastian à la fondation et son compagnon de tous les instants, évoquait sa mémoire avec une éloquence et une sincérité touchantes.

Un quart d'heure plus tard, après les dernières prières prononcées par le pasteur, le service prit fin et nous nous sommes tous dirigés vers le cimetière.

Le choc de voir descendre le cercueil dans la tombe eut raison de mon flegme de commande et je fondis en larmes. Jusqu'à cet instant, malgré mon chagrin, la mort de Sebastian avait été presque abstraite ; je prenais enfin conscience qu'elle était irrémédiable, que tout était fini, que je ne le reverrais jamais plus.

Entendant à ma gauche un sanglot étouffé, je me suis tournée vers Cyrus. Des larmes ruisselaient sur ses joues parcheminées, un rictus de douleur lui tordait les lèvres. Je lui ai pris le bras et nous nous sommes soutenus l'un l'autre, en puisant une sorte de réconfort dans notre souffrance partagée. Le vent qui s'était levé faisait tournoyer les feuilles mortes à nos pieds. Le ciel était pur, sans un nuage. D'un bleu profond comme *ses* yeux l'avaient été.

Et, tandis que nous marchions à pas lents vers la sortie, je me sentis submergée par une vague de tristesse. Une page de ma vie était à jamais tournée. Pour moi, désormais, rien ne serait jamais plus pareil.

Selon mon conseil, Jack avait convié tout le monde à Laurel Creek, où Mme Crane, la gouvernante, revenue à son poste, avait préparé un buffet.

76

Cyrus, Madeleine et moi nous sommes assis près de la cheminée du salon. Un serveur s'est approché, un plateau d'apéritifs à la main. Madeleine et moi avons pris du sherry.

— En voulez-vous aussi ? ai-je demandé à Cyrus. Cela vous requinquera.

Il accepta d'un signe de tête.

— Ma mère employait cette expression quand j'étais petit, dit-il en prenant le verre que je lui tendais.

Le regard dans le vague, il paraissait contempler des choses invisibles à nos yeux. Peut-être évoquait-il des souvenirs évanouis, des visages disparus. Madeleine et moi meublions de notre mieux le silence quand il reprit soudain la parole.

— Sylvia... Ma mère s'appelait Sylvia.

— Je sais, me suis-je empressée d'enchaîner. Je connais tous les noms de la dynastie Locke.

Sebastian me les avait appris en remontant jusqu'à Malcolm.

— Dynastie ? Vous perdez la raison, Vivianne. Il n'y a pas de « dynastie » Locke. Elle n'existe plus. Envolée. Finie. Et ce ne sont pas ces lamentables spécimens, poursuivit-il en désignant Jack et Luciana, mêlés aux invités à l'autre bout de la pièce, qui seront capables de la régénérer.

— Allons, allons, Cyrus, ne soyez pas toujours si pessimiste, intervint Madeleine d'un ton lénifiant.

— Quand je regarde autour de moi, je ne vois pas de raison d'être optimiste, grommela-t-il en vidant son verre. Un autre s'il vous plaît, Vivianne.

— Avec plaisir, Cyrus. Donnez-moi votre verre.

Madeleine me fusilla du regard.

— Est-ce bien raisonnable, Cyrus ? s'écria-t-elle. Vous allez vous rendre malade.

— Ne dites donc pas de bêtises, la rabroua-t-il. J'ai quatre-vingt-dix ans, il ne peut rien m'arriver de pire que ce que j'ai déjà subi. J'ai tout vu, tout fait, comme si j'avais déjà vécu plusieurs vies. Alors, autant m'enivrer. De toute façon, je n'ai rien de mieux à faire.

Je me suis dirigée à la hâte vers le serveur le plus proche. Quand je revins peu après, Cyrus me remercia et avala une gorgée de sherry.

— J'ai faim, dit-il à Madeleine. Pouvez-vous m'apporter quelque chose à manger ?

— Vous avez raison, cela vous fera du bien. Il ne faut jamais boire l'estomac vide.

Elle se leva avec empressement et disparut vers la salle à manger où le buffet était dressé. Je suivis un instant des yeux sa silhouette replète et sa chevelure d'un roux trop éclatant, à près de soixante-dix ans, pour ne pas être le résultat d'une teinture. Madeleine avait un cœur d'or, je le savais. Mais pourquoi fallait-il qu'elle envisage toujours le pire ?

Quand elle fut hors de portée de voix, Cyrus me fit signe de me rapprocher.

— Nous l'aimions trop, vous et moi. Beaucoup trop. Il était incapable de l'accepter. Il avait peur de l'amour.

Sa réflexion me déconcerta.

— Euh, oui... Vous avez peut-être raison.

— Vous étiez la seule valable, Vivianne. La meilleure de toutes. Sauf, à la rigueur, la mère de Jack — comment s'appelait-elle, déjà ?

— Joséphine.

— C'est cela. Joséphine aurait peut-être fini par être digne de la famille. Elle avait de la classe mais aucune énergie. C'était vous la meilleure, répéta-t-il.

— Merci, Cyrus, ai-je répondu, gênée. Mais je ne sais pas si c'est aussi vrai que vous le...

Il ne me laissa pas finir :

— Écrivez un livre. Un livre sur lui.

Cette fois, il me fallut un instant pour reprendre contenance.

— C'est un sujet difficile à traiter, vous savez. Et puis, Sebastian était parfois tellement... insaisissable. Franchement, je ne crois pas être la personne la mieux placée. Je ne pourrais jamais être assez objective.

— Faites-le, vous dis-je.

— Faire quoi donc? s'enquit Madeleine, qui revenait à ce moment-là, une assiette à la main.

— Cela ne vous regarde pas, dit-il sèchement.

— Allons, allons, ne soyez pas grincheux. Regardez toutes les bonnes choses que je vous ai apportées.

— Arrêtez de me traiter comme un gamin! gronda Cyrus en lui décochant un regard furieux. Vous m'exaspérez.

La situation devenait pour moi embarrassante.

— Je dois aller saluer quelques personnes, ai-je dit en me levant. Excusez-moi un instant.

Sur quoi, j'allai me mêler à un groupe de collaborateurs de la fondation. Je dis à Alan Farrell combien son éloge de Sebastian m'avait émue, et nous parlâmes de lui. Je fis ensuite le tour du salon en saluant les gens que je connaissais, échangeant avec chacun quelques mots pour évoquer nos souvenirs de Sebastian et le chagrin que nous causait sa disparition prématurée.

Je m'apprêtais à rejoindre Cyrus quand Luciana me barra le passage.

— Tu es vraiment inouïe, me dit-elle sèchement.

— Je ne comprends pas...

— Ne fais pas l'idiote, je t'en prie! Tu m'as très bien comprise. Jouer la maîtresse de maison et la veuve éplorée, c'est le comble du mauvais goût! Vous étiez divorcés depuis huit ans et tu t'es même remariée entre-temps. Cela te fait plaisir, n'est-ce pas, de reprendre ton rôle de star et de monopoliser l'attention?

— Me faire *plaisir?* me suis-je exclamée, outrée. Comment as-tu l'audace de proférer de pareilles énormités? Sebastian est mort, et tu crois que j'y prends plaisir?

— Cela crève pourtant les yeux. J'ai bien vu comment tu faisais le joli-cœur avec Cyrus, comment tu te pavanais devant les autres. La mort de mon père, tu t'en moques. Tu ne t'es jamais intéressée qu'à toi-même.

Tant de méchanceté et de mauvaise foi me mirent hors de moi. Je l'agrippai par le bras et le serrai à lui faire mal.

— Écoute-moi bien, Luciana. N'espère pas me provoquer, je ne me laisserai pas faire. Je ne te permettrai pas non plus, un jour comme aujourd'hui, de me pousser à une scène publique comme tu en as visiblement l'intention. Quant à mes sentiments envers Sebastian, tu sais aussi bien que moi que je l'ai aimé toute ma vie et que je l'aimerai toujours. Et toi, puisque tu es sa fille, tu ferais mieux de te conduire avec dignité, plutôt que de te ridiculiser de cette manière. Il serait grand temps que tu cesses d'être une sale gamine. Ce n'est plus de ton âge.

Je la lâchai si brusquement qu'elle faillit tomber à la renverse et je partis sans me retourner. Je tremblais intérieurement, je sentais les larmes me piquer les yeux. Sans réfléchir, je traversai le hall, montai l'escalier.

J'avais le plus urgent besoin d'un peu de calme et de solitude pour me ressaisir.

8

Arrivée sur le palier, je vis que la porte du cabinet de travail de Sebastian était entrebâillée. D'instinct, c'est là que j'entrai chercher refuge.

Luciana n'avait pas changé. Changerait-elle jamais? me demandai-je avec découragement. Je croyais pourtant que sa hargne maladive, dont elle n'avait cessé de me poursuivre depuis notre enfance, finirait par s'atténuer avec l'âge.

De la fenêtre, je dominais une partie du jardin et les écuries à l'arrière-plan, dont la vue raviva un lointain souvenir. A cheval dans la cour, Jack, Luciana et moi attendions Sebastian qui finissait de seller sa monture quand, tout à coup, mon cheval avait fait un violent écart et était parti au galop. Je m'étais cramponnée de mon mieux au pommeau de ma selle et Sebastian avait dû se lancer à ma poursuite pour maîtriser l'animal. Je n'avais évité une mauvaise chute que par miracle.

Jack m'avait ensuite appris que Luciana, âgée de huit ans à l'époque, avait cinglé d'un coup de cravache la croupe de mon cheval. Nous étions tous deux indignés : un acte aussi vicieux méritait une punition exemplaire, car j'aurais pu me tuer. Pourtant, nous n'avions pas osé en parler à Sebastian, de peur de déchaîner sa colère. Cette mésaventure était donc restée notre secret – un des nombreux secrets d'enfance que nous partagions. Jack était mon meilleur ami. Lui-même trop souvent victime des méchancetés de sa sœur, il s'en méfiait et prenait toujours mon parti contre elle.

J'avais depuis longtemps compris que Luciana était bourrée de complexes vis-à-vis de son père, les moindres n'étant pas la jalousie et une possessivité pathologiques dont je venais d'avoir une nouvelle preuve. Ma simple présence lui portait ombrage : c'est elle, et elle seule, qui aurait voulu occuper le devant de la scène. J'étais sûre que, si elle l'avait pu, elle aurait même évincé Jack comme elle s'était débarrassée de son mari.

Le spectacle des écuries désertes m'attrista. Je me souvenais si bien de l'époque où elles débordaient de vie et d'activité! L'intérêt de Sebastian pour les chevaux avait déjà commencé à décroître après la mort de ma mère, en 1976. Un an plus tard, il les avait presque tous vendus pour ne garder, au moment de notre mariage, que ceux que nous montions quand nous venions passer le week-end à Laurel Creek. Sebastian, il est vrai, était de plus en plus accaparé par les programmes humanitaires de la fondation, alors en plein développement, sur lesquels il reportait toute sa passion.

Nos absences prolongées puis, en 1981, la mort d'Alfred, son fidèle intendant, avaient hâté le processus. L'année de notre divorce, il ne restait plus un cheval. De même, le nombre des serviteurs avait été réduit au minimum indispensable. Mme Crane, la gouvernante, assurait le service pendant les rares séjours de Sebastian et gardait la maison en son absence. Quant aux jardins, les employés d'un horticulteur voisin suffisaient à leur entretien régulier.

Un soupir de regret m'échappa. Tout change, me dis-je en me détournant de la fenêtre. L'aspect du cabinet de travail me fit cependant revenir sur ce jugement : la pièce était exactement telle que je l'avais décorée onze ans plus tôt. Le papier peint, la moquette, l'agencement même des meubles, Sebastian n'avait touché à rien. Intriguée, j'entrai dans la pièce contiguë, mon ancien boudoir. Là encore, jusqu'aux moindres détails, tout était intact. Poussée par la curiosité, je poursuivis ma visite par la chambre, que je retrouvai inchangée, comme si je l'avais quittée la veille. Je me demandai toutefois ce que la dernière femme de Sebastian avait bien pu penser de mes talents de décoratrice...

A vrai dire, Betsy Bethune n'avait guère eu le temps de les apprécier ou de s'en offusquer, car elle n'avait sûrement pas franchi plus de deux fois le seuil de cette maison. Pianiste célèbre, concertiste internationale, elle volait constamment d'une capitale à l'autre tandis que, de son côté, Sebastian secourait les pauvres et les malades à des milliers de kilomètres de là. Cet état de choses avait d'ailleurs causé leur divorce. Ils se voyaient si rarement et si peu qu'ils n'avaient plus de raisons, m'avait dit Sebastian à l'époque, de vouloir mener une vie conjugale.

En parcourant la chambre des yeux, je reconnus une photo de moi dans un cadre en argent posé sur la commode entre les deux fenêtres. C'était un agrandissement d'un instantané pris pendant notre voyage de noces en Afrique. Sebastian avait écrit au-dessous : « Ma chère Vivi au pied du Kilimandjaro ». Surprise, mais plus encore émue qu'il ait conservé cette relique depuis si longtemps, je reposais le cadre à sa place quand une voix me fit sursauter :

— Tu peux la garder, si tu veux.

Jack se tenait derrière moi.

— Ne me fais plus des peurs pareilles ! me suis-je exclamée. Tu aurais pu t'annoncer.

Il me rejoignit près de la commode, étudia la photo quelques instants et me la tendit.

— Tiens, ce souvenir te revient de droit.

— Merci, c'est gentil de ta part. Je peux, vraiment ?

— Je l'aurais gardée si je n'avais pas eu de meilleures photos de toi. Quant à Luciana, ajouta-t-il en riant, tu te doutes bien qu'elle n'en voudrait pas.

Je ne pus m'empêcher de rire à mon tour.

— Elle s'est jetée sur moi comme une furie, tout à l'heure.

— Je sais, j'ai vu. Qu'est-ce qu'elle te voulait ?

— Elle me reprochait de jouer la comédie de la veuve éplorée.

— Ma parole, elle devient complètement cinglée... Ne fais pas attention à ce qu'elle dit.

— Rassure-toi, je ne m'en occupe même pas. Il n'empêche qu'elle m'a mise en colère au point que je l'aurais volontiers giflée. Il fallait que je monte me calmer un peu.

— Je m'en doutais, c'est pourquoi je t'ai suivie. Mais dis-moi, ajouta-t-il avec inquiétude, ça va ? Tu es sûre ?

— Mais oui ! Il faut plus qu'une Luciana pour me mettre à genoux, tu le sais très bien. J'avais perdu l'habitude de ses provocations, voilà tout. Me faire une scène un jour comme aujourd'hui, avoue que j'avais quand même de quoi perdre mon sang-froid ! Elle est plus odieuse que jamais.

— Tout à fait d'accord sur ce point. Mais je ne suis pas seulement monté pour te parler de Luciana, poursuivit-il en ouvrant le premier tiroir de la commode. Je voulais te faire choisir un souvenir de lui. Regarde, prends tout ce dont tu auras envie.

Décontenancée, je ne sus que répondre.

— N'aie pas de scrupules, reprit Jack, tout est à moi, il me l'a laissé. Tiens, dit-il en ouvrant un écrin contenant des boutons de manchettes en rubis, qu'en penses-tu ?

— Merci, mais... je préférerais autre chose.

— Tout ce que tu voudras. Quoi donc ?

— Ses boutons de plastron en saphir. Mais je comprendrais très bien que tu ne veuilles pas t'en séparer.

– Je n'ai aucune raison de les garder. Voyons, où sont-ils?... Ah! les voilà.

– Merci, Jack. C'est vraiment gentil de ta part.

– Prends ce que tu veux, je te l'ai déjà dit. La maison aussi est à moi, avec tout son contenu. Veux-tu des meubles, ceux que tu avais quand vous étiez mariés?

– Non, Jack, mais merci quand même. L'intention me touche. Ce souvenir-ci me suffit amplement. Il a pour moi une grande valeur sentimentale.

– Bon. Si tu changes d'avis, préviens-moi.

Nous avons quitté la chambre ensemble. Sur le palier, avant de nous engager dans l'escalier, j'ai retenu Jack un instant par le bras.

– Je suppose que tu n'as encore reçu aucune nouvelle de la police, n'est-ce pas? Au sujet de l'autopsie.

– Non. Mais tu seras la première informée.

– Je ne comprends pas. Qu'est-ce qui prend si long-temps?

– Le médecin légiste veut procéder à tous les examens possibles et imaginables pour ne pas commettre d'erreur dans son rapport, c'est normal. Et puis, la mort ne date même pas d'une semaine, ne l'oublie pas.

– Crois-moi, Jack, je ne suis pas près de l'oublier.

9

Chacun de mes retours en Provence me comblait de joie et celui-ci ne faisait pas exception, pensais-je en regardant le paysage défiler à travers la vitre de la voiture. Arrivée à Roissy le matin même, j'avais bondi à Orly prendre le premier vol pour Marseille où m'attendait Michel, mon chauffeur de taxi habituel, dont j'appréciais depuis des années le sourire chaleureux, la discrétion et la connaissance encyclopédique de la région.

En cette belle journée d'octobre, on aurait dit que la nature avait revêtu ses habits de fête pour m'accueillir. Sous un ciel d'un bleu vibrant, les ocres, les verts, les jaunes se fondaient en une éclatante symphonie. Je redécouvrais avec émerveillement ce spectacle féerique qui avait inspiré Van Gogh et Cézanne, mes peintres de prédilection. Longtemps avant notre mariage, Sebastian avait acquis plusieurs de leurs œuvres. Se trouvaient-elles encore au château de Coste? J'y pensais tandis que la voiture contournait Aix-en-Provence. Jack serait de retour ici dans moins d'une semaine. Je n'avais cependant aucune envie de le revoir, du moins dans l'immédiat. Il était trop associé dans mon esprit aux pénibles souvenirs de ces derniers jours, j'avais besoin d'un peu de recul.

La route était peu encombrée, nous roulions à bonne

allure, de sorte que nous avons bientôt franchi la limite du Vaucluse. Depuis quatorze ans que j'y passe plus de la moitié de mon temps, ce département est celui que je préfère de toute la Provence. La diversité de ses paysages où alternent coteaux, plaines et montagnes, sa nature généreuse qui offre en toute saison une infinie variété d'arbres, de fleurs et de fruits en font une fête permanente pour les yeux.

Aux miens, toutefois, rien n'égale le site de Lourmarin. Le charme exceptionnel du village, niché au pied du Luberon, attire depuis longtemps des artistes de talent. Peintres, musiciens, écrivains y font régner tout au long de l'année une animation passionnante.

Je respirais avec délices l'air doux et parfumé qui entrait par la vitre entrouverte. Plus nous approchions, plus je voyais se préciser le tableau familier des vignes, des oliviers, des champs de lavande qui m'étaient si chers.

– Nous voilà rendus, madame, a lancé Michel en tournant dans le chemin du Vieux Moulin.

– Et je ne peux pas vous dire à quel point j'en suis heureuse, ai-je répondu avec sincérité.

Un instant plus tard, la voiture stoppa dans la cour. Le soleil déclinant posait sur les vieilles pierres des touches d'or liquide et faisait scintiller les fenêtres comme des éclats de diamant. Le moteur à peine arrêté, la porte de chêne s'ouvrit et je vis mes fidèles gardiens, Phyllis et Alain, accourir à ma rencontre.

Anglaise mariée de longue date à un homme du pays, Phyllis me souhaita la bienvenue et m'embrassa avec effusion. Alain me gratifia d'un large sourire en me serrant la main avant d'aider Michel à sortir mes bagages du coffre.

Alors, avec un soupir de joie et de soulagement, je suis enfin entrée chez moi.

J'avais à peine eu le temps de souffler que le téléphone se mit à sonner. Par je ne sais quel miracle, tout Lourmarin semblait déjà au courant de mon retour. Aussi est-ce avec une touche d'agacement que je décrochai pour la énième fois en dix minutes.

C'était mon amie Marie-Laure.

— J'appelle juste pour te dire bonjour, Vivianne. Tu as l'air... énervée. Tout va bien? Le voyage s'est bien passé?

— Très bien. Depuis le temps, je pourrais prendre l'avion les yeux fermés. Excuse-moi de t'avoir répondu un peu sèchement, mais le téléphone n'a pas arrêté. Mon retour n'est quand même pas un événement si considérable!

— Mais si, ma chérie! Phyl avait annoncé que tu arriverais vers cinq heures, on ne parlait que de toi ce matin dans les boutiques. Je te dérange. Je rappellerai plus tard.

— Pas du tout, je suis ravie de t'entendre. Parle-moi de toi. Comment vont Alexandre et les filles?

— Très bien. Écoute... je voulais te redire à quel point la mort de Sebastian nous fait de la peine. J'espère que tu n'es pas trop malheureuse.

— Je souffre encore, c'est normal. J'ai surtout la pénible impression qu'une porte s'est refermée brutalement derrière moi et me coupe de toute une partie de ma vie. Tu sais que je ne voyais pas beaucoup Sebastian ces derniers temps, il était constamment en voyage, mais nous gardions le contact par téléphone. Sa mort m'a fait un choc, je l'avoue. Je ne m'y attendais pas.

— A son âge, elle était imprévisible. Ce qui m'étonne, c'est qu'il avait toujours paru en pleine forme.

— Il l'était. Je me sentirais peut-être mieux si je savais de quoi il est mort, mais Jack est toujours sans nouvelles de la police.

— Vraiment? Je croyais que tu serais déjà au courant. Ici, les journaux en ont fait une sombre histoire.

— Ceux de New York aussi, c'est pourquoi je suis contente d'avoir enfin échappé à cette atmosphère. J'ai quand même dû rester jusqu'au service religieux.

— Comment s'est-il passé?

— Mieux que prévu. Les organismes officiels, plusieurs gouvernements étrangers, l'ONU étaient représentés, sans compter une foule d'anonymes venus rendre hommage à sa mémoire. Mais je me suis éclipsée juste à la fin et j'ai filé directement à l'aéroport. J'avais hâte de reprendre une vie normale.

— Et moi de te revoir. Peux-tu venir dîner samedi soir? Nous serons en famille. Amène Kit, bien entendu.

— Merci, cela me fera grand plaisir. Je lui demanderai tout à l'heure, je n'ai pas encore eu le temps de l'appeler. J'espère qu'il a fini de peindre comme un forcené.

— Viens seule s'il est toujours indisponible... mais cela m'étonnerait, ajouta-t-elle en riant. Il faut que je te quitte, Vivianne, j'ai du travail en retard.

— Et moi, mes valises à défaire, mes affaires à ranger. A samedi, ma chérie. Vers quelle heure?

— Sept heures. Pas plus tard, surtout, que nous ayons le temps de bavarder.

Le téléphone semblant enfin décidé à rester silencieux, je voulus profiter de ce répit pour m'accorder le plaisir de revoir ma chère maison. Et c'est avec un regard neuf que je sortis de ma chambre afin de la visiter comme si je la parcourais pour la première fois.

La partie ancienne, datant de la fin du XVIᵉ siècle, comportait au centre quatre salles voûtées, communiquant entre elles par des arches, qui abritaient jadis le pressoir, les citernes à huile et les réserves d'olives. Quand Sebastian avait acheté le moulin, elles étaient en assez bon état pour que nous nous contentions de les restaurer et de les aménager en pièces de séjour, auxquelles leurs vastes proportions et leur hauteur de plafond conféraient une beauté spectaculaire. Autour de ce noyau, une série de petites pièces en ruine, d'usage indéterminé, avaient dû être reconstruites. Nous y avions installé des celliers, un office, une lingerie. Sebastian avait exigé des entrepreneurs que les travaux de restauration et de construction des parties nouvelles soient exécutés autant que possible avec des matériaux anciens, récupérés dans le moulin ou achetés chez des fournisseurs spécialisés, de sorte qu'il fût impossible de distinguer le vieux du neuf. Le Vieux Moulin semblait avoir toujours existé tel qu'on l'admirait aujourd'hui.

On accédait par trois marches à la cuisine en contrebas. Elle était équipée des appareils les plus modernes, mais des coffrages ou des boiseries anciennes les dissimulaient au regard. Une immense cheminée de pierre, des poutres apparentes au plafond, de beaux meubles rustiques provençaux la rendaient chaleureuse et accueillante.

Quand j'y suis entrée, Phyllis faisait chauffer de l'eau.

— Je préparais du thé, je comptais vous l'apporter dans votre chambre.

— Merci, Phyl, je préfère le prendre ici, ai-je dit en m'asseyant. Après, si cela ne vous ennuie pas, j'aimerais que vous m'aidiez à défaire mes bagages.

— J'allais vous le proposer.

— Vous êtes gentille. Michel n'est pas déjà parti, au moins? Il faut que je le paie.

— Non, il est toujours là. Alain et lui ont bu un café et ils sont sortis fumer une cigarette.

— Je ne sais comment vous remercier d'avoir si bien soigné la maison en mon absence, Phyl. Elle est superbe. Je viens d'en faire le tour et...

La sonnerie du téléphone m'interrompit. Mon agacement s'évanouit lorsque je reconnus la voix de Christopher Tremain.

— Tu es de retour et tu ne m'as pas encore téléphoné? C'est un scandale! dit-il en riant.

– Je n'ai encore appelé personne, Kit, mais tu étais en tête de ma liste. Tu m'as simplement devancée.

– Voilà qui fait plaisir à entendre... Sérieusement, Viv, comment te sens-tu ? As-tu fait bon voyage ?

– Le voyage s'est bien passé et je me porte bien.

– Alors, es-tu d'attaque pour dîner avec moi ce soir ?

– J'en meurs d'envie, Kit, mais franchement je ne suis pas en grande forme. Laisse-moi le temps de me remettre du décalage horaire, de défaire mes valises, de ranger mes papiers – tu sais ce que c'est. Et puis, j'ai été absente trois mois, tu peux attendre vingt-quatre heures de plus.

– Je ne suis pas du tout d'accord sur ce point, ma chérie, mais je veux bien t'accorder un sursis.

– Au fait, Marie-Laure nous invite à dîner samedi.

– D'accord, mais samedi c'est après-demain. Reste demain. Seras-tu en état de sortir dîner demain soir ?

– Avec joie. Et toi, où en es-tu ? As-tu fini ta dernière toile ?

– Oui, mardi soir – ou plutôt non, mercredi matin, c'est-à-dire hier. Pour ne rien te cacher, je suis plutôt crevé mais je serai remis d'ici demain soir.

– Y tiens-tu vraiment ? Tu ne veux pas te reposer ?

– Je n'ai pas l'intention de faire la cuisine, simplement de dîner avec toi ! Écoute, Vivianne...

– Oui, Kit ?

– Je viens d'apprendre la mort de Sebastian, ce matin, à la télévision. Un reportage de CNN sur le service religieux à New York. Cela m'a fait beaucoup de peine pour toi...

– Je vais mieux, merci.

– Tu as dû me prendre pour un monstre d'égoïsme de ne pas t'avoir téléphoné, mais je n'en savais rien, je te le jure. J'étais coupé du monde...

– Je sais, Kit. Tu n'as pas besoin de me l'expliquer, encore moins de t'excuser. Je te connais assez pour savoir que tu t'étais enfermé dans ton atelier. Rassure-toi, je vais

91

bien et je ne t'en veux pas le moins du monde. A quelle heure irons-nous dîner, demain soir?

— Je te laisse décider.

— Disons sept heures et demie. Ça te convient?

— Tout à fait. Je passerai te chercher, tu pourras m'offrir un verre avant que nous allions en ville.

10

Le lendemain, je lézardais sur un transat près de la piscine quand je vis Phyllis arriver, le téléphone portable à la main.

— Encore? ai-je grommelé. Je ne me connaissais pas autant d'amis dans la région.

— C'est M. Locke, qui vous appelle de New York.

Je pris l'appareil en jetant un coup d'œil à ma montre : quinze heures trente, c'est-à-dire neuf heures trente là-bas.

— Jack? Je te croyais déjà à Paris.

— J'y serai ce soir, je prends le Concorde de treize heures. Quel temps fait-il chez nous? Beau et ensoleillé, comme d'habitude?

— Exact. Mais ce n'est pas pour me parler du temps que tu m'appelles, je suppose?

— Non. L'inspecteur Kennelly vient de me téléphoner. La police a reçu le rapport d'autopsie.

Je me redressai d'un bond.

— Alors? Quelles conclusions?

— Sebastian est mort d'une ingestion massive de barbituriques et d'alcool. Autrement dit, suicide.

Assommée, je restai muette quelques secondes.

— C'est impossible! me suis-je exclamée. Je n'y crois

pas. Sebastian n'avait aucune raison de se tuer. Il y a sûrement une erreur.

— Non, le médecin légiste est formel. Sebastian s'est bel
et bien suicidé.

— Mais... c'est invraisemblable! Il s'est peut-être trompé
de tube en voulant prendre de l'aspirine et...

— Non, Viv. Les doses qu'il a absorbées sont trop fortes
pour être accidentelles. Le médecin légiste a recoupé et
vérifié toutes ses analyses. Il n'y a aucune autre explication
possible.

— Et sa plaie au front?

— Une blessure superficielle. Ce n'est pas cela qui l'a tué
mais le mélange de whisky et de somnifères.

— Comment le médecin légiste peut-il être aussi sûr de
lui?

— Combien de fois faut-il te le répéter? De telles doses
de médicaments et d'alcool ne peuvent pas avoir été avalées
par erreur ou par accident. Les faits sont les faits et la toxi-
cologie est une science exacte.

— C'est absurde! ai-je protesté. Sebastian n'aurait jamais
attenté à sa vie, je le connais.

— Comment peux-tu affirmer des choses pareilles, Viv?
Vous étiez divorcés depuis des années et tu ne le voyais
presque plus ces derniers temps. Tu ne peux pas deviner ce
qui se passait dans sa tête.

— Le dernier jour où je l'ai vu, il était heureux, ai-je
laissé échapper. Très heureux...

Je me suis interrompue, soudain consciente d'en avoir
trop dit.

— Heureux, Sebastian? Tu divagues, ma pauvre Viv! Il
n'a jamais été heureux de sa vie. Je l'ai toujours connu
sombre, tourmenté. C'était un rabat-joie. Je suis bien placé
pour le savoir, j'ai subi plus que ma part de ses humeurs.

Je parvins à maîtriser un soudain accès de rage devant
cette nouvelle preuve d'injustice et d'aveuglement.

94

— Sebastian me paraissait heureux quand nous avons déjeuné ensemble, me suis-je contentée de déclarer sèchement.

— C'était un lundi, rétorqua-t-il. Il s'est tué le samedi. Tu ignores ce qui s'est passé entre-temps.

— Le médecin légiste a-t-il pu déterminer l'heure?

— Dans la soirée de samedi. Nous savons comment. Nous ignorerons toujours pourquoi.

— Je n'arrive quand même pas à le croire...

— Tu ferais mieux de te l'enfoncer dans la tête, bon sang! Sebastian s'est suicidé, un point c'est tout.

— Du coup, ai-je répliqué, ta théorie d'un crime de rôdeur ou d'un cambriolage vole en éclats.

— De même que ton hypothèse de la crise cardiaque.

— Mais enfin, Jack, ai-je insisté, comment la police explique-t-elle le désordre dans la bibliothèque? Les meubles renversés, les papiers partout?

— Ils n'en savent rien, ils n'y étaient pas.

— Ils doivent quand même avoir une idée! ai-je protesté.

— La police ne fait pas de suppositions, Viv. Elle ne s'intéresse qu'aux faits et ne se base que sur des preuves.

Il m'en fallait davantage pour m'avouer vaincue.

— Et pourquoi serait-il sorti de la maison? Pourquoi serait-il descendu jusqu'à l'étang?

— Je n'en ai aucune idée et nous n'en saurons jamais plus. Écoute, il faut que je te quitte. Je dois appeler Luciana pour la mettre au courant avant de partir. A bientôt.

Comme à son habitude, il avait déjà raccroché avant que nous nous soyons dit au revoir.

Je me suis de nouveau étendue sur le transat, les yeux clos, en m'efforçant de réfléchir. L'attitude de Jack me scandalisait. Depuis la mort de Sebastian, je ne l'avais jamais entendu parler de son père que pour le critiquer et même insulter sa mémoire. Quelques instants plus tôt, il avait encore un ton indifférent, comme s'il s'agissait d'un étranger. Il ne se souciait même pas de mes propres sentiments. Pourtant, une telle froideur avait de quoi me troubler plus encore que de m'indigner.

Peu avant l'enterrement de Sebastian, je m'étais un moment demandé si Jack avait pu vouloir tuer son père. Cette idée, très vite repoussée, me revenait maintenant à l'esprit. Jack aurait-il été jusqu'à faire boire à Sebastian un mélange mortel d'alcool et de barbituriques ? Aurait-il été capable de songer à cette méthode pour commettre un crime parfait ? Non ! ai-je conclu avec horreur. Je m'en voulus de ma propre injustice envers Jack. Il était souvent difficile à vivre, il se rendait parfois odieux, mais ce n'était pas un criminel.

Quant à la thèse du suicide, je refusais de l'accepter. Sebastian n'avait aucune raison d'attenter à ses jours, bien au contraire. Je le savais avec d'autant plus de certitude que je le tenais de sa bouche même : il n'avait jamais été aussi heureux. Il était au seuil d'une vie nouvelle et s'apprêtait à prendre un nouveau départ.

Sur l'écran de ma mémoire, Sebastian Locke reparut et je revécus chaque minute de notre dernier déjeuner ensemble.

Je marchais d'un bon pas sur Lexington Avenue, vers la 82ᵉ Rue. Il était midi vingt, j'étais en avance, mais nous avions rendez-vous à midi et demie au restaurant Le Refuge et je tenais à y arriver un peu avant lui.

Mais à peine avais-je eu le temps de m'asseoir et de reprendre haleine qu'il était entré, toujours ponctuel. Quelques têtes s'étaient discrètement tournées vers lui tandis qu'il traversait le restaurant, car même ceux qui ne le connaissaient pas ne pouvaient faire autrement que d'être frappés par sa stature, sa distinction naturelle, l'aura prestigieuse qui émanait de toute sa personne. A cinquante-six ans, Sebastian était aussi svelte, aussi athlétique et, à mon avis du moins, aussi séduisant que jamais. Tout, dans son allure comme dans sa mise raffinée, dénotait un homme hors du commun.

Quand il était arrivé près de moi, j'avais vu dans ses yeux bleus un éclair de gaieté qui démentait le sérieux de son expression. Il s'était penché vers moi en s'appuyant légèrement sur mon épaule pour m'embrasser sur la joue.

— Vivi! Que je suis heureux de te revoir, ma chérie!

— Moi aussi, Sebastian.

Nous avions commencé à parler en même temps pour nous arrêter aussitôt en pouffant de rire. Me prenant la main par-dessus la table, il l'avait serrée très fort.

— J'ai tant de choses à te dire, Vivi! Cela fait des mois que je t'ai pas revue.

— Disons plutôt un an.

— Déjà? C'est beaucoup trop! Prenons la résolution que cela ne se reproduise plus. Heureusement que nous avons le téléphone!

— Oui, Dieu merci. Sauf que tu ne t'en sers plus aussi souvent que par le passé... Je ne te fais pas de reproches, m'étais-je aussitôt hâtée d'ajouter.

— Tu pourrais. Mais, sans vouloir invoquer de mauvaises excuses, je me suis parfois trouvé dans des endroits tellement perdus ou des situations si difficiles qu'il était impossible de téléphoner. Tu m'as d'ailleurs assez souvent accompagné sur le terrain pour le savoir.

— C'est vrai, Sebastian. Je sais aussi que tu accomplis des miracles dans tous ces pays déshérités.

— J'ai de merveilleux collaborateurs, Dieu merci! Grâce à leur efficacité, nous pouvons apporter de l'aide à ceux qui en ont le plus besoin. Distribuer de la nourriture et du matériel médical, amener les médecins et les infirmières à pied d'œuvre exige une logistique sophistiquée. Il faut surtout bousculer l'inertie et les mauvaises habitudes des autorités locales. Dans ce domaine, j'ai dû me faire pas mal d'ennemis en refusant de traiter avec des gouvernements chancelants, en passant par-dessus la tête de fonctionnaires incompétents ou corrompus – souvent les deux, hélas!

– Rien de changé, autrement dit. Au fond, tu seras toujours un rebelle.

Il m'avait lancé un regard surpris.

– Moi, un rebelle? Je préfère me considérer comme un manager efficace. La gestion d'une organisation humanitaire n'est guère différente de celle d'une entreprise, tu sais. Je cherche à obtenir des résultats le plus vite et le plus facilement possible, voilà tout... Mais assez parlé de moi. Notre dernière conversation remonte au mois de juillet, tu étais encore au Vieux Moulin. Que deviens-tu depuis ton retour ici? Quoi de neuf?

– Pas grand-chose, à vrai dire, en dehors du travail. Je termine un article pour le *Sunday Times* de Londres sur le paysage politique américain. Début août, je suis passée par le Yorkshire réunir de la documentation sur les sœurs Brontë pour la biographie que je suis en train d'écrire, et je suis venue ici comme tous les étés...

– « ... pour fuir les hordes de touristes dans le Midi et retrouver mes racines », avait-il complété en riant.

Je lui avais si souvent dit cette phrase qu'il n'avait pas eu de peine à la citer mot pour mot.

– Tu me connais trop bien, Sebastian.

– C'est vrai, ma chérie. Mais tu ne changes pas beaucoup tes habitudes.

– Toi non plus.

– Tu as peut-être raison. Pourtant...

L'arrivée du serveur avec la bouteille de veuve-clicquot dont Sebastian faisait son ordinaire l'avait interrompu.

– Où passeras-tu Noël, cette année? avait-il repris.

– En Provence.

– Dommage.

– Pourquoi?

– Je compte séjourner à Laurel Creek pendant les fêtes, j'aurais été content de te voir.

– Quelle surprise! m'étais-je exclamée. D'habitude, tu t'arranges pour être à l'autre bout du monde.

– Eh bien vois-tu, j'ai envie cette fois d'un Noël traditionnel. Comme ceux que nous célébrions il y a des années, quand vous étiez encore enfants, Jack, Luciana et toi. Tu ne me demandes pas pourquoi?

– Un accès de nostalgie, peut-être? Ça nous arrive à tous, à un moment ou à un autre.

– Exact... Mais nous ferions mieux de passer notre commande avant d'oublier, comme cela nous est si souvent arrivé.

Je n'avais pu m'empêcher de rire au souvenir de ces déjeuners où notre conversation nous absorbait au point que nous en oubliions de manger. Après avoir consulté la carte et commandé nos plats, Sebastien s'était lancé dans une tirade enthousiaste sur l'Inde. Je m'y étais rendue une fois avec lui, longtemps auparavant. Nous n'avions fait qu'un bref séjour à Calcutta où j'avais rencontré Mère Teresa.

Tout en l'écoutant avec intérêt, j'avais été frappée par une différence dans son comportement, le ton même de sa voix. Une différence si subtile, au premier abord, qu'il m'avait fallu un moment pour la définir : Sebastian était... *insouciant!* Depuis notre divorce, je ne l'avais jamais vu autrement que d'humeur sombre, préoccupé de tout – l'état du monde, la gestion de ses affaires, les problèmes posés par ses enfants. Ce jour-là, il me donnait l'impression exactement contraire. Il avait... comment dire?... le cœur léger.

Stupéfaite par ma découverte, je m'étais exclamée sans pouvoir me retenir :

— Tu es heureux, Sebastian! Voilà ce que je cherchais depuis tout à l'heure. Tu es plus heureux que je ne t'ai vu depuis de longues, très longues années.

Il s'était reculé un instant pour mieux m'observer.

— Tu as toujours été douée d'une intuition remarquable, Vivianne. Eh bien oui, je suis heureux. Très heureux. Plus, je crois, que je ne l'ai jamais été de ma vie.

— Peut-on savoir pourquoi?

Il avait longuement réfléchi avant de répondre.

— J'espère pouvoir te l'expliquer sans te blesser, Vivi. Je t'ai dit que tu étais intuitive. Je sais aussi que tu es intelligente, compréhensive et que tu as du cœur. Je te parlerai donc sans craindre de te faire de peine.

— Nous avons toujours pu tout nous dire, lui avais-je rappelé. Combien de fois me l'as-tu répété quand j'étais petite, et même après!

— Quand tu étais petite, tu avais volé mon cœur. A vingt et un ans, tu m'avais séduit. Fasciné. J'étais envoûté, Vivi, c'est pourquoi je t'ai épousée.

— Je croyais que tu m'avais épousée parce que tu m'aimais, avais-je laissé échapper à mi-voix.

— Je t'aimais, je t'aime encore, et je t'aimerai toujours. Personne au monde n'est ni ne me sera plus cher que toi. Mais quand nous nous sommes mariés, je cédais simplement, si je puis dire, à la fascination qu'exerçait sur moi cette enfant qui avait volé mon cœur et qui était devenue la plus charmante, la plus séduisante des jeunes femmes. Et qui m'adorait jusqu'à l'idolâtrie... Oui, vois-tu, c'est sans doute l'une des raisons, sinon la seule, pour laquelle notre mariage a été tellement orageux. Tu étais trop jeune, trop inexpérimentée, trop vulnérable, surtout. Je n'étais pas fait pour toi. Dieu sait, pourtant, si j'ai désiré que notre ménage marche!

— Moi aussi, Sebastian. Notre mariage a été orageux, c'est vrai, mais passionné. Tu ne peux pas le nier.

— Je ne le nie pas le moins du monde! Tu devrais le savoir mieux que quiconque.

— Qu'essaies-tu de me dire, Sebastian? Que tu es de nouveau amoureux?

Il s'était alors penché vers moi avec une expression si radieuse, si éclatante de bonheur, de jeunesse, même, que j'en étais restée un instant décontenancée.

— Oui, Vivi, je suis amoureux. D'une femme qui me stupéfie, m'éblouit, m'étourdit jusqu'au vertige. Je l'aime comme je n'ai jamais aimé aucune femme — ni aucun être, à vrai dire. Toi, avait-il poursuivi après une légère hésitation, je t'aimais... autrement. Mon amour pour elle appartient à un autre monde. Elle m'entraîne dans un domaine inconnu que je ne puis ni décrire ni expliquer. Je vis l'expérience la plus incroyable de ma vie. Jamais encore je n'avais éprouvé de tels sentiments et je ne les éprouverai sans doute jamais plus.

— Elle te comble sexuellement, avais-je observé, connaissant sa sensualité exigeante.

— Bien sûr, et au-delà. Mais il y a bien davantage. Avec elle, je me sens... comment dire?... entier. Comme s'il m'avait manqué une partie essentielle de moi-même jusqu'à ce que je la rencontre. Elle me complète. Ensemble, nous formons un tout... Pardonne-moi, Vivi, avait-il ajouté en me prenant la main, je ne veux pas te faire de peine.

— Tu ne m'en fais pas, avais-je protesté avec sincérité. Je sais que tu m'aimais, que tu m'aimes encore d'une certaine manière, sur un autre plan. Avec elle, il est normal que ce soit différent; les rapports entre les êtres ne sont jamais identiques. Mon mariage avec Michael était très différent du nôtre. Je sais que, pour bien des raisons, notre ménage ne pouvait pas marcher. Au moins, toi et moi, nous avons tenu cinq ans alors qu'avec Betsy...

— Ne compare pas, je t'en prie! Mon mariage avec Besty

Bethune était une farce. Elle n'a jamais été vraiment ma femme. Je ne la voyais pour ainsi dire jamais.

— Je sais...

— Je ne t'ai pas blessée, au moins ?

— Pas le moins du monde, je te le répète. Alors, qui est l'heureuse élue ?

Ma question avait fait apparaître sur ses lèvres un sourire d'une telle béatitude et son comportement était si peu habituel que j'en étais, une fois de plus, restée désarçonnée. Je ne pouvais m'empêcher de penser que cette mystérieuse inconnue devait posséder des qualités exceptionnelles.

— Tu la rencontreras bientôt. Je suis sûr qu'elle te plaira ; non, que tu l'*aimeras*. Vous serez de bonnes amies.

— Mais qui est-elle ?

— Elle est médecin. Chercheur, en fait. Brillante.

— Quel âge a-t-elle ?

— Le tien... enfin, deux ans de moins.

— Américaine ?

— Non, j'ai fait sa connaissance en Afrique.

— Africaine, alors ?

— Non, Européenne. Je pars la retrouver en Afrique, où elle dirige une équipe de recherche médicale. Nous irons ensemble en Inde et nous reviendrons ici pour Noël. Voilà pourquoi j'espérais te la présenter à ce moment-là. Mais nous pourrons nous retrouver en France au début de l'année. Puis-je l'amener au Vieux Moulin ?

— Bien entendu.

— Et puis, si ce n'est pas trop te demander, j'aimerais aussi que tu viennes à notre mariage. Nous avons décidé qu'il aurait lieu au printemps. Tu viendras, n'est-ce pas, ma chérie ? J'y tiens beaucoup, tu sais.

De plus en plus effarée, j'avais accepté presque sans le vouloir.

— Je viendrai, Sebastian. Si tu y tiens vraiment...

— Oui, Vivi. J'y tiens.

Éblouie par le soleil, je me suis redressée sur mon transat en clignant des yeux. Une question obsédante tournait et retournait dans ma tête : pour quelle raison Sebastian Locke se serait-il suicidé puisqu'il avait trouvé la femme de sa vie et s'apprêtait à l'épouser ?

11

Une demi-heure plus tard, assise sur la terrasse du château de Beauvais avec mon amie Marie-Laure, je lui relatai ce que Jack m'avait appris des conclusions du rapport d'autopsie. Elle m'écouta avec attention et, mon récit terminé, garda quelques instants le silence.

– C'est affreux, dit-elle enfin. Quel gâchis!

– Oui! Mais ce que je ne m'explique pas, c'est que Sebastian se soit suicidé alors qu'il était sur le point d'épouser la femme de sa vie.

Maurie-Laure sursauta :

– Vraiment? Comment le sais-tu?

– Parce qu'il me l'avait dit lui-même...

Sur quoi je lui résumai ma conversation avec Sebastian au cours de notre dernier déjeuner.

– Tu affirmes qu'il était heureux, et même euphorique, ce lundi-là..., commenta Marie-Laure. Pourtant, il s'est tué cinq jours plus tard, le samedi soir. A l'évidence, il s'est produit dans le courant de la semaine un événement qui l'a poussé à cette décision fatale.

– Ou alors il a été assassiné.

– Tu ne parles pas sérieusement, j'espère?

– Ce ne serait pas impossible. Quelqu'un aurait très bien pu mêler des barbituriques à ce qu'il buvait.

Elle réfléchit un instant, une moue sceptique aux lèvres.

— Oui, bien sûr... Mais qui aurait eu un motif de tuer Sebastian?

— Je ne suis sûre de rien, bien entendu. Tout ce que je sais, c'est qu'il a soulevé l'hostilité de beaucoup de gens, ces derniers temps surtout. Il l'a admis lui-même la dernière fois que je l'ai vu.

— Quel genre de gens?

— Des gouvernements étrangers ou, plutôt, certains ministres et hauts fonctionnaires qu'il accusait de saboter ses programmes humanitaires par incompétence ou corruption. Tu l'as assez connu pour savoir de quelle manière impérieuse il balayait les obstacles et imposait sa volonté. C'est d'ailleurs ce qui lui permettait d'accomplir des miracles. Il était autoritaire, têtu, dominateur, et quand il décidait de faire quelque chose, il allait jusqu'au bout.

— Je sais, ma chérie. Mais de là à croire sérieusement qu'un gouvernement étranger aurait envoyé un ou des agents secrets assassiner Sebastian, il y a un pas. Un grand pas!

— Je l'envisage, c'est tout. Il se passe dans le monde des événements bien plus invraisemblables, nous en apprenons tous les jours par les journaux et la télévision.

— Le risque aurait quand même été énorme. Sebastian était une personnalité connue dans le monde entier, un philanthrope respecté. Ses assassins et leurs commanditaires seraient unanimement condamnés par l'opinion publique internationale.

— Le monde entier condamne le terrorisme, ce qui n'empêche pas les terroristes de commettre leurs crimes. Et puis, pour qu'un criminel soit condamné, il faut d'abord qu'il soit arrêté. Tu en connais beaucoup d'exemples?

— Non, hélas!...

Marie-Laure se leva et fit pensivement les cent pas sur la terrasse. Je l'observais en me félicitant d'avoir trouvé en elle une amie si sûre et si fidèle. Quand je lui avais téléphoné pour lui dire que je voulais venir lui parler d'un problème qui me tracassait, elle avait laissé tomber toutes ses activités pour m'écouter.

Menue mais débordante d'énergie, elle avait gardé à quarante ans son allure de jeune fille. Elle gérait avec une efficacité remarquable le château et les terres hérités de son père, sans pour autant sacrifier sa vie d'épouse et de mère de famille. Nous avions lié connaissance treize ans auparavant, pendant que Sebastian et moi restaurions le Vieux Moulin, et nous nous étions immédiatement découvert des atomes crochus. Je me suis souvent demandé depuis ce que j'aurais fait sans son amitié.

Marie-Laure cessa d'arpenter la terrasse et revint s'asseoir près de moi.

— Plus j'y réfléchis, dit-elle en me regardant dans les yeux, moins le meurtre de Sebastian me paraît vraisemblable. Le médecin légiste n'aurait pas pu commettre une erreur aussi énorme dans ses conclusions. Il faut te résigner à les accepter, à admettre que Sebastian a lui-même attenté à sa vie.

— Il n'avait pourtant aucune raison de se tuer, ai-je répété.

— Qu'en sais-tu, Vivianne ? Qui peut se vanter d'être certain de ce qui se passe dans la tête d'une autre personne ? De ses réactions à des faits ou à des événements qu'il ignore ? Écoute...

Elle hésitait à poursuivre.

— Eh bien ?

— Pourrait-il y avoir un rapport entre sa mort et cette femme dont il était amoureux ?

— Que veux-tu dire, au juste ?

— Qu'elle aurait pu le désespérer ; en prenant l'initiative de rompre, par exemple.

— Ce n'est pas impossible, bien sûr. Les rapports entre

hommes et femmes ne sont jamais simples. Je persiste pourtant à croire que ce n'est pas le cas.

– Ne sois pas aussi catégorique, ma chérie. Les femmes changent souvent d'avis, tout le monde le sait.

– Aucune femme sensée n'aurait plaqué Sebastian Locke !

– Tu l'as bien fait, toi, rétorqua-t-elle avec un regard appuyé.

– Non, ce n'est pas moi qui ai décidé de le quitter ! Nous nous sommes séparés par consentement mutuel. Nous nous aimions. Simplement, nous ne pouvions plus... vivre ensemble.

– Écoute, considère les faits. Cette femme est de deux ans plus jeune que toi. Il n'est pas absurde de supposer que leur différence d'âge lui inspirait assez d'appréhension pour qu'elle préfère ne pas prendre de risque.

– Ce n'est pas absurde, je l'admets. Mais même si elle l'avait rejeté, jamais Sebastian ne se serait tué pour une femme ! Tu l'as connu, Marie-Laure, il avait le caractère trop bien trempé pour se laisser abattre. Ses affaires et la fondation avaient pour lui autrement plus d'importance que l'amour. Il n'a jamais laissé sa vie privée empiéter sur sa vie professionnelle. Il savait que le sort de millions d'hommes dépendait de lui, son sens des responsabilités lui aurait interdit une lâcheté telle que le suicide !

– Je connaissais son sens des responsabilités, je l'ai d'ailleurs toujours admiré. Malgré tout...

– A ton tour de m'écouter, l'ai-je interrompue. Je te répète que Sebastian n'était pas homme à se tuer à cause d'une femme, même s'il en était follement amoureux. Il était bien trop... masculin, pour ne pas dire macho. Tu sais très bien qu'il n'avait pas de mal à séduire toutes celles qu'il voulait. N'oublie pas qu'il s'est marié cinq fois, que ma mère était sa maîtresse et que, depuis plus de trente ans, il en a eu je ne sais combien d'autres. Je suis également

107

convaincue que cette femme était à ses pieds jusqu'au dernier moment. Aucune femme ne résistait à Sebastian, je suis bien placée pour le savoir. La dernière fois que je l'ai vu, il était dans une forme éblouissante, il débordait de vitalité, de séduction. Il était... irrésistible.

— Ce que tu dis de lui est vrai. Je me souviens très bien de son charme et tu es en effet mieux placée que quiconque pour l'avoir observé de près. Si ton raisonnement est juste, il existe donc un autre facteur qui l'a poussé à cette décision fatale.

— Certes, mais lequel ?

— Je n'en sais rien, Vivianne ! Tout ce que nous savons, c'est qu'il ne s'agit pas d'une raison de santé ; l'autopsie aurait révélé une maladie grave. De plus, l'enquête de police n'a dégagé aucun élément indiquant qu'il y aurait eu violence, ce qui élimine la thèse du crime. De toute façon, ma chérie, elle m'a toujours paru invraisemblable.

— Si je comprends bien, tu conclus toi aussi au suicide.

— Exact. Nous ignorons seulement pourquoi.

Nous nous sommes longuement regardées, aussi perplexes l'une que l'autre.

— Ce *pourquoi*, nous ne le connaîtrons sans doute jamais, ma chérie, me dit-elle enfin. La seule personne qui aurait pu nous éclairer, c'est Sebastian lui-même. Et Sebastian a emporté son secret dans la tombe.

12

En regagnant le Vieux Moulin, je me répétai tout ce qu'avait dit Marie-Laure et je me sentis plus calme.

Mon amie venait une fois de plus de m'administrer une preuve de son solide bon sens. Grâce à elle, j'admettais enfin que Sebastian avait attenté à ses jours, puisqu'il n'existait aucune autre explication logique à sa mort. Si, dès le début, j'avais envisagé l'hypothèse du crime, je devais m'avouer que je n'y avais jamais vraiment cru, car je préférais me raccrocher à celle de la crise cardiaque. Le dernier coup de téléphone de Jack ne m'avait tant choquée que parce que je refusais encore de croire au suicide.

Marie-Laure avait eu le mérite de me rappeler que nous ne pouvons pas nous vanter de connaître intimement quelqu'un, même si cette personne nous est proche, encore moins de savoir avec certitude ce qui se passe dans sa tête. Elle m'avait permis de remettre les choses dans leur juste perspective et, pour la première fois depuis la mort de Sebastian, ma tension nerveuse commençait à se relâcher.

Il était six heures et demie quand j'arrivai au Vieux Moulin. Le soleil s'enfonçait derrière la montagne, le bleu du ciel qui virait au gris opalescent annonçait le crépuscule. Ma voiture rentrée au garage, j'ai couru dans ma chambre.

Kit devait venir me chercher à sept heures ; j'avais à peine le temps de me préparer.

Vingt minutes plus tard, rafraîchie, coiffée, parfumée, j'ai troqué mon jean et mon sweater contre un pantalon et un chemisier crème avec un blazer noir. A la cuisine, j'ai trouvé Phyllis qui remplissait un seau à glace.

— Bonsoir, madame. Il m'avait bien semblé vous entendre rentrer tout à l'heure. Faut-il déboucher le sancerre ?

— Bonne idée. Il est bientôt sept heures, M. Tremain ne tardera pas à arriver. J'ai trouvé qu'il faisait frisquet, ce soir. Nous prendrons l'apéritif dans la bibliothèque.

— Voulez-vous que j'allume du feu ?

— Merci, ce n'est pas la peine. Nous partirons dans une demi-heure, trois quarts d'heure. Des messages ?

— Oui, deux. Je les ai posés sur la desserte.

Ils étaient glissés sous le vieux fer à repasser servant de presse-papiers. L'un était de mon éditeur de Londres, qui annonçait son prochain passage à Aix-en-Provence, souhaitait que nous déjeunions ensemble et devait me rappeler pour confirmer. L'autre d'un des rédacteurs en chef du *Sunday Times*. « Rien d'urgent », avait griffonné Phyllis.

Je froissais les deux feuillets pour les jeter quand la sonnette de l'entrée retentit.

— C'est sûrement M. Tremain, dit Phyllis.

— Ne vous dérangez pas, j'y vais.

Je courus à la porte. Une seconde plus tard, Kit me serrait dans ses bras à m'étouffer.

— Tu ne peux pas savoir combien je suis heureux de te revoir, dit-il enfin en posant un baiser sur mes lèvres.

Il me fallut un instant pour reprendre haleine.

— Moi aussi, Kit. Et je constate avec plaisir que tu n'as pas l'air aussi épuisé que tu voulais me le faire croire l'autre jour, ajoutai-je en riant.

— C'est ton retour qui m'a ressuscité, ma chérie.

Un bras sur mon épaule, il m'entraîna dans le hall. Sa joie était si palpable qu'elle me faisait battre le cœur.

— J'avais l'impression que tu étais partie depuis une éternité, reprit-il. Maintenant que tu es de retour, tu vas rester, j'espère ?

— Oui, pour longtemps. Je dois avant tout me replonger dans mon livre. Il doit être terminé en mars.

Tout en parlant, nous sommes entrés dans la bibliothèque, où Phyllis venait de déposer la bouteille de sancerre. J'ai rempli nos deux verres, nous avons trinqué.

— A toi, Viv. Tu m'as manqué, tu sais.

— Toi aussi, Kit, tu m'as beaucoup manqué.

— Je l'espère bien ! dit-il en riant.

Il prit place dans un fauteuil près de la fenêtre dominant le jardin. Assise en face de lui, je me rendais compte à quel point j'étais heureuse de le revoir. Christopher Tremain attirait d'emblée la sympathie. Mince, musclé, de taille moyenne, il avait, à quarante-deux ans, un visage étonnamment jeune sous sa tignasse rebelle d'un blond cendré. New-Yorkais de naissance, il vivait depuis dix-huit ans en France où il était considéré comme l'un des meilleurs peintres néo-impressionnistes de sa génération. Il avait quitté Paris deux ans auparavant pour se fixer en Provence.

— Pourquoi me dévisages-tu ? demanda-t-il en souriant. J'ai de la peinture sur la figure ?

— Pas du tout. Je me disais simplement que tu avais l'air en pleine forme. Tu as meilleure mine, en tout cas, qu'avant mon départ en juillet.

— Je me sens mieux, c'est vrai. L'effort mental et physique qu'exige la peinture m'a régénéré.

— Tu as raison. Le travail me fait du bien à moi aussi.

— Écoute, Viv, je voulais te dire...

Il hésita à poursuivre.

— Oui ?

— Eh bien... Je préfère t'en parler avant le dîner. Tout à

l'heure, pendant que je me préparais, j'ai vu sur CNN un flash au sujet de Sebastian. La police du Connecticut a rendu public le rapport d'autopsie et...

Il s'interrompit encore, visiblement embarrassé.

— Je sais, Kit. Jack m'a téléphoné de New York cette après-midi. Puisque tu as regardé CNN, tu sais donc que le médecin légiste a conclu au suicide.

— Oui. Cela m'a quand même paru... bizarre.

— A moi aussi, au point que je suis allée tout à l'heure en discuter avec Marie-Laure, qui a bien connu Sebastian. Après avoir longuement envisagé toutes les hypothèses, je dois dire que nous n'avons pas trouvé d'autre explication logique à sa mort.

— Tu ne peux pas savoir combien je regrette de n'avoir pas été près de toi pour te réconforter.

— Je vais bien maintenant, Kit. Au début, bien sûr, j'étais bouleversée, et le dernier coup de téléphone de Jack m'a donné un nouveau choc. Mais comme Sebastian me l'aurait dit lui-même, la vie doit continuer.

— La vie est surtout imprévisible. On ne sait jamais quelle nouvelle épreuve elle nous réserve...

Il vint me rejoindre sur le canapé, me prit par l'épaule et m'attira contre lui.

— Je veux t'aider à surmonter celle-ci, Vivianne. Je serai toujours là si tu as besoin de moi.

— Je sais, Kit. Rassure-toi, je vais bien. Sincèrement.

— Et entre nous ? Rien de changé ?

— Bien sûr que non, voyons !

— Je voulais dire... nous reprenons là où nous nous étions arrêtés en juillet, quand tu es partie ?

— Oh oui, Kit !

Jamais je n'avais été plus sincère. J'avais besoin de lui, besoin d'aimer et d'être aimée. Il se pencha vers moi, me prit le visage entre ses mains. Nous avons échangé un long baiser passionné.

– J'ai tant envie de toi, Viv, murmura-t-il lorsque nous nous sommes enfin écartés. Nous n'avons pas fait l'amour depuis si longtemps... Faisons-le maintenant, avant de sortir.

– Patience, Kit. Nous avons toute la vie devant nous.

– Non, Viv. Qui sait ce qui nous arrivera demain ? Il faut saisir l'instant qui passe, le vivre intensément. Si tu savais à quel point tu m'as manqué...

– Dînons d'abord, Kit, je meurs de faim. Après, j'irai chez toi, ai-je chuchoté en lui donnant un léger baiser.

– C'est vrai ? Tu resteras toute la nuit ?

– Oui. Et puis, j'ai très envie de voir ce que tu as préparé pour ton exposition, surtout le dernier grand tableau.

– Ah ! Je comprends ! dit-il en éclatant de rire. Ce n'est pas moi qui t'intéresse, c'est ma peinture.

– Les deux, vaniteux !

Kit avait réservé une table au Moulin de Lourmarin. Plus encore que la délicieuse cuisine et les vins exquis, sa compagnie fut un enchantement. Il parla de son travail, me raconta ce qui était survenu en mon absence, rapporta les potins locaux, le tout d'une manière si drôle qu'il me fit rire aux larmes jusqu'à la fin du repas.

– Viendras-tu à Paris avec moi en novembre, Viv ? me demanda-t-il pendant que nous prenions le café. Pour le vernissage de mon exposition ?

– Je ne sais pas, Kit. J'ai tant de travail...

Il eut l'air si déçu que je ne pus résister.

– D'accord. Quand aura-t-il lieu ?

– Le 25 novembre. Un vendredi.

– Très bien. D'ici là, je m'avancerai le plus possible pour pouvoir passer un long week-end avec toi... Ce qui ne te dispense pas, ai-je poursuivi en souriant, de me montrer tes tableaux ce soir, en avant-première.

– Eh bien, répondit-il d'un ton ironique, tu devras

t'armer de patience jusqu'à demain matin. On ne peut voir mes chefs-d'œuvre qu'à la lumière du jour.

– Ah, oui? Comment comptes-tu me faire patienter? Et nous avons éclaté de rire.

De la fenêtre de sa chambre, j'admirais le château de Lourmarin illuminé par la pleine lune. J'avais toujours aimé la vue qu'on découvrait de cette fenêtre et, ce soir, elle me paraissait particulièrement féerique. Etait-ce parce que la lune posait des reflets d'argent sur les vieilles pierres du château? Était-ce à cause de la profondeur infinie du ciel, où des nuages venaient de temps à autre occulter le scintillement des étoiles pour mieux les dévoiler ensuite?

N'était-ce pas plutôt parce que j'en avais, cette nuit, une vision différente?

Je me sentais plus détendue et mieux dans ma peau que je ne l'avais été depuis des années. J'éprouvais un profond bonheur d'être avec Kit. J'avais oublié combien sa chaleur, ses attentions, ses mille gestes affectueux me faisaient du bien. Ce sentiment, qui s'était réveillé en moi quelques heures auparavant, n'était pas une découverte; mon absence de trois mois me l'avait seulement fait perdre de vue. Qu'il était bon de le retrouver, plus puissant que jamais!

Je sentis soudain ses mains sur mes épaules, ses lèvres au creux de ma nuque.

– Viens, mon amour, viens vite, me murmura-t-il à l'oreille. Tu m'as tant manqué. J'ai si faim de toi.

Et c'est dans un élan de tout mon être que je me suis abandonnée à ses caresses.

Deuxième partie

JACK
Le Devoir

13

J'avais sept ans quand je suis venu pour la première fois au château de Coste. Il est plutôt rare qu'un petit garçon de cet âge tombe amoureux d'une maison. Pour moi, ce fut un véritable coup de foudre.

Je ne comprenais pas, à l'époque, pourquoi j'aimais autant ce lieu. Tout ce que je savais, c'est que je m'y sentais chez moi. Ses vastes proportions ne me faisaient pas peur, son luxe ne m'intimidait pas le moins du monde. J'étais aussi à l'aise dans les salons que dans les bois, les champs et les vignes que j'explorais des journées entières. Au plus profond de moi-même, je me savais attaché à cette terre et à ces pierres par des liens indissolubles. A Coste, j'avais trouvé mes racines. J'aurais voulu ne jamais m'en éloigner. Lorsque j'y étais contraint, j'en souffrais des semaines entières et j'attendais avec une impatience fébrile le moment d'y retourner. Même si nous y revenions tous les étés, nous n'y séjournions jamais assez longtemps à mon goût.

Mon père m'a offert la propriété en 1980, peu après son mariage avec Vivianne. J'en étais resté abasourdi. J'avais tant de peine à le croire que j'étais sûr qu'il se dédirait à la dernière minute. Ma stupeur quand il avait tenu parole avait été à peine moins vive. En fait, Sebastian s'était lassé du château et des vignes. Mais mon père se lassait vite de tout – de ses femmes, notamment.

A son divorce d'avec Vivianne, Luciana et moi l'avions surnommé Henri, en référence à Henri VIII et ses six femmes. Quand nous étions enfants, nous aimions beaucoup donner des sobriquets. Ainsi, Vivianne était LGV, la Grande Vivianne, comme la despotique tsarine Catherine de Russie. Sebastian admirait Vivianne, moi aussi. Luciana la détestait. Pour elle, LGV était devenu un terme péjoratif, une insulte. Pas pour moi.

Ma chère demi-sœur haïssait aussi la mère de Vivianne, Antoinette Delaney. Pas moi. J'adorais Antoinette. Elle était belle. Elle avait des cheveux pleins de soleil, des yeux verts comme les émeraudes dont mon père n'arrêtait pas de la couvrir. Quand elle se mettait en colère, sa peau très blanche virait au rose vif. En été, elle avait le nez criblé de taches de son qui m'enchantaient, car elles la rendaient plus réelle, moins éthérée en tout cas. Antoinette était toujours bonne avec moi. Elle m'aimait autant que Vivianne. Je le savais parce qu'elle me l'avait dit : j'étais pour elle le fils qu'elle n'avait pas pu avoir.

Je n'avais pas permis à Luciana d'affubler Antoinette d'un surnom qui ne soit pas flatteur. Comme nous ne pouvions pas nous mettre d'accord, nous ne l'appelions qu'Antoinette entre nous. Mais moi, je lui avais trouvé un nom pour moi tout seul : ma Reine. Et c'est exactement ce qu'elle était à mes yeux. Elle accomplissait pour moi des miracles. Elle donnait un sens à ma vie. Elle m'aidait à devenir un homme.

J'avais douze ans quand elle s'est tuée à Laurel Creek en tombant dans l'escalier de la cave. Sa mort m'avait brisé le cœur et je ne m'en suis jamais remis. Depuis, il y a en moi un grand vide que personne n'a jamais pu combler.

Ma douzième année a été un enfer.

D'abord, j'avais perdu Antoinette. Ensuite, mon père

avait entrepris de me sermonner sur le Devoir. C'était mon Devoir de veiller sur Luciana quand il s'absentait. Mon Devoir de travailler dur à l'école pour entrer à Exeter et à Yale. Mon Devoir de me montrer digne de la famille. Mon Devoir de marcher sur les traces de mes aînés. Mon Devoir de me préparer à diriger Locke Industries et la Fondation. Tout était, tout serait toujours mon Devoir.

Là-dessus, Cyrus s'y était mis à son tour. A chaque fois que nous allions le voir dans le Maine, j'entendais le verbe « devoir » décliné à tous les temps et sur tous les tons. Pas étonnant, dans ces conditions, que je prenne le mot en grippe au point de décider de ne jamais « faire mon devoir ». Au grand jamais ni sous aucun prétexte. Bien entendu, je le faisais quand même. Ils m'avaient soumis à un tel lavage de cerveau que je me pliais à leurs trente-six volontés. Tel le chien de Pavlov, j'obéissais docilement à tout ce qu'ils m'ordonnaient – enfin, jusqu'à un certain point...

Je n'avais que seize ans et j'étais encore collégien à Exeter quand je reçus « mon héritage », comme j'appelais le châ-teau. Il ne représentait, évidemment, qu'une miette de ce qui me reviendrait plus tard, mon père et mon grand-père étant tous deux milliardaires. C'est pourquoi il m'arrivait parfois de considérer Coste comme une sorte de prix de consolation. Mon père venait d'épouser Vivianne, la femme de mes rêves, à laquelle je me croyais depuis tou-jours destiné. On comprendra qu'en le voyant lui passer la bague au doigt, j'aie été anéanti par cette trahison. J'ai tou-jours soupçonné Sebastian de s'en être douté, d'où son mirifique cadeau du château – ce qui représentait, en plus, une économie non négligeable sur les droits de succession. Mon père était peut-être un philanthrope au cœur gros comme ça, il était aussi et avant tout un homme d'affaires avisé.

Une fois Coste à moi, je filais en France à la moindre

occasion. Je ne me rassasiais pas du bonheur d'y être plusieurs fois par an au lieu des seules vacances d'été. En 1980 et 1981, Sebastian et Vivianne venaient souvent eux aussi dans la région. Ils me tapaient sur les nerfs. Luciana et moi les surnommions, bien entendu, les tourtereaux. Leurs continuels roucoulements me donnaient envie de vomir. Cela m'arrivait d'ailleurs fréquemment.

Les tourtereaux étaient obsédés par le tas de gravats que Sebastian avait acheté à Lourmarin et qu'ils s'évertuaient à transformer en maison. Quand ils ont eu fini par le rendre à peu près habitable, ils l'ont baptisé le Vieux Moulin. Pour moi, c'était du gaspillage pur et simple. Pourtant je ne disais rien. Je n'avais pas à me mêler de leurs affaires. Et puis, moi, j'avais le château. La maison de mes rêves, faute d'avoir eu la fille. Je n'ai jamais compris l'attrait de Sebastian pour ces vieilles pierres – un moulin en ruine, quelle sottise ! Mais il est vrai que je n'ai jamais compris mon père. Maintenant, il est trop tard pour essayer. Il est mort et enterré depuis cinq mois.

A dix-huit ans, mes études à Exeter terminées, je suis entré à Yale comme j'étais censé le faire – par Devoir. Je mettais ainsi mes pas dans ceux de tous les Locke qui m'avaient précédé. Le premier avait été mon arrière-arrière-grand-père, Ian Lyon Locke. Je serai sans doute le dernier, vu que je n'ai pas de fils.

Pour moi, Yale n'était qu'une gêne, un handicap qui m'empêchait de mener mon existence comme je l'entendais. Je ne demandais pourtant rien de plus ni de mieux que de vivre dans mon château d'Aix-en-Provence. Je m'étais initié aux secrets de la vigne et des chais auprès d'Olivier Marchand, le régisseur qui dirigeait tout depuis des années, d'abord pour le compte de Sebastien puis pour le mien. Ces vignobles et ce vin constituaient tout mon univers.

A vingt-deux ans, mes diplômes en poche, j'ai enfin pu

devenir seul maître de mon destin. Désormais installé à demeure au château, j'ai commencé à travailler sérieusement avec Olivier. J'étais consumé d'une passion dévorante pour cette terre. Ma terre.

J'étais aussi passionnément amoureux.

A vingt-trois ans, je me suis marié. Tout le monde s'accordait pour voir en Eleanor Jarvis Talbot le « parti idéal ». Question lignage, elle l'était en effet. Vieille et illustre famille de Boston. Non moins vieille et illustre fortune. Bien sûr, il n'en restait pas une miette mais cela m'indifférait. J'en avais plus qu'assez pour deux.

Eleanor était une ravissante blonde, mince et souple comme une liane. Et dotée d'une sexualité explosive. J'avais couché avec elle dès notre premier rendez-vous ; je n'ai plus cessé pendant ma dernière année à Yale.

Sous ses dehors raffinés et son abord froid grondait un volcan. Sa séduction était peut-être due à ce contraste, en partie du moins. Elle avait l'allure d'une marquise et se comportait comme une putain. Avec elle, j'étais excité en permanence rien qu'en imaginant ce que nous allions faire cinq minutes plus tard. Car nous ne faisions rien d'autre que l'amour. Jour et nuit, à la moindre occasion, au moindre prétexte. J'étais au septième ciel. Dénicher un tel oiseau rare représentait, à mon âge, une chance unique. Insolente.

La famille était aux anges. Moi aussi. La vie devait nous sourire. Nous nous trompions tous lourdement, Eleanor n'avait rien d'idéal. Nous formions un couple si mal assorti que notre ménage s'est désintégré dès le début. Peut-être était-ce en partie ma faute. J'aurais dû mieux lui expliquer ce que le château et les vignes représentaient pour moi.

Nous sommes partis en voyage de noces au Maroc. A moins d'y retourner, je ne saurai jamais à quoi ressemble ce pays : je n'ai pas quitté mon lit. Je passais la moitié de mon temps couché sur Eleanor, en ne voyant que ses yeux gris-bleu. L'autre moitié couché sur le dos, à regarder le plafond, pendant qu'elle me chevauchait avec une fougue à rendre jaloux un bataillon de jockeys. Elle appréciait particulièrement cette position : « A mon tour de te baiser », disait-elle d'un air gourmand. Elle ne s'en lassait pas. Moi non plus, d'ailleurs. Du moins, pas encore.

C'est à notre retour au château que les choses se sont gâtées. Il fallait bien qu'elles changent : j'avais ma vie à mener, ma vraie vie. Mon travail à faire, mon devoir, mais ce devoir-là ne me pesait pas, au contraire. J'avais donc décidé de mettre un frein à nos interminables séances de fornication ou, au moins, de les espacer. Malheureusement, Eleanor était pire qu'une lapine en chaleur. Elle en voulait vingt-quatre heures par jour et devenait enragée si elle n'obtenait pas satisfaction sur-le-champ. S'il m'arrivait de crier « pouce ! », elle me reprochait de ne plus l'aimer. Je croyais pourtant l'aimer, mais elle m'épuisait. J'étais sur les genoux. J'avais besoin de répit. Et puis, quand nous ne baisions pas comme des forcenés, je me rendais compte que je n'avais rien à lui dire. Pas grand-chose, en tout cas.

Le pire, c'est qu'elle n'avait aucune idée de ce que représentait la gestion d'un domaine. Elle se moquait éperdument d'être châtelaine et n'essayait même pas d'apprendre. Elle ne voulait se mêler ni de près ni de loin à mon travail. La manière dont j'occupais mes journées ne lui inspirait pas une once de curiosité. Elle ne vivait que pour le sexe.

Au bout d'un an, un autre problème avait surgi : Eleanor faisait une fixation sur mon père. Amorphe les trois quarts du temps, elle ne reprenait vie qu'en sa présence. Dès qu'il tournait les talons, elle piquait des crises de nerfs. Elle parlait de lui sans arrêt. Son insatiable appétit de luxure restait intact mais, cette fois, c'est moi qui en perdais l'envie. J'avais parfaitement compris qu'elle rêvait de coucher avec Sebastian plutôt qu'avec moi. Ou peut-être avec les deux ensemble, allez savoir. En tout cas, cette découverte avait eu une conséquence fatale pour notre vie conjugale : j'étais devenu impuissant.

Seule solution, le divorce. Il m'a coûté cher mais il en valait la peine. Par une chance inouïe, nos marathons sexuels n'avaient pas produit de rejeton. Tout bien pesé, je m'en tirais à bon compte.

Je devais être affligé de masochisme latent car je me suis remarié à vingt-six ans.

J'avais rencontré Jacqueline de Brossard dans une mondanité quelconque à Aix-en-Provence. Elle était la fille d'un obscur châtelain des environs. C'est sans doute sa connaissance de la terre qui m'avait d'abord attiré. Son corps superbe avait fait le reste. De visage, à vrai dire, elle n'était pas jolie, jolie. Mais je fermais d'autant plus volontiers les yeux sur ce léger inconvénient que sa classe et son élégance naturelles le compensaient largement.

Selon les apparences, j'avais enfin trouvé en Jacqueline l'épouse idéale. Nos goûts concordaient sur tout, ou presque. Nous nous entendions bien, au lit et ailleurs. Il n'empêche que notre mariage ne dépassa guère le cap de son premier anniversaire. Jacqueline avait en effet dans la vie deux passions dévorantes : dépenser mon argent et me cocufier. Je dois lui rendre justice, elle avait la décence de ne pas vouloir coucher avec mon père – à ma connaissance, du moins. Elle se contentait du premier mâle à peu près sortable qui lui tombait sous la main. Au rythme moyen de deux ou trois par semaine, davantage en période de pointe, cela devenait agaçant. Je n'aimais pas me sentir ridicule.

Nous avons donc divorcé.

Depuis, j'ai fait le serment solennel de ne jamais me remarier. C'est pourquoi, aujourd'hui, je vis dans le péché.

Je suis tombé sous le charme d'une Anglaise du nom de Catherine Smythe. Diplômée d'Oxford, intelligente, voire intellectuelle. Il y a cinquante ans, on l'aurait qualifiée de bas-bleu. Historienne d'un certain renom, elle a enseigné l'histoire, écrit de doctes ouvrages, donné des conférences. Son intellect m'attirait cependant moins que son physique dévastateur. Rousse, les yeux verts, le teint crémeux, elle me rappelait par moments Antoinette, ma Reine. Et de même que Vivianne, la fille de ma Reine, Catherine était mon aînée. De cinq ans. Cela me gênait d'autant moins que j'ai toujours préféré les femmes plus âgées.

Nous nous sommes rencontrés à Paris en août 1994. Elle partageait l'appartement d'un journaliste anglais de mes amis, Dick Vickery. Je les croyais amants, ils n'étaient qu'amis intimes. Au bout de quelques jours, nous étions devenus plus qu'intimes, elle et moi. Depuis toujours, les intellectuelles m'intriguaient, me stimulaient. Catherine dépassait mes espérances. Faire l'amour avec elle m'emmenait bien au-delà du septième ciel : au paradis.

Après un si bon début, je l'ai invitée à venir passer les fêtes de fin d'année avec moi. Elle est venue. Je lui ai proposé de s'installer pour de bon. Elle a accepté. Ensemble, sur la terrasse, nous avons dit adieu à la vieille année et salué la nouvelle en buvant du champagne, beaucoup de champagne. L'ivresse et le clair de lune aidant, je voyais 1995 miroitant de sublimes perspectives. Surtout avec Catherine sur place. Indéfiniment.

— Je ne peux pas te promettre le mariage, lui avais-je quand même dit, dans un grand élan de sincérité.

— Le mariage ? s'était-elle exclamée avec indignation. Qui parle de mariage ? Sûrement pas moi ! Je n'ai aucune envie de me trouver enchaînée par la loi à un homme, pas plus toi qu'un autre. Je tiens trop à mon indépendance pour accepter d'en perdre ne serait-ce qu'une miette.

Nous étions donc faits pour nous entendre.

Sept mois après notre première rencontre, cette femme exceptionnelle me fascine toujours autant. Sans me vanter, je crois pouvoir dire que je ne la fascine pas moins.

14

En ce matin de février, je regagnais le château à la fin de mon habituelle tournée d'inspection. De la pelouse, je voyais sa masse harmonieuse voilée par une légère brume de terre. Les fenêtres reflétaient les rayons argentés d'un pâle soleil d'hiver. Comme toujours, ce spectacle féerique me remplissait de bonheur.

Il était bientôt neuf heures, temps de prendre notre petit déjeuner. Après avoir préparé le plateau à la cuisine, je rejoignis Catherine à la bibliothèque où elle travaillait depuis deux bonnes heures.

— Quel amour! dit-elle en me voyant entrer. Servie comme une reine... Tu me gâtes.

— Pas du tout. Demain, ce sera ton tour de me gâter.

Une fois installés devant la cheminée, je servis le café, les croissants avec du beurre et de la confiture.

— C'est exquis mais criminel, Jack.

— Tu le répètes tous les jours.

— Parce que c'est vrai! Trente secondes dans la bouche, six mois sur les hanches. Demain, je me mets au régime.

— Je t'aime comme tu es.

— Chez toi, je ne fais qu'engraisser.

– Veux-tu partir?

– Bien sûr que non, idiot! répondit-elle en riant. Cette maison a un charme beaucoup trop irrésistible.

– Ah, bon? Je croyais que c'était moi.

– Les deux... A propos, j'ai découvert dans un vieux livre quelque chose d'amusant sur le nom du château.

Malgré moi, je dressai l'oreille. Je n'avais jamais vu dans Coste autre chose que l'orthographe ancienne du mot « côte ». C'était doublement logique : le château s'élevait sur un pli de terrain, dans l'appellation vinicole des coteaux-d'Aix. En tout cas, je refusais de faire un rapprochement avec les ruines de La Coste, le repaire du marquis de Sade accroché à l'autre versant du Luberon.

– Je suis tout ouïe, Catherine.

– Il s'agit d'un recueil de portraits de célébrités, depuis la Renaissance jusqu'au début du XVIIe siècle, avec une courte notice biographique sur chacune. C'est un de ces livres que les colporteurs vendaient trois sous dans les campagnes. Il est grossièrement imprimé, l'orthographe en est fantaisiste. Cela n'a rien d'un document historique...

– De grâce, cesse de titiller ma curiosité! Parle.

– Voilà, voilà! reprit-elle en riant. On y trouve par exemple Rabelais écrit Rablé, le duc de Bouquincant pour le duc de Buckingham. Et puis, je suis tombée sur le portrait de Mary Stuart. Comme si son destin tragique ne lui avait pas suffi, l'infortunée reine d'Écosse est affublée du titre de « Royne Decoste ». De là à imaginer que la terre de Coste aurait jadis été un fief de la couronne écossaise, il y a un grand pas que nul historien sérieux n'oserait franchir. D'ailleurs, ton château ne date que du XVIIIe siècle.

– La coïncidence me plaît. Malcolm Lyon Locke, notre père fondateur, était écossais. Fais le pas, Catherine. Une historienne sérieuse ne s'arrête pas en si bon chemin...

La sonnerie du téléphone m'interrompit. Catherine n'eut qu'à tendre le bras pour décrocher.

— Bonjour, Vivianne. Oui, il est ici. Je te le passe.
Elle me donna le combiné et me céda son siège.

— Salut, Viv. Comment va?

— Bien, Jack, merci. Dis-moi, j'aimerais venir te voir.

— Quand?

— Ce matin.

Quelque chose dans le ton de sa voix m'alerta. Pour ma
tranquillité, je devais la tenir à distance.

— Impossible, je suis débordé.

— Cette après-midi, alors? Ce soir, si tu préfères? Il faut
que je te parle, c'est très important.

— Je te répète que je ne peux pas aujourd'hui, Viv. J'ai
des tas de problèmes urgents à régler.

— Tu peux quand même me consacrer une demi-heure,
non?

— N'insiste pas, je t'en prie! Je dois passer toute ma
journée avec Olivier, ai-je menti avec aplomb. Une cuve
qui fuit, des pièces de rechange à commander pour le pressoir...

Je connaissais Vivianne par cœur, je la pratiquais depuis
l'âge de six ans. Quelque chose la turlupinait. Si je me lais-
sais faire, je serais coincé pendant des heures.

— J'ai vraiment besoin de te parler, Jack. Il s'agit d'une
question qui nous concerne tous les deux.

Quand Viv avait quelque chose en tête, elle pouvait faire
preuve d'une obstination redoutable.

— Il faudra que ça attende, ai-je déclaré.

— Nous pouvons au moins en parler par téléphone...

— Je ne vois pas quand.

— Pourquoi pas tout de suite, Jack? Ecoute-moi un instant, je t'en prie. Rien qu'un instant.

— Mais...

— Pas de mais! Écoute, j'ai fini mon livre sur les Brontë.
Maintenant que j'ai l'esprit plus libre, la mort de Sebastian
recommence à m'obséder et...

128

– Ah, non! Pitié! Laisse tomber! Quand finiras-tu par admettre qu'il s'est suicidé?

– Je l'admets. Ce que je veux savoir, c'est pourquoi. Tant que je ne connaîtrai pas la raison exacte de sa mort, je n'aurai pas l'esprit en repos.

– Personne ne peut te dire pourquoi. Sebastian était le seul à le savoir et il a emporté son secret dans la tombe.

– Ce n'est pas si sûr.

– Que vas-tu encore imaginer? ai-je grondé, excédé.

– Je n'imagine pas, Jack, je cherche. Je réfléchis à sa vie pendant les six ou huit derniers mois. Ce qu'il faisait, avec qui il était. Son état d'esprit, surtout. Était-il triste, troublé, heureux?

– Quand vous avez déjeuné ensemble, il était heureux. Du moins, c'est ce que tu prétends.

– Je ne le prétends pas, je l'affirme. Je me souviens très bien de ma propre humeur ce jour-là. J'étais contente pour lui. Contente qu'il aborde une vie nouvelle...

– Une vie nouvelle? l'ai-je interrompue, étonné. Que veux-tu dire, au juste?

– Qu'il avait une femme dans sa vie, Jack. Il en était follement amoureux et comptait l'épouser au printemps.

– Tu plaisantes! me suis-je exclamé, stupéfait.

– Pas du tout. Il voulait même me la présenter et m'inviter à leur mariage.

– Je le savais vicieux, mais à ce point...

– Cela n'avait rien de vicieux, nous étions toujours bons amis. Et n'essaie pas de détourner la conversation.

– Soit. Qui est cette femme?

– Il ne me l'a pas dit. Si je le savais, j'irais la voir. Tu ne la connais pas non plus, si je comprends bien?

– J'ignorais jusqu'à son existence.

– Et Luciana?

– Elle l'ignore aussi, j'en suis certain. Sinon, elle se serait empressée de m'en parler.

— Quelqu'un a pourtant dû la rencontrer à un moment ou à un autre, Jack. Je voudrais donc recueillir les témoignages de tous ceux qui ont travaillé avec Sebastian dans ses missions humanitaires en Afrique.

— Pourquoi l'Afrique ?

— Parce que c'est là-bas qu'ils se sont connus. Sebastian m'a dit qu'elle était médecin. Chercheur. Si je peux contacter les gens qui ont partagé sa vie et ses activités au cours de ses six derniers mois, je finirai par trouver quelqu'un qui saura de qui il s'agit.

— Ses collaborateurs sont fidèles à sa mémoire, Viv. Ils n'aimeront sans doute pas que tu les interroges.

— Je sais. C'est pourquoi j'ai un excellent prétexte pour leur délier la langue sans éveiller leur méfiance. Je prépare pour le *Sunday Times* un portrait de Sebastian, un hommage au dernier grand philanthrope de l'histoire. Tu fais bien entendu partie de ceux que je compte interviewer, Jack. Je dois recueillir tes impressions, tes souvenirs...

— C'est grotesque, Viv ! Laisse tomber !

— Je ne peux pas, Jack. Par raison, j'admets son suicide. Émotionnellement, j'en suis incapable. Qu'il se soit tué alors même qu'il était si heureux, si plein de projets, cela me dépasse. C'est trop absurde. Entre notre déjeuner le lundi et sa mort le samedi, il s'est passé quelque chose d'anormal. Il faut que je découvre quoi.

— Inutile de chercher : la fille l'a plaqué, voilà tout.

— Peut-être. Mais tu ne me feras jamais croire que Sebastian se serait tué pour une femme. Cela ne lui ressemble pas, tu le sais aussi bien que moi.

— Je ne sais rien et je ne peux rien te dire. Inutile de m'interviewer pour ton article, tu perdrais ton temps.

— Si tu fais l'effort de fouiller dans ta mémoire, tu peux quand même retrouver des impressions, des indices...

— J'en doute.

– Écoute : le jour de l'enterrement, Cyrus m'a presque suppliée d'écrire un livre. Une biographie de Sebastian.

– La vestale qui nourrit la flamme sacrée! C'est ça ton dernier rôle, ma chérie?

– Tu n'es pas doué pour le sarcasme, Jack. Et je n'ai aucune raison de rejeter l'idée de Cyrus. Je veux seulement être sûre de préserver mon objectivité. Ce profil pour le *Times* sera une sorte de répétition générale.

– Et qui prévois-tu de cuisiner?

– Ses collaborateurs de Locke Industries et de la fondation. Les uns me renverront aux autres, c'est souvent ainsi que cela se passe. Je ne tarderai pas à découvrir lesquels le connaissaient le mieux. J'espère aussi pouvoir faire parler Luciana.

– Es-tu devenue folle, Viv? Tu devrais pourtant la connaître! Elle te recevra à coups de fusil.

– Nous verrons bien. Au fait, tu étais à New York le mois dernier pour la réunion du conseil d'administration de Locke Industries. Personne ne t'a rien dit, rien suggéré au sujet de cette femme?

– Non, pas une allusion.

– Intéressant. Ils n'étaient donc pas au courant...

– Par la puissance de tes déductions, ma belle, tu bats Sherlock Holmes à plate couture.

– Je t'en prie, Jack! Sois sérieux. M'aideras-tu pour l'article? J'y tiens beaucoup, je t'assure. C'est un service que je te demande.

– Puisque tu insistes... Mais je te répète que je ne sais rien. J'ai à peine vu Sebastian l'année dernière.

– Cherche, fais un effort.

– On verra. Il faut que je te quitte, je suis en retard. Je t'appellerai chez toi la semaine prochaine.

– Je n'y serai pas, je pars pour New York après-demain. Je veux commencer mon enquête par mes vieux amis de la fondation. Ils m'ouvriront peut-être d'autres portes.

– Dans ce cas, bon voyage.

– C'est moi qui t'appellerai. A bientôt, Jack.

Furieux, j'ai raccroché en lâchant un juron.

– Eh bien, qu'est-ce qui ne va pas ? s'enquit Catherine de cette voix douce et calme que j'aimais de plus en plus.

– Vivianne est complètement cinglée.

– Etrange façon de juger une personne aussi sensée et qui a autant les pieds sur terre !

– Dès qu'il est question de Sebastian, elle n'est pas plus sensée qu'elle n'a les pieds sur terre ! Son obsession lui fait perdre tout sens commun. Il est enterré depuis six mois et elle continue à délirer sur sa mort. Qu'elle se taise, bon sang ! Qu'elle le laisse reposer en paix ! Je ne peux pas la souffrir quand elle agit comme ça.

– Comme quoi ?

– Comme une vestale qui se consacre envers et contre tout à ranimer la flamme du souvenir. C'est morbide.

– Elle l'adorait, et tu le détestais. Vous ne vous êtes jamais entendus à son sujet.

– Exact. Et nous ne serons jamais d'accord. Vivianne n'a rien de mieux à faire, voilà le problème. Maintenant qu'elle a fini son bouquin sur les Brontë, il ne lui reste que Sebastian pour s'occuper l'esprit. Alors, elle empoisonne tout le monde avec cette histoire. A commencer par moi.

– Veux-tu dire qu'elle compte écrire un livre sur ton père ?

– Pas encore. Elle commence par un portrait pour le *Sunday Times*. Mais le livre suivra, j'en suis sûr. C'est mon grand-père, cette vieille canaille, qui lui a mis l'idée en tête. Le jour même de l'enterrement, tu te rends compte ? Elle a sauté dessus comme un chien sur un os, et rien ne l'en fera démordre, tu verras !

– Pour l'amour du ciel, Jack, à quoi bon te mettre

dans des états pareils? C'est puéril. Je dirais même absurde. Dès qu'on te parle de ton père, tu perds ton sang-froid.

— Il y a de quoi! Vivianne m'annonce qu'elle va fouiner dans sa vie, son emploi du temps, ses humeurs! « J'ai besoin de savoir, de comprendre. Je veux découvrir la vraie raison de son suicide. » Je ne fais que la citer textuellement. Tu ne vas pas me dire que c'est normal!

— Comment se propose-t-elle d'y parvenir?

— En interviewant les gens qui travaillaient avec lui. Qui le connaissaient. Moi. Luciana. Dieu sait qui encore.

— Et tu penses qu'elle publiera ses conclusions?

— Non. Elle ne mentionnera sans doute même pas le suicide, dans l'article du moins. Ou alors en une ligne. Elle fera de lui un portrait élogieux, idéalisé. Elle ne montrera que ses bons côtés. Mais entre-temps, elle aura fourré son nez partout, au risque de déranger tout le monde et de déterrer Dieu sait quels secrets. Elle veut *comprendre* à tout prix. Elle en fait une croisade personnelle.

— Peut-être. Mais je ne vois toujours pas pourquoi cela te bouleverse à ce point.

— Parce que je voudrais qu'on en finisse une fois pour toutes! Je n'ai pas envie qu'elle remue indéfiniment ces vieilles histoires. Il est mort et enterré. Qu'elle lui fiche la paix, bon sang! Elle n'a pas besoin d'exhumer son cadavre!

— Je m'explique mal ton attitude, mon chéri. Que crains-tu, au juste? Tu viens de me dire qu'elle n'écrira rien de désobligeant sur ton père. Je le crois volontiers. Vivianne serait incapable de ternir sa mémoire.

— Bien sûr; elle est toujours amoureuse de lui!

— Ressaisis-toi, Jack, tu finirais par dire des sottises. D'après le peu que je sais d'elle, Vivianne est une femme trop pleine de vie, trop sensuelle pour rester attachée à un mort. Elle me paraît surtout trop amoureuse de Kit Tremain pour regretter Sebastian Locke. Kit représente pour elle le présent et l'avenir, Sebastian le passé. Une femme comme elle ne vit pas dans le passé. Je sais ce que je dis, tu peux me croire sur parole.

La conversation prenait une tournure qui ne me plaisait pas. Je n'avais plus aucune envie de la poursuivre.

— Tu as peut-être raison, ai-je dit en me levant. Il faut que je travaille. A tout à l'heure, ma chérie.

15

Ce soir-là, au dîner, j'ai repris le fil de notre conversation interrompue le matin. J'avais oublié de dire l'essentiel à Catherine.

— Il y avait une autre femme..., ai-je commencé.

— Je l'espère bien, mon chéri! m'a-t-elle interrompu en riant. Sans compter tes deux femmes légitimes, je suis sûre que tu en as connu beaucoup d'autres. Tu es si séduisant!

— Mais non, je parle de Sebastian. Il y avait une autre femme dans sa vie. Une nouvelle, dont j'ignorais l'existence. Personne n'en savait rien d'ailleurs, sauf Viv. Il le lui a appris quand ils ont déjeuné ensemble, quelques jours avant sa mort. Il comptait l'épouser.

— Vraiment? Sais-tu qui c'est?

— Aucune idée. Viv ne sait rien de plus, sauf qu'elle est médecin. Elle m'en a parlé ce matin au téléphone pour la première fois. Je me demande pourquoi elle a attendu si longtemps pour me mettre au courant.

— On peut donc penser que ton père était heureux à ce moment-là. Qu'il se soit suicidé si peu de temps après est d'autant plus étrange.

— Vivianne trouve aussi.

— A moins que la mystérieuse inconnue n'ait préféré prendre l'initiative de rompre.

135

– C'est exactement mon point de vue.

– Que t'en a dit Vivianne, ce matin?

– Qu'un homme comme lui ne se serait jamais suicidé pour si peu. Il séduisait toutes les femmes qu'il voulait.

Catherine réfléchit un instant.

– Là, je suis plutôt d'accord avec Vivianne.

– Comment ça? Tu ne l'as pas connu.

– Pas personnellement, c'est vrai. Et tu ne m'as jamais dit grand-chose à son sujet. Pourtant, j'ai beaucoup entendu parler de lui bien avant de te connaître, Jack. Le monde entier, d'ailleurs, était au courant de ses faits et gestes, de ses programmes humanitaires, des sommes énormes qu'il y engloutissait. La presse n'arrêtait pas de lui consacrer des articles, des reportages. Il s'est marié cinq ou six fois, je crois? ajouta-t-elle.

– Cinq. J'ai renoncé à compter ses maîtresses.

– Bref, il était riche, beau, célèbre, couvert de femmes. Peu d'hommes ont autant d'atouts. Voilà pourquoi je crois que Vivianne a raison. Un homme tel que lui ne se serait pas tué pour une femme de plus ou de moins. Il avait trop d'expérience pour commettre un acte aussi... définitif.

– Exact. Inutile de te répéter que je ne m'entendais pas avec lui. Je dois quand même lui tirer mon chapeau sur ce point : il attirait les femmes comme l'aimant la limaille de fer. Elles se ruaient sur lui. Elles se roulaient à ses pieds. Il ne faisait rien pour encourager leurs avances. Au contraire, il prenait ça volontiers de haut et jouait les blasés. Mais il avait tout pour séduire : présence, charisme, sex-appeal. Un charme... comment dire?... fatal. En plus, il était fantasque, imprévisible. Un peu fou par moments, ce qui ne gâtait rien. Les femmes raffolent des fous.

– « Fou, vicieux, dangereux à connaître... », murmura-t-elle.

– Tu as le génie des formules-chocs, ma chérie, ai-je observé en riant.

— Cette phrase n'est pas de moi, Jack. Une femme l'a prononcée il y a longtemps, plus précisément au début du XIXᵉ siècle.

— Ah, oui? Qui?

— Lady Caroline Lamb. Elle l'avait notée dans son journal après sa première rencontre avec lord Byron. Elle voulait dire, bien entendu, qu'il était dangereux sur le plan sentimental. Byron avait été célèbre très jeune, dès la publication du *Childe Harold,* en 1812. Tout Londres se l'arrachait, les femmes intriguaient pour lui être présentées, se battaient pour éliminer des rivales. Il n'avait pas même à lever le petit doigt pour les attirer. Les rumeurs, il est vrai, avaient puissamment contribué à asseoir sa légende de séducteur aussi redoutable qu'irrésistible.

— Fou, vicieux, dangereux... Ma foi, cette définition va à Sebastian comme un gant.

— Ainsi, personne ne sait rien de sa dernière conquête?

— Pas à ma connaissance. En tout cas, ni Luciana ni moi n'étions au courant. Je suis même surpris qu'il en ait fait un tel mystère. Il n'était pas si discret, d'habitude.

Catherine ne répondit pas. Il y eut un silence que je rompis au bout d'un instant:

— Crois-tu aux bienfaits ou aux méfaits de l'hérédité?

— Où veux-tu en venir?

— A ceci: le suicide pourrait-il être inscrit dans le patrimoine génétique d'un individu?

— Je n'en ai aucune idée. Pourquoi cette question?

— La demi-sœur de Sebastian, Glenda, s'est suicidée il y a des années. Son demi-frère Malcolm aussi — à mon avis, du moins. Officiellement, il se promenait sur le lac de Côme, le bateau a chaviré et il s'est noyé. Un banal accident, en somme. Moi, je n'y crois pas. L'autre demi-sœur de Sebastian, ma tante Fiona, a sombré dans la drogue et a disparu depuis des années. Elle est peut-être encore en vie mais rien n'est moins sûr. Alors, c'est de famille ou pas?

— Je ne peux pas te répondre, Jack. Mais ce que tu me racontes est épouvantable.

— Oui. Ce qui fait de moi le dernier des Mohicans.

— Le dernier des... quoi?

— Le dernier mâle de la lignée, si tu préfères. A moins que je n'aie des enfants, ce qui est peu probable. Quant à Luciana, elle n'en aura jamais.

Il y eut un nouveau silence.

— Ne trouves-tu pas cela triste, Jack?

— Quoi donc?

— D'être le dernier maillon d'une grande famille?

— Non, pas particulièrement. Et je ne considère pas que mes ancêtres aient été admirables. Cyrus et Sebastian encore moins que les autres.

— Pourquoi les hais-tu à ce point, Jack? Depuis que je te connais, tu n'en dis que du mal.

— Sebastian n'a jamais été un père pour moi. Il en était incapable. Incapable de m'aimer. Incapable d'aimer quiconque, en réalité.

— Vivianne affirme pourtant qu'il l'aimait.

— Elle se l'imagine, mais elle se fourre le doigt dans l'œil. Il était gentil avec elle, c'est vrai. Plus gentil qu'avec ses autres femmes. Mais il ne l'aimait pas d'amour; il ne savait même pas ce que ce mot signifie. Il en parlait, oui, et il en parlait bien. Mais cela n'allait pas plus loin, tu peux me croire.

— Pourquoi ne pouvait-il aimer personne?

— Comment veux-tu que je le sache? Sans doute parce qu'il lui manquait un gène essentiel quelque part...

Je vidai mon verre et le remplis aussitôt. Catherine s'absorba un instant dans ses réflexions.

— Quelle enfance a eue ton père? demanda-t-elle enfin.

— Dieu seul le sait. Pénible, je suppose. Sa mère est morte en lui donnant naissance. Cyrus l'a élevé avec une gouvernante avant de se remarier. Il m'a dit une fois que sa gouvernante et sa belle-mère étaient des femmes dures.

— Il pourrait s'agir d'un cas de dissociation.

— C'est-à-dire ? ai-je demandé, intéressé.

— Il s'agit d'un terme de psychologie qui définit un phénomène de rupture de l'unité psychique d'un individu, à la base de troubles caractériels tels que la schizophrénie. En termes plus simples, un enfant privé d'affection et de soins maternels durant ses premières années se dissocie des autres en grandissant. Il devient incapable de rendre un amour qu'il n'a pas reçu. Faute de points de repère, il ne saurait même pas comment. Un psychiatre te donnerait plus de détails ; pour ma part je n'en sais pas davantage. Mais à mon avis, le comportement de ton père tel que tu me l'as décrit pourrait s'expliquer par une dissociation.

— Une historienne versée dans la psychologie, voilà une perle rare ! Catherine, tu es irremplaçable.

— Aurais-tu songé à me remplacer ? demanda-t-elle d'un ton mi-sérieux, mi-ironique.

— Jamais ! Je ne suis pas *dissocié*, moi. Même si mon père ne m'aimait pas, j'ai reçu assez d'amour dans mon enfance pour savoir comment t'en donner.

16

Quelques heures plus tard, couchés dans mon grand lit à baldaquin, nous sirotions un dernier cognac. J'avais éteint les lampes. Seule source de lumière, la cheminée remplissait la pièce de chaudes lueurs dansantes. Un craquement de bûche de temps à autre et le léger tic-tac de la pendule rendaient le silence plus profond. Dans cette atmosphère paisible, je me sentais détendu, insouciant, comme toujours quand j'étais seul avec Catherine. J'avais de la chance de l'avoir trouvée. Sa seule présence près de moi me rendait heureux.

Les yeux clos, je pensais à elle. Catherine avait vécu avec un autre homme quelques années auparavant, mais l'expérience avait tourné court et ils s'étaient séparés. Quand nous nous étions rencontrés à Paris, la chance avait voulu que j'arrive au bon moment. Elle n'avait personne dans sa vie, nous étions faits pour nous entendre. Son intelligence m'avait captivé, car j'ai toujours eu horreur des idiotes. Je n'en ai pas connu beaucoup. Même peu, c'était déjà trop.

Avec elle, je ne me sentais jamais sous pression. Elle ne m'imposait rien ni ne s'imposait à moi. Elle me laissait être moi-même. J'étais son amant, son ami. Tout, sauf le fils du célèbre Sebastian Locke. Elle ne me considérait pas plus comme le dernier maillon d'une puissante dynastie que comme le richissime héritier d'une multinationale ou le responsable d'une fondation dont les charitables tentacules couvraient les régions déshéritées de la planète. Ce côté-là de ma personnalité l'indifférait.

De fait, elle ne cherchait même pas à s'en informer. Elle m'entendait souvent téléphoner au président ou aux cadres de Locke Industries, qui dirigeaient la compagnie pour mon compte comme ils l'avaient fait pour celui de mon père. Je m'entretenais aussi devant elle avec les collaborateurs de la fondation. Elle ne tendait même pas l'oreille à ces conversations téléphoniques. Mes affaires n'éveillaient en elle aucune curiosité. En revanche, elle adorait le château et le vignoble. Rien ne pouvait me plaire davantage. Je lui exposais mes idées, mes projets. Je lui demandais parfois conseil. Elle m'écoutait toujours avec attention, parce qu'elle comprenait mon amour pour cette terre et ces vignes.

Catherine se désintéressait complètement de ma fortune. Elle manifestait le même dédain que mon père envers l'argent. Pour elle, les possessions matérielles étaient sans valeur. Je ne lui en tenais pas rigueur, bien sûr. Pourtant, j'aurais aimé la gâter, lui faire des cadeaux. Elle semblait éprouver de la répugnance à en accepter de moi, à moins qu'il ne s'agisse d'un livre ou d'un objet insignifiant.

Sa main sur mon épaule me tira de ma rêverie.

— Jack, tu dors?

— Non. Je somnole.

— Je viens de penser à quelque chose.

— A quoi donc?

— La mystérieuse inconnue est-elle venue à l'enterrement de ton père?

— Non.

— Tu ne trouves pas cela curieux?

— Pas vraiment. La cérémonie était très simple, au fin fond du Connecticut. Nous ne voulions personne, en dehors de la famille et de quelques intimes.

— Je vois. Laisse-moi quand même te dire que si j'avais été amoureuse d'un homme avec lequel je devais me marier et s'il était mort subitement, mon premier réflexe aurait été de prendre contact avec les membres de sa famille. Même sans les avoir jamais rencontrés, même en sachant qu'ils ignoraient mon existence. J'aurais voulu être avec eux, partager leur deuil. En tout cas, j'aurais sûrement assisté aux obsèques. Elle aurait quand même pu envoyer un mot ou passer un coup de téléphone, à toi ou à Luciana, ajouta-t-elle pensivement. Ne serait-ce que pour présenter ses condoléances.

— Elle ne l'a pas fait. Mais elle a très bien pu assister au service religieux ; il y avait des centaines de personnes.

— Et comme tu ne la connaissais pas, tu ne pouvais pas savoir si elle y était ou non.

— Exact.

Elle hésita quelques instants.

— Puis-je te poser une autre question ? Plus personnelle ?

— Vas-y.

— Ton père avait-il modifié son testament ?

— Non. Pourquoi ?

— Simple question. Il arrive souvent que les gens décidés à se suicider veuillent auparavant mettre leurs affaires en ordre.

— Elles étaient tout à fait en ordre, crois-moi. Pour ce qui touchait à ses affaires, Sebastian avait l'efficacité dans le sang. L'hérédité, sans doute.

— Il n'avait donc pas stipulé de legs au profit d'une femme dont tu n'avais jamais entendu parler ?

— Non. Son testament date d'il y a trois ans et il n'y a rien changé depuis. S'il y avait ajouté un codicille au bénéfice d'une personne inconnue, tu penses bien que j'aurais cherché à me renseigner.

— C'est vrai, mon chéri. Je me rends compte que je te pose des questions idiotes.

Le silence retomba.

Catherine se tourna vers la cheminée. Le reflet des flammes sur ses cheveux roux lui faisait un halo flamboyant. Fasciné, je contemplais son cou long et souple. Un cou de cygne, comme celui d'Antoinette Delaney.

— Tu m'as souvent rappelé une femme que j'appelais ma Reine, n'ai-je pu m'empêcher de lui dire, mais jamais autant que ce soir. C'est presque incroyable.

— Ta Reine ? Qui était-ce ?

— Antoinette Delaney, la mère de Vivianne. J'en étais tombé amoureux au premier coup d'œil. J'avais six ans. Elle était comme une mère pour moi. Bonne, douce, aimante.

— Et tu dis que je lui ressemble ? demanda-t-elle d'un ton faussement offusqué. Je ne me savais pas... maternelle.

— Tu ne l'es pas, ai-je répondu en riant. Mais elle était aussi belle que toi. Tu as les mêmes cheveux, le même teint clair, les mêmes yeux verts. La même grâce innée.

Catherine se contenta de sourire.

— Je ne te l'avais pas encore dit, ai-je repris, ma mère est morte quand j'avais deux ans. Cancer généralisé. Sebastian s'est remarié deux ans après avec Christa, la mère de Luciana. Mais Christa était alcoolique au dernier degré. Sebastian l'a mise dans une clinique de désintoxication et elle n'est jamais revenue vivre avec nous. Il ne voulait plus la voir. Il la méprisait.

— Antoinette était-elle une simple amie de ton père ou sa maîtresse ?

— Sa maîtresse. Nous avons vécu six ans ensemble. Dans le Connecticut et ici, à Coste. C'est elle qui m'a fait ce que je suis aujourd'hui. Tout ce que j'ai de bon en moi, je le dois à son influence. A l'amour qu'elle m'a donné.

— La manière dont tu parles d'elle est touchante, Jack. Mais pourquoi n'a-t-elle vécu que six ans avec vous ?

— Elle est morte.

– C'est trop triste... Elle était encore jeune, je suppose. De quoi est-elle morte ?

– D'une chute dans l'escalier de la cave. Tuée sur le coup. Vertèbres cervicales brisées. Un accident. C'est du moins la version officielle.

– Pourquoi dis-tu cela d'un ton bizarre, comme si tu ne le croyais pas ?

Sans répondre, je me suis détourné.

– Penses-tu qu'elle a été assassinée ?

– Je n'ai jamais su que croire. Il m'a toujours paru étrange qu'elle soit descendue à la cave en pleine nuit. Mais si quelqu'un l'avait poussée, qui aurait eu des raisons de la tuer ? Sebastian était à Manhattan pour ses affaires. Alfred, le majordome, était sur place. Moi aussi, Luciana, sa nurse. Sebastian n'est arrivé qu'à sept heures du matin. Il voulait revenir de bonne heure pour monter à cheval avec Antoinette après le petit déjeuner, disait-il. Je me suis souvent posé des questions.

Jamais encore je n'avais abordé ce sujet avec quiconque.

– Sebastian ne l'a quand même pas poussée lui-même !

– Je ne sais pas... Il m'arrive de le penser.

– Mais enfin, quelle raison aurait-il eue ?

– Je l'ignore.

Catherine hocha pensivement la tête.

– Cela me rappelle l'histoire d'Amy Robsart.

– Qui est-ce ?

– La femme de lord Robert Dudley, découverte morte au pied de l'escalier de son château de Cumnor Hall, le 8 septembre 1560. A l'époque, sa mort avait soulevé un énorme scandale et secoué toute l'Angleterre, parce que Robert Dudley était l'ami intime de la reine Elisabeth Ire. Elle l'avait couvert d'honneurs...

– Il était aussi son amant, si mes lointains souvenirs d'histoire sont bons.

– En effet. Les adversaires de Dudley ont tenté de

l'accuser de la mort de sa femme. Mais comme il était présent à la cour au moment de l'accident, ce n'était manifestement pas lui qui l'avait poussée.

— Il aurait pu payer quelqu'un pour le faire.

— Peut-être. L'enjeu en aurait valu la peine.

— Comment cela?

— Une fois veuf, Robert Dudley était libre de se remarier avec la reine.

— Était-ce possible?

— Constitutionnellement, oui. En plus, ils s'aimaient depuis longtemps. Mais Elisabeth ne voulait pas de mari avec qui partager son pouvoir. De toute façon, je ne crois pas à la responsabilité de Robert Dudley dans la mort de sa femme, pas plus qu'à la complicité de la reine qu'on avait un moment soupçonnée. A mon avis, Amy Robsart s'est suicidée en se jetant dans l'escalier.

— A cause de la liaison de son mari avec la reine?

— Non; parce qu'elle était atteinte d'une maladie incurable. Les spécialistes de cette période ont acquis la preuve qu'Amy Robsart souffrait d'un cancer du sein. J'ai même écrit un livre à ce sujet.

— Antoinette n'était pas malade; l'autopsie l'aurait révélé. Elle n'avait pas non plus de raison de se tuer. Tu en déduis donc qu'il s'agissait bien d'un accident?

— Logiquement, oui. Je n'ai pas connu ton père mais je doute fort qu'il ait commis un acte aussi affreux ou payé quelqu'un pour le faire. Quel mobile aurait-il eu? Antoinette et lui n'étaient pas mariés. S'il avait voulu rompre, rien ne l'en empêchait. Un crime aurait été inutile, absurde.

— Tu dois avoir raison...

Catherine se blottit contre moi.

— Ne ressasse pas ces pensées morbides, mon chéri, comme je suppose que tu le fais depuis des années.

— De temps en temps, sans plus, ai-je admis.

Un instant plus tard, Catherine se leva pour aller dans la salle de bains. J'étais énervé, mécontent. Depuis le coup de téléphone de Vivianne, nous ne parlions que de mon père. Maintenant, je ne pouvais plus m'empêcher de penser à lui. Vivianne devait partir pour New York le surlendemain, Dieu merci ! Pendant qu'elle bombarderait les autres de questions sur Sebastian Locke, elle me laisserait tranquille. Par moments, Vivianne m'exaspérait.

Catherine revint se glisser dans le lit, se pelotonna contre moi et me prit des mains le ballon de cognac encore à demi plein qu'elle posa sur la table de chevet.

– Tu n'en veux plus, n'est-ce pas, mon chéri ?

Elle étouffa ma protestation d'un baiser, qui se fit bientôt plus exigeant, plus passionné. Je la pris dans mes bras, l'attirai sur moi. Peu à peu, ses caresses devinrent plus précises, plus excitantes. Catherine était l'amoureuse la plus inventive que j'avais jamais connue. D'habitude, il ne me fallait que quelques secondes pour réagir. Ce soir, rien.

Mortifié, enragé contre moi-même, je l'ai repoussée avec douceur.

– Je reviens tout de suite, ai-je bredouillé avant de courir m'enfermer dans la salle de bains.

Adossé à la porte, haletant, j'ai senti l'horrible et trop familière sensation de malaise reprendre possession de moi. Un instant, je me suis cru sur le point de vomir. La tête me tournait, la nausée me tordait l'estomac.

De nouveau, j'étais impuissant. Jusqu'à présent, je n'avais subi cette humiliation que deux fois avec Catherine. Au tout début de notre liaison, jamais depuis. Je croyais le problème résolu. A l'évidence, il n'en était rien.

Au bout d'un moment, ma panique atténuée, j'ai allumé la lumière et suis allé m'asperger le visage d'eau froide. Après m'être séché, j'ai relevé les yeux et me suis regardé dans la glace.

L'image qu'elle me renvoya n'était pas la mienne mais

146

une pâle imitation de Sebastian Locke. Je lui ressemblais assez pour que nul ne doute de ma filiation. Mais si nos traits étaient presque identiques, les miens étaient moins nets, plus flous, comme une esquisse malhabile. J'avais moi aussi les yeux bleus, mais d'un bleu délavé alors que les siens brillaient de tout leur éclat. Il était hâlé en permanence, j'avais le teint blafard. Il avait une chevelure soyeuse, légèrement bouclée, mes cheveux étaient ternes et raides. Je n'avais ni sa carrure athlétique ni son charme désinvolte. Encore moins son sex-appeal...

Je parie qu'il n'a jamais été impuissant, pensai-je en me dévisageant avec mépris. Il devait même avoir une érection permanente, le salaud... J'enrageais de n'être qu'une mauvaise copie de cet homme au physique trop parfait. Je haïssais le destin qui avait fait de moi son fils. Je le haïssais, lui. Je haïssais jusqu'à sa mémoire.

Après avoir avalé un grand verre d'eau froide, je suis parvenu à refouler ma colère au plus profond de moi-même, là d'où elle n'aurait jamais dû s'échapper. Puis, redevenu maître de moi, je suis rentré dans la chambre. Catherine était accroupie devant la cheminée. Elle contemplait les flammes d'un air absent. Je suis allé m'asseoir près d'elle sur le tapis et lui ai pris la main.

— Pardonne-moi. J'ai bu trop de vin au dîner. Trop de cognac après.

Elle se tourna vers moi. Un instant plus tard, un sourire effaça son expression de tristesse.

— Tu n'as rien à te faire pardonner, Jack. Ce n'est pas grave. Nous avons encore beaucoup de nuits à passer ensemble. Des centaines, j'espère. N'est-ce pas, mon chéri ?

— Bien sûr. Cela ne se reproduira pas, je te le promets. Je ne boirai plus autant à l'avenir.

Tout en disant cela, je me demandais si je n'essayais pas de me rassurer comme un enfant qui siffle dans le noir.

Elle se pencha vers moi, m'embrassa sur la bouche, me caressa le visage.

147

– Ne prends pas cette mine bouleversée, Jack. C'est sans importance, je t'assure.

Pour moi, si, me suis-je retenu de répondre.

Elle me donna un nouveau baiser et s'étendit près de moi, la tête sur mes genoux. Nous nous sommes longuement regardés dans les yeux. Je me demandais ce qui se passait derrière son ravissant visage.

– Je tiens à toi, Jack, dit-elle enfin. Beaucoup plus que tu ne l'imagines. Je te dois tant, depuis que nous nous connaissons : l'amour, la tendresse, la passion, la compréhension... Je t'aime, Jack. J'espère que tu le sais.

– Oui, je le sais.

Ses lèvres ont esquissé un sourire énigmatique. Elle m'a pris par le cou, m'a attiré vers elle, m'a embrassé. Mais je me suis aussitôt dégagé. J'avais peur. Peur de la décevoir une fois de plus. Allongé près d'elle, je me suis appuyé sur un coude pour mieux la dévisager. Elle me fascinait.

– Qu'y a-t-il, Catherine ? Tu as l'air de vouloir cacher un secret.

– Je n'ai pas de secret.

– Ton sourire...

– N'est pas cachottier. Satisfait, plutôt.

– Pourquoi ?

– Parce que je t'ai, Jack. Parce que je suis avec toi. Parce que tu es l'amant le plus merveilleux que j'aie jamais connu. Oh, mon chéri...

Elle s'interrompit. Un soupir lui échappa.

– Je n'avais jamais rien éprouvé de semblable jusqu'à présent, vois-tu. Jamais, jamais. Avec aucun autre homme. Tu m'excites, Jack. J'ai envie de toi. Tout de suite.

– Écoute, ma chérie...

– Fais-moi l'amour, Jack. Je t'en prie.

– Voyons, Catherine, je ne sais pas si...

– Il ne faut pas avoir peur. Je t'aime.

Elle se redressa, enleva son peignoir. Dans la lueur des

flammes, elle me parut plus belle, plus irréelle que jamais. Ses cheveux tombaient en cascade sur ses épaules blanches comme une rivière d'or liquide.

– Viens, Jack, murmura-t-elle. Prends-moi. Je veux me donner à toi. A toi seul, Jack.

Alors, le miracle se produisit. Je sentis une vague de chaleur monter en moi. Mon désir s'éveilla. Ma peur s'évapora comme une mauvaise brume sous les rayons du soleil. Oui, je l'aimais comme je n'avais jamais aimé aucune autre femme. Et j'allais le lui prouver.

Un instant plus tard, emportés par la passion, nous étions fondus l'un dans l'autre. Nous ne formions plus qu'un seul être. J'avais oublié le monde entier. Seule Catherine existait pour moi.

17

— Je comprends pourquoi tu es si attaché à cet endroit. Il est d'une beauté extraordinaire. Magique.

Catherine me tenait par le bras et s'appuyait contre moi. Nous étions au sommet d'un coteau, point culminant de ma propriété. En face de nous, le château. A nos pieds, les vignes qui s'étendaient jusqu'à la limite du parc. A droite, la masse sombre des bois. A gauche, les champs et les bâtiments de la basse-cour. Derrière ceux-ci, le pressoir, les chais et l'entrée des caves dans le rocher.

En regardant autour de moi, je m'efforçais de voir le paysage avec les yeux de Catherine. Il était sublime, en effet. Le ciel bleu pastel était immaculé, sans un nuage. Il faisait doux, presque chaud. Nous n'étions qu'à la mi-mars mais le printemps était déjà là. J'observais avec joie depuis quelques semaines les phénomènes accompagnant son arrivée : les pelouses reverdissaient, les premières fleurs étaient écloses, les arbres retrouvaient leur feuillage.

Heureux, je respirai un grand coup. L'air était si pur qu'il m'enivra.

— Je t'avais promis il y a des semaines de te montrer le vignoble, Catherine. Viens. Jusqu'à présent, il n'y avait rien à voir. Maintenant, il y a enfin quelque chose.

Je la pris par la main et l'entraînai dans le premier rang de vignes.

— Regarde. Les bourgeons commencent à percer.

Elle s'approcha, se pencha.

— Mais... ils sont minuscules! s'écria-t-elle, incrédule. Ces petites choses deviennent vraiment des grappes de raisin?

— Bien sûr.

— Explique-moi comment. Je n'y connais rien.

En termes aussi simples que possible, je lui décrivis d'abord le cycle annuel de la vigne : le repos hivernal, la montée de la sève, l'éclosion des bourgeons suivie de la pousse des feuilles, de la floraison, de la maturation du raisin et, enfin, de la chute des feuilles en novembre.

— Cela paraît très simple mais ça ne l'est sûrement pas, déclara-t-elle.

— Non, le processus est même complexe. Je ne t'ai pas parlé de la taille, des maladies. La vigne exige des soins constants. Je simplifiais pour que tu comprennes.

En quelques phrases, je lui expliquai les vendanges, les principales étapes du foulage, de la fermentation et de la vinification.

— Je m'en souviens, tu m'avais montré ces énormes cuves à Noël, dit-elle après avoir écouté avec attention. Comment se fait-il que tu en saches autant sur la vigne et le vin?

— Il me reste encore beaucoup à apprendre. C'est Olivier qui m'a enseigné tout ce que je sais. Quand il m'a pris en main, j'avais seize ans. Sebastian venait de me donner le château. Quatorze ans plus tard, je ne possède pas la moitié de son savoir. J'ai fait des études spécialisées, j'ai même un diplôme d'œnologie, mais je ne lui arrive pas à la cheville. Pas encore, du moins. Olivier est un des meilleurs œnologues de la région. Depuis dix ans, nous avons fait d'immenses progrès grâce à lui. Notre vin rivalise avec des appellations plus prestigieuses que les coteaux-d'Aix.

151

— Il est ton associé, je crois?

— Je lui ai simplement donné un paquet d'actions de la société viticole. Il le méritait bien, après les années d'efforts qu'il y a consacrées.

Tout en parlant, nous redescendions vers le château.

— Pourquoi ton père avait-il acheté le domaine? demanda Catherine. Cela m'intrigue. Il s'intéressait au vin?

— Surtout au champagne! ai-je répondu en riant. En réalité, il l'a fait par philanthropie. Comme d'habitude.

— Comment peut-on acheter un château et un vignoble par philanthropie? Raconte!

— Il voulait rendre service à une veuve. Il y a trente ans, Sebastian avait lié connaissance au Kenya avec un Français, l'ancien propriétaire de Coste. Ils étaient devenus bons amis, Sebastian venait souvent ici. Cet homme s'est tué dans un accident de voiture il y a vingt-trois ans. Sa veuve ne savait pas quoi faire de l'exploitation. Elle n'avait pas de fils pour prendre la suite. Juste une fille de mon âge. Elle voulait vendre mais ne trouvait pas preneur. Le vin ne rapportait pas grand-chose à l'époque. Alors, Sebastian s'est dévoué et lui a acheté Coste. Un bon prix. Trop cher, même. Mais grâce à sa générosité, la veuve a pu s'installer à Paris avec sa fille et refaire sa vie. Mon père a toujours été le bon Samaritain. Pour les étrangers, du moins.

— Je vois. Dirigeait-il lui-même le domaine, comme tu le fais maintenant?

— Sebastian, se salir les mains? Grand Dieu, non! Il a engagé Olivier Marchand et lui a donné carte blanche. La plus sage décision qu'il ait jamais prise. J'avais sept ans quand je suis venu ici pour la première fois. J'ai tout de suite eu le coup de foudre.

— Parce que tu as reconnu ton chez-toi. Ton vrai foyer. Tu as de la chance, tu sais, d'avoir trouvé ta place dans le monde, un travail que tu aimes. De suivre ta vocation, en un sens. Il y a tant de gens qui ne la découvrent jamais.

— Toi si, Catherine. Tu sais ce que tu veux, où tu vas dans la vie. Tu ressembles à Vivianne, par certains côtés. Vous avez toutes les deux des œillères : rien ne vous détourne de votre objectif. Et tu aimes le travail, Dieu merci ! J'ai horreur des oisives.

— Moi aussi. Je n'ai aucun point commun avec ces femmes-là, ni rien à leur dire. J'ai toujours su que je voulais étudier l'histoire à Oxford et l'enseigner après avoir décroché un doctorat. En plus, j'ai la chance de savoir écrire.

— Au fait, comment marche ton livre ? Tu es un véritable rat de bibliothèque depuis que tu es ici.

— C'est normal, l'atmosphère est propice au travail ! dit-elle en riant. En fait, ce livre me donne moins de mal que je ne le pensais. Je me demande simplement qui le lira.

— Beaucoup de gens, j'en suis sûr.

— Moi pas. Qui, en dehors d'une poignée de spécialistes, se passionnera pour les faits et méfaits de Foulques Nerra, comte d'Anjou, prédateur sanguinaire, grand bâtisseur de donjons et fondateur de la lignée des Plantagenêts ? Ce qui m'intéresse le plus chez lui, c'est son descendant Henri II Plantagenêt, couronné roi d'Angleterre en 1154, époux d'Aliénor d'Aquitaine et père de l'illustre Richard Cœur de Lion.

— Moi aussi, cela m'intéresse, ai-je affirmé. Tu es une conteuse hors pair. Tu arrives à rendre l'Histoire plus captivante qu'un roman. Ce que tu m'as dit des amours orageuses d'Henri et d'Aliénor me fait penser à un opéra.

Ma remarque la fit éclater de rire.

— Dis plutôt un mélodrame ! Ils passaient leur temps à se quereller, elle à intriguer, lui à la tromper et à la bannir dans un de ses châteaux, le plus loin possible.

— On en tirerait un bon film.

— C'est déjà fait : *Le Lion en hiver*, tu connais ?

— Bien sûr ! Avec Katharine Hepburn et Peter O'Toole. Je l'ai vu. Si le scénario respecte la vérité historique, ces

Plantagenêts étaient plutôt tarés. Comme l'actuelle famille royale, d'ailleurs. L'hérédité ne pardonne pas.

— Là, mon chéri, tu fais erreur. Les Windsors ne descendent pas des Plantagenêts, pas plus que des Tudors d'ailleurs, mais de la maison de Hanovre...

— Je te crois sur parole, l'ai-je interrompue en riant à mon tour. En tout cas, ton livre aura du succès.

— Que Dieu et mon éditeur t'entendent, mon chéri!

Nous étions arrivés au pied du coteau. Je me suis arrêté en retenant affectueusement Catherine par le bras.

— Il faut que je travaille quelques heures avec Olivier, ma chérie. Et toi? Tu te remets à ton livre?

— Pas trop longtemps. J'aimerais faire un peu de galop pour me dépoussiérer le cerveau. Cela ne t'ennuie pas que je prenne Black Jack?

— Je t'ai déjà dit que tu peux monter tous les chevaux que tu veux.

— Merci, mon chéri, répondit-elle en m'embrassant. Passe une bonne après-midi. Et ne travaille pas trop.

— Toi non plus.

Elle s'éloignait déjà quand je l'ai rappelée:

— Catherine!

— Oui?

— Si nous sortions dîner à Aix, ce soir? Nous sommes trop longtemps restés enfermés ici.

— Excellente idée, mon chéri.

— Je réserverai une table au Clos de la Violette. Cela te convient?

— A merveille. Mais tu tiens vraiment à me faire grossir pour que j'enlaidisse, affreux jaloux!

En la suivant des yeux dans l'allée, je pensai avec attendrissement que personne ne parviendrait jamais à la rendre laide.

18

Après avoir quitté Catherine, je me rendis aux caves, où Olivier m'attendait. Il m'entretint d'abord d'un problème mineur survenu à une des cuves, puis il ajouta :

— Ce n'est pas seulement pour cela que je vous ai demandé de venir, Jacques.

Il m'entraîna vers la petite salle de dégustation aménagée au fond d'une des galeries. Je le suivis sans me faire prier. A sa mine réjouie, je comprenais qu'il s'agissait d'une bonne surprise.

Une bouteille et deux verres étaient déjà posés sur la table. Olivier procéda aussitôt au cérémonial du débouchage. Je suivis ses gestes, précis comme ceux d'un chirurgien, avec une fascination que l'habitude n'avait pas affadie. Olivier avait soixante ans, le double de mon âge, mais ne les portait pas. Sans doute parce qu'il était heureux et menait une vie simple. Il aimait son métier, sa femme, ses enfants. Sa maison aussi, un mas derrière le verger.

Enfin, le bouchon dûment reniflé et le goulot essuyé, il versa le vin dans les verres et m'en tendit un.

— Goûtez-moi ça, Jacques, dit-il avec un large sourire. Je crois bien que vous serez content.

Le vin avait une robe d'un beau rouge rubis. Au nez, je

distinguai un arôme de violette. Je le fis tourner un instant sur ma langue. Il était velouté, long en bouche.

— C'est votre 86, ai-je enfin dit. Je le reconnais. Vous vouliez essayer de marier trois cépages : mourvèdre et syrah pour le parfum, cinsault pour le moelleux. Bravo, Olivier. C'est une réussite. Non, un chef-d'œuvre.

— Il a bien vieilli, n'est-ce pas ?

— Plus que bien ! Il faut dire que 1986 a été une année exceptionnelle. C'est un grand vin que vous avez là.

— Je voulais tenter l'expérience de le laisser vieillir avant de le vendre. Il est prêt. Qu'en pensez-vous ?

— Tout à fait d'accord. Il faudra quand même en garder. Ce serait dommage de nous en priver ; il peut encore prendre plusieurs années de bouteille. En attendant, reversez-m'en un peu. Rien que pour le plaisir.

Nous avons trinqué.

— A vous, Olivier. Félicitations.

— Mais non, Jacques. Vous y avez travaillé aussi.

— Moi ? ai-je répondu en riant. Allons donc ! Vous êtes trop modeste, Olivier. En 1986, j'étais encore à Yale, j'avais tout juste vingt et un ans. Je ne savais rien de rien. C'est vous seul qui avez créé ce vin. C'est vous seul qui méritez d'en être félicité.

J'ai passé les deux heures suivantes à mon bureau. Il y avait des comptes à vérifier, des chiffres à étudier. Je ne cessais de remettre cette corvée mais il fallait bien finir par m'en débarrasser. Autant le faire aujourd'hui. Il était près de quatre heures lorsque je suis rentré au château, muni de la bouteille entamée que je voulais faire goûter à Catherine. J'étais fier qu'un tel vin vienne de mes vignes. Fier d'Olivier qui l'avait réalisé.

Dehors, il faisait un temps splendide. Je marchais à pas lents pour mieux en profiter. Devant moi, je voyais le château adossé au coteau. Les rangs de vignes l'enchâssaient comme un grand col plissé – une fraise Renaissance, selon l'amusante comparaison de Catherine. Il n'existait pas pour moi de plus bel endroit au monde. Ici, j'avais toujours été heureux. Mes insupportables épouses n'avaient même pas réussi à gâcher mon bonheur. Je m'étais contenté de les ignorer, de ne vivre que pour ma terre et mes vignes.

J'ai obliqué sur ma gauche pour m'accouder un instant à la barrière de bois qui bordait le sentier, quand j'ai vu une tache bleue surmontée d'une sorte d'oriflamme rouge : le chandail de Catherine et ses cheveux qui volaient au vent.

Elle traversait le pré au grand galop. Je la savais excellente cavalière. Pourtant, une peur inexplicable me coupa soudain la respiration. En la voyant sauter une haie, l'angoisse me noua la gorge. J'étais sûre qu'elle allait tomber. Comme Antoinette à Laurel Creek. D'instinct, mes mains se crispèrent sur la barrière. La bouteille tomba dans l'herbe. Pétrifié, les yeux fixés sur sa silhouette au loin, je me suis préparé à voir sa chute...

Le cauchemar oublié se reproduisit sous mes yeux. Ma mémoire me ramena soudain vingt-deux ans en arrière. J'avais de nouveau huit ans. Je n'étais plus à Coste, chez moi, mais à Laurel Creek. Chez mon père.

Je jouais avec mon ballon rouge quand l'accident s'était produit. Antoinette galopait dans ma direction, sautait une haie. Et tout à coup, je l'avais vue projetée en l'air avant de retomber avec une épouvantable lenteur, comme si sa chute ne devait jamais cesser.

J'avais lâché mon ballon et couru vers elle en criant son nom. Je tremblais de peur qu'elle ne soit morte. Gravement blessée, peut-être. Elle gisait dans l'herbe, blanche comme de la craie, les yeux fermés. Les larmes m'aveuglaient. Je claquais des dents. Agenouillé près d'elle, je lui caressais la joue sans qu'elle réagisse.

— Antoinette, Antoinette, parle-moi, lui murmurais-je à l'oreille entre mes sanglots.

157

Je m'étais soudain senti poussé brutalement. Tout à ma terreur, je n'avais pas entendu Sebastian arriver au grand galop et sauter à terre à côté de moi.

— Écarte-toi ! Tu ne comprends pas que tu me gênes ? Cours à la maison, demande à Bridget d'apporter un linge humide et dis à Alfred de venir tout de suite.

Paralysé, je contemplais mon Antoinette. Ma Reine morte.

— Eh bien, qu'attends-tu pour faire ce que je te dis ? Tu es sourd ou complètement idiot ? Va chercher Alfred. J'ai besoin d'un homme pour m'aider, pas d'un gamin !

J'étais parti en courant à toutes jambes. Quand j'avais trouvé Bridget à la cuisine, je haletais si fort que je pouvais à peine parler.

— Antoinette... tombée de cheval... Mon père... veut un linge humide...

Alfred était arrivé à ce moment-là, inquiet.

— Que se passe-t-il, Jack ? Pourquoi pleures-tu ?

— Mme Delaney a fait une chute de cheval, l'avait aussitôt renseigné Bridget.

— C'est vous qu'il veut, Alfred, avais-je réussi à articuler. Il a besoin d'un homme, pas d'un gamin.

Alfred avait froncé les sourcils sans mot dire. Bridget et lui étaient partis en courant. Je les avais suivis.

— J'ai peur de la déplacer, disait mon père quand je les avais rejoints. Elle a peut-être quelque chose de cassé.

Tandis que Bridget humectait le visage d'Antoinette, Alfred et Sebastian parlaient à voix basse, de manière que je ne les entende pas. Je savais pourquoi : Antoinette était morte et ils ne voulaient pas me le dire. Alors, j'avais de nouveau fondu en larmes.

— Arrête immédiatement, Jack ! Tu n'es plus un bébé.

— Elle... elle est morte...

— Mais non, imbécile. Elle n'est qu'évanouie.

— Je ne vous crois pas !

158

Je sanglotais de plus belle lorsque Antoinette avait repris connaissance et rouvert les yeux.

— Tout va bien, Jack. Ne pleure plus, mon chéri. Ma chute n'est pas bien grave. Rassure-toi, je vais déjà mieux.

Les jambes flageolantes de soulagement, je m'étais assis dans l'herbe. Alfred et Sebastian s'affairaient autour d'Antoinette, lui demandaient où elle avait mal.

— Je suis un peu secouée, c'est tout. Et je dois être couverte de bleus, avait-elle répondu en souriant. Aidez-moi à me relever, voulez-vous ? Aïe ! J'ai dû me fouler la cheville.

Ma Reine n'était donc pas morte. Je la voyais debout, soutenue par les deux hommes. Elle me souriait, me caressait les cheveux. J'en oubliais ma terreur.

Mon père l'avait portée dans ses bras jusqu'à la maison. Le docteur était ensuite venu l'examiner, s'assurer qu'elle n'avait rien de cassé, n'avait pas de traumatisme interne. Après le dîner, j'étais monté frapper à la porte de sa chambre. Mon père avait refusé de me laisser entrer lui dire bonsoir.

— Antoinette se repose, Jack. Tu la verras demain.

Et il m'avait refermé la porte au nez. Je ne m'étais pourtant pas éloigné. Accroupi sur le palier, près de la grande horloge, je voulais attendre qu'il s'en aille pour embrasser Antoinette.

J'avais dû m'endormir dans l'obscurité car le bruit m'avait réveillé en sursaut. Des gémissements. Des cris étouffés. La voix d'Antoinette qui disait : « Mon Dieu ! » Un éclat de rire qui ressemblait à un sanglot. Hors de moi, j'avais traversé le palier et fait irruption dans la chambre. A la lumière de la lampe de chevet, je vis mon père tout nu, couché sur Antoinette. Il lui tenait le visage à deux mains. Il lui faisait mal, j'en étais sûr. Très mal.

— Arrêtez ! avais-je crié en me jetant sur lui.

Sebastian était fort, musclé. D'un seul mouvement, il m'avait empoigné à bras-le-corps et porté hors de la

159

chambre. Avant que la porte ne se referme, j'avais eu le temps de voir Antoinette cacher sa nudité sous le drap et me lancer un baiser du bout des doigts en disant avec un sourire :

— Va te coucher, mon chéri. Fais de beaux rêves.

J'avais fini par m'endormir en sanglotant. Mon père était dans la chambre d'Antoinette, il la torturait. Je n'étais qu'un gamin de huit ans, je ne pouvais rien faire pour lui porter secours, la protéger de lui.

Le lendemain matin au petit déjeuner, Antoinette était là comme d'habitude. Jamais elle ne m'avait paru plus belle. Elle était taciturne, perdue dans ses pensées. Quand je la regardais, elle me souriait. Mon père me lançait des regards furieux. Je m'attendais à être puni pour ma conduite de la veille mais il n'y fit pas même allusion.

Plus tard ce matin-là, Antoinette m'avait embrassé en me disant que j'étais le meilleur petit garçon du monde et qu'elle m'aimait de tout son cœur. Après, elle m'avait demandé de l'aider à cueillir des fleurs. Nous avions passé le reste de la matinée seuls, ensemble, dans le jardin...

Catherine s'approchait au petit trot. J'ai cligné des yeux, respiré un bon coup.

— Quelque chose ne va pas? me demanda-t-elle en s'arrêtant près de la barrière.

— Non, rien. Pourquoi?

— Tu fais une drôle de tête.

— Tout va bien.

J'ai ramassé la bouteille, vexé de l'avoir lâchée par maladresse.

— Olivier a produit un vin qui sort de l'ordinaire, ai-je repris. Un 86 qui devrait faire parler de lui. Je voulais te le faire déguster mais j'ai bien peur de l'avoir gâté en laissant bêtement tomber la bouteille.

— Goûtons-le quand même. A tout de suite, mon chéri.

Avec un large sourire, elle piqua des deux et partit au galop en direction des écuries.

Tandis que je regagnais le château à pas lents, je ne pus m'empêcher de repenser à Antoinette et Sebastian. Je croyais avoir oublié ce pénible incident, refoulé depuis vingt-deux ans dans un obscur recoin de ma mémoire. Il éclairait beaucoup de choses que je m'expliquais mal ou confusément jusqu'à ce qu'il ait refait surface.

Je comprenais enfin que c'est à compter de ce jour-là que j'avais commencé à vraiment haïr mon père.

19

Une semaine plus tard, je reçus le choc de ma vie.

De retour au château après ma tournée matinale, je suis passé à la cuisine chercher le plateau du petit déjeuner que j'ai emporté à la bibliothèque. Nous y prenions toujours ce premier repas depuis l'arrivée de Catherine. Ce changement dans mes habitudes ne me déplaisait pas, au contraire. La bibliothèque était une pièce agréable, les fenêtres donnaient sur les bois. Catherine y venait très tôt travailler à son livre et je l'y rejoignais vers neuf heures.

Ce matin-là, elle n'était pas encore descendue. Je ne m'en suis pas étonné. J'étais même content qu'elle se repose. En l'attendant, je me suis versé du café. Je me beurrais un croissant quand elle est arrivée.

— Désolée d'être en retard, dit-elle en s'asseyant. Tu as bien fait de commencer sans moi. Bonne promenade ce matin, mon chéri ?

— Très bonne.

— Quel temps fait-il, aujourd'hui ?

— Ensoleillé, mais un peu moins doux qu'hier à cause du mistral. Un temps idéal pour monter à cheval.

— Je ne crois pas que je monterai aujourd'hui. Ni demain, d'ailleurs. Ce ne serait pas indiqué pour le bébé, ajouta-t-elle avec un large sourire.

— Le bébé? Quel bébé?

— Le nôtre, Jack. Je comptais te l'annoncer solennelle-ment ce soir au dîner mais les mots m'ont échappé ce matin. Je me doutais depuis huit jours que j'étais enceinte. Mon docteur d'Aix me l'a confirmé hier.

Pétrifié, horrifié, je la considérais, bouche bée.

— Toi, *enceinte*? suis-je parvenu à articuler.

— Mais oui! répondit-elle avec un sourire de plus en plus épanoui. N'est-ce pas merveilleux, mon chéri?

La stupeur me rendit muet.

— Je n'aurais jamais cru que je serais aussi heureuse d'attendre un enfant, enchaîna-t-elle. Jusqu'à présent, je n'y pensais même pas. Savoir que je suis enceinte me comble de joie à un point que tu ne peux pas imaginer...

Elle s'interrompit. Son sourire s'effaça peu à peu.

— Eh bien, qu'y a-t-il? On dirait que la nouvelle ne te fait pas plaisir.

J'ai enfin retrouvé ma voix.

— Plaisir? Certainement pas! C'est une catastrophe! Nous n'avions absolument pas prévu d'avoir un enfant.

— Voyons, Jack...

— Tu étais censée prendre des précautions. La pilule, un diaphragme, je ne sais plus. Quelle mouche t'a piquée? Tu as décidé d'arrêter?

— Bien sûr que non! C'est tout à fait involontaire...

— Je ne te crois pas.

— Cela se produit pourtant tous les jours.

— Eh bien, cela n'aurait pas dû se produire! Tu savais que le mariage n'était pas prévu dans nos accords...

— Qui parle de mariage? m'interrompit-elle, rouge de colère. Pas moi, en tout cas, je te l'ai toujours dit! Je tiens trop à mon indépendance pour m'enchaîner à un homme. De toute façon, il n'est pas question de mariage mais d'un enfant. *Notre* enfant. Je n'avais pas prévu de me retrouver enceinte mais puisque je le suis, je m'en réjouis.

— Tu n'auras pas cet enfant, entends-tu? Il n'est pas question que tu l'aies! Je ne veux pas d'enfant.

Elle devint livide.

— Me demandes-tu de me faire avorter?

— Je ne vois pas d'autre solution.

— Oh, mais si! Garder l'enfant.

— Je n'en veux pas, Catherine.

— Et moi, je le veux, Jack. Je n'avorterai sous aucun prétexte, comprends-tu? Quand j'y pense... Je croyais que tu serais aussi heureux que moi.

— Heureux, moi? Tu es devenue complètement idiote! C'est une catastrophe, je te le répète.

Elle respira profondément et reprit d'un ton adouci :

— N'en faisons pas un drame, mon chéri. Rien ne nous force à nous marier. Nous pouvons très bien continuer à vivre heureux ensemble avec notre enfant...

— Je t'ai déjà dit non! C'est hors de question.

— Un tas de gens vivent ainsi, Jack...

— Je ne suis pas un tas de gens! Et je ne veux pas de cet enfant. Comment faut-il te le dire, à la fin? Je ne veux pas entendre parler d'enfant!

En un clin d'œil, je vis Catherine se métamorphoser. Une détermination inflexible lui durcit les traits jusqu'à la rendre méconnaissable.

— Je l'aurai, quoi que tu dises et quoi que tu fasses.

— Si tu le gardes, ce sera fini entre nous.

— Eh bien, tant mieux! s'écria-t-elle en se levant d'un bond. Tu ne veux plus de moi? Soit. Je n'ai pas plus besoin de toi que de ton maudit fric, Jack! J'élèverai *mon* enfant moi-même. Je n'ai jamais compté sur personne pour subvenir à mes besoins. J'ai les moyens de gagner ma vie sans dépendre des caprices d'un égoïste.

— A ton aise, ai-je répliqué froidement.

En silence, nous nous sommes affrontés du regard.

— Je pars, dit-elle sèchement. Il ne me faut pas plus

d'une demi-heure pour faire mes valises. Je te demande simplement de bien vouloir appeler un taxi pour me conduire à Marseille. Il y a des avions toutes les heures. Je ne resterai pas ici une minute de plus.

— Avec plaisir, me suis-je entendu répondre d'une voix rauque que je ne reconnus pas.

Catherine traversa la pièce à grands pas. Sur le seuil, elle se retourna vers moi.

— Tu as peur d'être père, dit-elle d'un ton glacial. Tu as peur parce que ton père ne t'aimait pas et que tu te crois incapable d'aimer un enfant. Je te plains, Jack.

J'ouvris la bouche pour riposter. Aucun son ne put en sortir. Sur un dernier regard de pitié méprisante, elle tourna les talons, sortit, claqua la porte.

Le lustre cliqueta. Le silence retomba.

J'étais seul. Plus seul que je ne l'avais jamais été.

Après avoir commandé le taxi, je suis allé m'enfermer dans mon bureau. J'avais du travail, bien sûr, mais je voulais surtout éviter le départ de Catherine. Je ne voulais pas devoir lui dire adieu. Je ne voulais même plus la revoir. Plus jamais.

La colère m'étouffait. Mais si je comptais sur le travail pour me changer les idées, je m'illusionnais. Au bout de cinq minutes, incapable de me concentrer, j'ai repoussé les dossiers, fermé les yeux et me suis efforcé de retrouver mon calme. En vain.

J'étais furieux. Et blessé. La grossesse de Catherine était pour moi une trahison. Nous avions maintes fois évoqué la contraception. Elle connaissait mes sentiments envers les enfants. Elle savait que je n'en avais jamais voulu quand j'étais légalement marié. Pourquoi aurais-je accepté du jour au lendemain la paternité d'un enfant illégitime?

Ses dernières paroles revenaient pourtant me hanter. Avait-elle dit la vérité? Me croyais-je réellement incapable d'aimer un enfant parce que mon père ne m'avait pas aimé ? Cette question restait sans réponse et le resterait sans doute. Dans mon esprit, du moins.

Catherine m'avait souvent dit que je perdais le sens commun quand il était question de mon père. Elle se trompait. Mon attitude envers Sebastian était tout à fait logique au contraire. L'antipathie qu'il m'inspirait prenait sa source dans mon enfance. Jamais mon père ne m'avait aidé ni soutenu. Jamais il ne m'avait rien appris. Jamais il n'avait fait le moindre effort pour se comporter en père, comme tant d'autres hommes avec leurs fils. Il m'avait toujours laissé seul, ou alors avec les filles, Luciana et Vivianne. Jamais nous n'avions partagé d'activités masculines aussi élémentaires qu'une partie de ballon. Jamais nous n'avions échangé de confidences. Quand il me parlait, c'était pour me sermonner sur mon Devoir ! Sans jamais me manifester la moindre affection. Quant à l'amour paternel, il en ignorait jusqu'à l'existence.

Au moins, Catherine n'avait pas tenté de me démontrer que j'avais tort sur ce point. Elle m'en avait au contraire fourni une explication psychologique : la dissociation, comme elle appelait ce phénomène. Un sevrage affectif au cours des années d'enfance. Elle lui attribuait l'incapacité de Sebastian à aimer. C'était plausible, en effet. Sa mère était morte en couches. Il n'y avait jamais eu d'amour entre Cyrus et lui. Je savais qu'il haïssait mon grand-père autant sinon plus que je ne le haïssais, il me l'avait lui-même avoué.

Mais je ne souffrais pas de dissociation, moi ! Je n'avais jamais été sevré d'amour. J'avais connu celui de ma vraie mère pendant deux ans, les deux années les plus cruciales de l'enfance. Christa m'avait ensuite prodigué tout l'amour dont j'avais besoin. Et puis, surtout, j'avais eu l'amour de ma Reine, Antoinette Delaney. Catherine avait peut-être raison en ce qui concernait mon père, mais elle se trompait du tout au tout à mon sujet.

166

Et si elle avait vu juste?...

Peu m'importait, après tout, ce qu'elle disait, ce qu'elle pensait! Elle était sortie de ma vie une fois pour toutes. C'était dommage, dans un sens. Je tenais à elle. Je l'aimais. Nous étions bien ensemble. Nous nous entendions sur tous les plans, ou presque. Et elle avait tout gâché. Bêtement. Par aveuglement, par égoïsme. Les femmes accusent toujours les hommes d'égoïsme mais le leur est le pire de tous. Le plus féroce.

Les femmes, il est vrai, ont toujours tout gâché. Dans ma vie, du moins.

20

Un bruit soudain à la porte me fit sursauter.

— D'où diable sors-tu ? me suis-je exclamé.

L'arrivée inattendue de ma visiteuse me rendait mi-furieux, mi-heureux.

— De New York, répondit Vivianne en riant. Je suis rentrée au Vieux Moulin hier soir. J'allais te téléphoner, mais j'ai préféré te faire une surprise.

— Eh bien, tu as réussi.

Je me suis levé pour aller l'embrasser et nous sommes revenus nous asseoir près du bureau.

— Tous ces papiers ! dit-elle en regardant les dossiers étalés devant moi. J'espère que je ne te dérange pas.

— Non, j'avais presque fini. D'ailleurs, il est bientôt cinq heures. Donne-moi une minute pour tout ranger et allons boire quelque chose. Il faut célébrer ton retour.

— C'est un peu tôt, non ?

— Il n'est jamais trop tôt pour savourer un nectar ! Parce que je ne compte pas t'offrir une vulgaire piquette, Viv, mais un vin !... Je ne te dis que ça. Créé par Olivier en 1986. Viens à la cave, tu m'en diras des nouvelles.

— Je ne demande pas mieux.

Elle m'emboîta le pas et, quelques minutes plus tard, je la fis entrer dans la salle de dégustation. Quand elle fut installée, j'entrepris de déboucher une bouteille en reproduisant fidèlement les gestes d'Olivier. Après avoir servi deux verres, je lui en tendis un. Elle y trempa ses lèvres une fois, puis une autre.

— Une merveille, dit-elle enfin. Avec une légère touche de violette. Juste ce qu'il faut. Félicitations, Jack.

— Merci, mais c'est Olivier qu'il faut féliciter, pas moi.

Vivianne but une nouvelle gorgée.

— C'est le meilleur vin qui soit sorti de tes caves, déclara-t-elle. J'aimerais t'en commander, si possible.

— J'en mettrai deux caisses dans ta voiture tout à l'heure, quand tu partiras.

— Mais je tiens à le payer.

— Pas question, voyons. Depuis le temps, tu devrais savoir que tout ce qui est à moi est à toi.

— Tu es trop gentil, Jack. Merci mille fois. Mais ne reste donc pas planté là, viens t'asseoir avec moi.

Je retins de justesse un grognement. Je connaissais Vivianne par cœur. A son expression, je savais déjà ce qui m'attendait : un long récit de ses rencontres à New York, de ce qu'elle avait glané sur Sebastian, etc. Mieux valait entrer dans le vif du sujet et en finir le plus vite possible.

— Alors, comment se présente ton article ?

— Très bien dans l'ensemble. Je me suis entretenue avec les dirigeants de Locke Industries.

— Et qu'ont-ils dit de Sebastian ?

— Que du bien, cela va de soi. A la fondation, j'ai longuement discuté avec Madge Hitchens. Elle était son bras droit en Afrique et l'accompagnait partout, mais elle n'a jamais rencontré de femme avec lui. Aucune, du moins, avec laquelle il aurait pu avoir des rapports amoureux.

— Ce sont ses propres termes ?

— Oui. En fait, tout le monde ignorait l'existence d'une femme dans sa vie et son projet de mariage.

169

— Tout le monde, sauf toi.

— C'est exact.

Je ne pus m'empêcher d'éclater de rire.

— Qu'est-ce qui te prend, Jack? demanda-t-elle, étonnée.

— Si tout le monde ignore son existence, ai-je répondu, la raison en est évidente : c'est parce qu'elle n'existe pas. Parce qu'il l'avait inventée de toutes pièces.

— C'est ridicule! Pourquoi inventer une femme? Pourquoi me dire qu'il en était amoureux et voulait l'épouser?

— Pour ranimer la flamme, Viv. Piquer ta jalousie, si tu préfères.

— Tu dis n'importe quoi. C'est absurde, voyons!

— Pas tant que ça, Viv. Réfléchis un peu. Tu as toujours été la préférée de Sebastian. Il tenait plus à toi qu'à ses autres femmes, même à ta mère. Je parierais...

— Tu exagères, Jack! Il aimait énormément ma mère.

Je ne tins pas compte de sa remarque.

— Je parierais qu'il cherchait un moyen de te récupérer. Et pourquoi pas? Il a toujours tenu à toi comme à la prunelle de ses yeux, ne me dis pas le contraire. Quel meilleur moyen de se rendre à nouveau désirable que d'inventer une nouvelle femme dans sa vie?

— Tu dis des bêtises plus grosses que toi!...

— Je suis sûr d'avoir raison, Viv. Il t'a bel et bien rendue jalouse ce jour-là, n'est-ce pas? Avoue.

— Pas du tout! protesta-t-elle, indignée.

— Allons, Viv, sois franche. C'est à moi que tu parles.

Elle ne répondit pas. Le silence se prolongea. J'ai donc vu juste, me disais-je en savourant mon vin. Sebastian ne cherchait qu'à la rendre jalouse avec cette fable. Une manigance typique de sa part. Il avait toujours su s'y prendre avec les femmes. Il les méprisait mais il connaissait leur nature profonde.

170

— Pourquoi n'irais-tu pas en Afrique ? lui ai-je suggéré en remplissant nos verres. Va dans les endroits où il s'est rendu sans Madge la dernière année. Tu y trouveras la preuve qu'il y était seul, sans une quelconque maîtresse. Madge a toujours été l'unique compagne de ses pérégrinations, c'est évident. Madge ou d'autres bonnes âmes de la fondation.

— Non, Jack. Pendant ce déjeuner au Refuge, quand je l'ai questionné sur cette femme, il m'a répondu qu'elle travaillait en Afrique en permanence. Qu'elle était médecin et poursuivait des recherches, sans doute dans un laboratoire ou une institution. Peut-être même au fin fond de la brousse, dans un lieu aussi isolé que l'hôpital du Dr Schweitzer. Je suis convaincue qu'elle n'a jamais voyagé avec lui. Comment l'aurait-elle pu, d'ailleurs, sans quitter son poste ? C'est la seule explication valable.

— Tu crois donc à son existence ?

— Oui. J'y crois dur comme fer.

— Qui sait, après tout ? ai-je admis avec un haussement d'épaules. Pour ma part, je persiste à trouver plus que bizarre que personne ne les ait jamais vus ensemble. Cela ne correspond pas du tout à son caractère.

— Que veux-tu dire, au juste ?

— Sebastian aimait afficher ses conquêtes, tu le sais mieux que quiconque. Il aimait parader avec une jolie femme à son bras. Tu en es le meilleur exemple, Viv.

— Faut-il le prendre comme un compliment ?

— Tout à fait, ma chérie.

— Merci, Jack, dit-elle avec un sourire contraint.

— Il n'y a pas de quoi.

Le silence retomba quelques instants.

— Jack ?

— Oui ?

— As-tu confiance en moi ?

— Tu le sais bien, Viv.

— Et te fies-tu à mon jugement?

— Euh... cela dépend. Quelquefois.

— Écoute, tu *dois* t'y fier cette fois-ci. Je sais d'instinct
— et mon instinct me trompe rarement — que Sebastian
était tout ce qu'il y a de plus sincère quand il me parlait
de cette femme et de ses projets. Il n'essayait pas de me
rendre jalouse dans l'espoir de me récupérer. Il me
connaissait assez bien pour savoir que ce n'était pas de
cette manière qu'il y parviendrait et qu'il courrait au
contraire à l'échec. En un mot, il me disait la vérité. Il
avait *réellement* rencontré une jeune femme en Afrique, il
en était tombé amoureux et il l'aimait comme il n'avait
jamais aimé personne auparavant — je le cite textuellement. Il devait partir quelques jours plus tard la
retrouver en Afrique. De là, ils voulaient aller ensemble
en Inde et revenir passer les fêtes de Noël dans le
Connecticut, à Laurel Creek. Ensuite, il comptait l'amener en France, au Vieux Moulin, pour me la présenter.
A toi aussi, sans doute. Leur mariage devait avoir lieu en
France au printemps. Je suis persuadée que ce programme tel qu'il me l'avait exposé était rigoureusement
exact.

— Admettons que tu aies raison. Mais en quoi cela te
concerne-t-il? Tu n'as pas besoin de cette femme pour
écrire ton article sur Sebastian. Tu l'as connu mieux que
n'importe qui. Elle ne peux rien t'apporter de plus.

— C'est vrai. Je pourrais l'écrire d'une traite dès
demain. Sauf que tu oublies l'essentiel : je veux savoir
pourquoi Sebastian s'est suicidé.

— Oh, Viv, de grâce! Tu ne vas pas remettre ça! Ni
toi ni personne ne le saura jamais, voyons!

— Peut-être. En tout cas, je ne m'avouerai pas vaincue
sans avoir tout essayé pour le découvrir.

— Comment?

— D'abord, en retrouvant cette femme.

— Comment ? ai-je répété.

— Je ne sais pas encore, mais j'y arriverai.

— Mais pourquoi ?

— Parce que je veux lui parler. La questionner.

— A quoi bon ?

— Parce que rien ne m'enlèvera de la tête qu'elle a quelque chose à voir avec sa mort.

Sa réponse me laissa pantois.

— Tu plaisantes !

— Non, Jack, au contraire. Je suis persuadée qu'il y a un rapport direct ou indirect entre cette femme et le suicide de Sebastian. Et avant que tu ne le répètes, ce n'est pas parce qu'elle aurait décidé de le plaquer.

— Quel rapport, alors ?

— Je ne sais pas. Pas encore.

— Pourquoi cette femme t'intéresse-t-elle à ce point ?

— Parce que Sebastian menait une vie organisée jusqu'à la monotonie et qu'elle représente le seul élément d'imprévu.

— Là, je ne te contredirai pas... Mais tu auras beau te décarcasser, ai-je ajouté avec sincérité, tu ne réussiras jamais à la retrouver. Tu perds ton temps, Viv.

— C'est ce que nous verrons. En attendant, mon chou, creuse-toi les méninges. Tu te souviendras peut-être d'un indice, si minime soit-il, qui me serait utile.

— J'essaierai. Mais, comme je te l'ai déjà dit, je ne sais rien. J'ai à peine vu Sebastian l'année dernière.

Vivianne vida son verre sans répondre.

— J'ai la tête qui tourne, dit-elle un instant plus tard. Je ne devrais pas boire l'estomac vide. Et il faut que je conduise jusqu'à Lourmarin.

— Reste plutôt dîner.

— Ma foi, je ne dis pas non. Je serai ravie de revoir Catherine. Comment va-t-elle ?

Je me suis raclé la gorge avant de répondre.

— Elle n'est pas ici, Viv.

— Ah bon? Où est-elle?

— Je ne sais pas.

— Alors là, je ne te suis plus, Jack.

— Elle m'a quitté. Elle est rentrée en Angleterre. Enfin, je sais qu'elle est allée à Marseille de bonne heure ce matin prendre un avion pour Londres.

— Oh, Jack, quel dommage! Vous paraissiez tellement faits l'un pour l'autre. Je croyais que tu avais enfin trouvé la femme qu'il te fallait. Que s'est-il passé?

— Elle est enceinte.

Vivianne fronça les sourcils.

— Et alors? demanda-t-elle.

— Alors, nous n'étions pas d'accord. Elle voulait garder l'enfant, moi pas. Elle s'est butée, nous nous sommes disputés. J'avais beau insister, elle tenait à ce bébé et ne voulait pas en démordre. A la fin, nous nous sommes jeté des injures à la tête et elle est partie.

— Et tu l'as laissée partir?

— Oui.

Vivianne me dévisagea, bouche bée.

— Comment peut-on être aussi stupide? s'écria-t-elle. Tu es complètement bouché, Jack! Comment as-tu pu laisser une femme aussi merveilleuse te filer entre les doigts?

— Écoute, Viv, tu sais très bien que je ne veux pas me remarier. Et que je n'ai pas non plus la moindre envie d'avoir des gosses. Or, elle tenait absolument à me coller celui-ci sur les bras. Quand elle m'a déclaré que, dans ces conditions, elle n'avait plus rien à faire ici, je ne l'ai pas retenue, voilà tout. En fin de compte, cela vaut mieux. Je ne regrette rien. A terme, nous aurions de toute façon fini par nous séparer. Cela ne pouvait pas marcher.

Vivianne me dévisagea un long moment sans mot dire.

– Tu n'es qu'un imbécile, Jack, dit-elle enfin d'une voix vibrante d'indignation. Un imbécile et un aveugle, par-dessus le marché. Tu as commis bien des erreurs dans ta vie, mais celle-ci dépasse l'entendement.

Troisième partie

LUCIANA
L'Orgueil

21

Je me souviens d'avoir une fois entendu mon frère Jack dire à Vivianne que j'étais fragile. Une telle réflexion dans sa bouche m'avait stupéfaite. Comment pouvait-il se méprendre à ce point sur mon compte ?

Je ne suis ni fragile ni délicate. Bien au contraire, je suis une des personnes les plus fortes que je connaisse, aussi bien mentalement que physiquement. Mon père le savait bien, qui voyait en moi une Locke authentique – et même une réincarnation de Malcolm Lyon Locke, l'indomptable Écossais fondateur de notre lignée.

Car il est vrai que j'ai hérité de la plupart des traits de caractère qui ont fait la grandeur de notre famille. Je suis douée d'une volonté de fer et d'une inépuisable capacité de travail. Je suis résolue, disciplinée, énergique. En affaires, je ne m'encombre guère de pitié ni de scrupules, au point que Gerald, mon mari, dit parfois de moi que j'ai de la glace dans les veines.

Mon père me jugeait une affabulatrice accomplie et l'une des plus habiles menteuses qu'il eût jamais connues. Il me considérait même comme plus retorse, plus roublarde que Cyrus, son père. Sebastian me le disait en riant et je savais que, de sa part, il s'agissait d'un compliment. Il m'avait pourtant traitée de menteuse auprès de Vivianne comme s'il m'accusait d'un crime. Mais il lui racontait tout et n'importe quoi depuis qu'elle s'était imposée dans la famille à l'âge de douze ans.

Quoi qu'il en soit, il était fier de moi, de mes dons et de mon intelligence. Il regrettait que je ne sois pas un garçon, je le savais, car il aurait à coup sûr préféré avoir deux fils plutôt qu'un seul pour assurer sa succession. Malgré tout, le fait que je sois une fille ne l'avait pas dissuadé de m'intégrer dans les affaires familiales. Dès que j'en avais eu l'âge, il m'avait fait entrer au siège de Locke Industries à New York.

Depuis plusieurs années maintenant, je dirige à Londres la branche anglaise de la compagnie. La dernière fois que j'ai vu mon père, juste avant sa mort, il m'avait félicitée du travail remarquable que j'y accomplissais. Il était très fier de retrouver en moi les qualités de nos ancêtres. C'est au cours de cette conversation, alors que nous dînions chez lui à Manhattan, qu'il m'avait demandé s'il me plairait de revenir au siège de New York, où j'avais fait mes premières armes à ma sortie de Yale. Il envisageait même de me confier un poste spécialement créé pour moi : vice-président exécutif responsable des divisions de la compagnie spécialisées dans les produits féminins. Depuis, cette idée ne cesse de me trotter dans la tête. La tentation est grande. Il me suffirait sans doute d'en parler à Jack, qui ferait le nécessaire sans discuter. Il était présent à ce dîner, mon enthousiasme et celui de Sebastian pour ce projet l'avaient frappé. Mon mari ne soulevait pas d'objection, au contraire : il aurait été enchanté de s'installer à New York et d'y prendre en main la succursale américaine de sa banque d'investissement familiale.

Pour être tout à fait franche, c'est moi qui aurais dû diriger Locke Industries plutôt que mon frère. Jack supervise de loin la compagnie, comme l'a fait mon père pendant des années. Bien que le P-DG, choisi par Sebastian lui-même il

180

y a dix ans, soit tout à fait compétent, j'estime que cette situation n'est pas saine. Par tempérament, je suis un manager de terrain, ce qui, à mon avis, est bien préférable pour diriger une entreprise, car il faut être présent pour prendre les décisions en toute connaissance de cause.

En plus, je suis persuadée que Jack accepterait avec soulagement de me transmettre les rênes de l'affaire. Mon frère est tellement amoureux de son château et de ses vignes qu'il y tient plus qu'à tout au monde. Je dois lui rendre justice : il gère le domaine à la perfection, et je suis très fière qu'il ait hissé sa production à un niveau de qualité comparable à celui d'appellations plus prestigieuses. Il y est parvenu avec l'aide d'Olivier Marchand, bien sûr, mais c'est quand même lui le responsable et, rien que pour cela, je lui tire mon chapeau.

Personne ne me convaincra cependant que Jack éprouve un quelconque intérêt pour Locke Industries. Il en a le titre de président et fait ce qu'il doit parce qu'on lui a inculqué que c'était son rôle dans la vie – devoir, devoir, devoir, lui ont seriné Cyrus et Sebastian pendant des années. Mais au fond, il déteste cette charge trop pesante pour lui, alors que j'aime l'entreprise et que je ne vis que pour elle.

Jack m'a appelée d'Aix-en-Provence il y a une heure pour annuler son voyage à Londres prévu ce week-end. Je lui en veux de ce contretemps car je me réjouissais de lui parler de nos affaires. Notre conversation devra maintenant attendre l'anniversaire de Gerald, auquel il m'a promis de venir le mois prochain.

En ce moment, Gerald est à Hong Kong pour affaires et rentrera vers la fin de la semaine. En pensant à lui, j'ai traversé mon bureau et suis allée me regarder dans le miroir du petit coin-salon à l'autre bout de la pièce.

Comment mon mari réagira-t-il à ma nouvelle image ? me suis-je demandé en m'observant avec attention. Au début, il sera sans doute furieux que je me sois coupé les cheveux. Il adorait mes longs cheveux blonds, mais je suis sûre qu'il finira par s'habituer à ma nouvelle coiffure. Elle est beaucoup plus à la mode et, surtout, elle diminue le volume de ma tête, désormais mieux proportionnée par rapport au reste de mon corps. Ma silhouette aussi a changé pendant les trois semaines d'absence de Gerald : j'ai repris du poids. Peu, à vrai dire, pas plus de quatre livres. Ça suffit pourtant à me faire paraître moins squelettique. Bien entendu, plus rien ne me va et ma garde-robe est bonne à jeter. J'ai dû me commander des tailleurs et des ensembles qui seront livrés la semaine prochaine. En tout cas, ce léger gain de poids me plaît. Non seulement il me donne meilleure allure, mais je me sens mieux dans ma peau.

Je n'étais pas devenue si maigre pour avoir consciemment suivi un régime, mais parce que j'avais perdu mon peu d'appétit dans ma vingtième année. Un jour, Sebastian s'était moqué de moi en disant que j'étais « grassouillette ». Humiliée, j'avais cessé dès le lendemain de manger normalement, au point de m'autohypnotiser de manière à ne plus ressentir la faim. C'est ainsi que je me suis inutilement, je dirais même bêtement, sous-alimentée pendant des années. Je n'aurai pas de mal, je crois, à rattraper ce temps perdu.

Depuis longtemps, Gerald veut des enfants. Après m'y être refusée, je suis maintenant d'accord. J'ai vingt-huit ans, Gerald trente-trois, tous deux l'âge idéal pour fonder une famille. Et j'éprouve le *besoin* d'avoir des héritiers, des fils, des filles, un sang neuf capable de stopper le déclin de notre famille. Je veux que *mes* enfants poursuivent la lignée dans le troisième millénaire, assurent l'expansion de notre fortune et maintiennent nos traditions fondées par les générations précédentes.

Mes ancêtres... Poussée par l'envie de communier avec eux, je suis sortie de mon bureau en courant presque pour

182

aller m'enfermer dans la salle du conseil où leurs portraits ornent les murs. Je n'ai pas besoin, à vrai dire, d'en voir ces témoignages concrets pour me remémorer la grandeur de mon héritage ; j'en suis imprégnée depuis l'enfance. Me savoir issue de cette lignée d'hommes exceptionnels, brillants jusqu'au génie, me remplit toujours d'une immense fierté.

Mi-sarcastique, mi-admiratif, mon père les qualifiait de bandits de grands chemins. Je ne les ai jamais considérés ainsi. Certes, ils n'étaient pas des saints, je le sais, mais ils sont pour moi des idoles dont j'aime, de temps à autre, contempler les traits. Leurs portraits, copies des originaux exposés dans la salle du conseil de notre siège à New York, me sont une constante source d'inspiration. Chacun de ces grands hommes me fascine au point que je déplore de ne pas les avoir tous connus en personne.

J'ai fait de mes visites régulières à ce panthéon familial une sorte de rite. Je commence toujours par le fondateur, Malcolm Trevor Lyon Locke, mon quadrisaïeul, dont je me demande souvent quelle sorte de personnage il était en réalité. Au physique, Sebastian lui ressemblait de façon frappante. A l'évidence, ses cheveux noirs, ses yeux d'un bleu éclatant, son charme même lui venaient de Malcolm.

Je n'ignore rien de sa vie, devenue légendaire dans la famille. Natif d'Arbroath, petit port de pêche sur la côte est de l'Écosse, près de Dundee, il était parti en 1830 chercher fortune en Amérique. Il avait alors dix-neuf ans. Ayant vite constaté que les rues de New York n'étaient pas pavées d'or comme on le lui avait fait croire, il s'était établi à Philadelphie. Forgeron de métier, entreprenant de nature, inventeur par vocation, Malcolm passait son temps à bricoler des machines et des outils agricoles. Employé chez un forgeron pour gagner son pain, il installait en même temps sa forge et son propre atelier d'outillage auxquels il travaillait durant son temps libre. La première charrue à soc autonettoyant avait été inventée en 1837. Malcolm, qui de son côté procédait à des expériences sur les charrues, y apporta en 1838 un progrès décisif avec un nouveau type de soc. Cette invention allait marquer le début de sa fortune en lui permettant de fonder la Locke Tool Company.

Je me suis arrêtée ensuite devant le portrait de Ian, son fils aîné, venu au monde en cette bénéfique année 1838. Dès qu'il en avait eu l'âge, Ian était entré dans l'affaire de son père, dont les fabrications ne se limitaient déjà plus aux charrues mais comprenaient une gamme étendue d'outils et de matériel agricoles. Si Ian ne possédait pas l'esprit inventif de son père, il avait su diriger avec compétence la compagnie qui, sous son impulsion, avait pris une importance croissante.

Colin, son fils aîné, était né en 1866. Physiquement, il ne ressemblait ni à Ian ni à Malcolm, mais celui-ci lui avait légué son génie créatif et son esprit d'entreprise. Vers l'âge de vingt-cinq ans, Colin était parti tenter sa chance dans les champs pétrolifères du Texas. Faute de succès, il était revenu peu après dans le giron familial, mais ce contact avec le pétrole avait éveillé son intérêt pour les outils de forage. Au bout de plusieurs années d'échecs et de frustrations, il avait finalement mis au point une fraise révolutionnaire capable de forer le rocher. C'est sur cette invention que reposent l'immense fortune de la famille et le développement de la compagnie. Depuis 1907, sa fraise de forage sans cesse perfectionnée s'est vendue dans le monde entier. Aujourd'hui plus que jamais, aucun forage pétrolier ne peut s'en dispenser.

Mon arrière-grand-père n'était pas aussi typé ni aussi bel homme que ses prédécesseurs. Il était blond aux yeux noirs, c'est de lui que je tiens. Sebastian le détestait presque autant qu'il haïssait son propre père, Cyrus, dont le portrait est accroché à côté.

Fils aîné de Colin, mon grand-père est né en 1904. Il est

donc dans sa quatre-vingt-onzième année. Quand je pense à lui, je vois un vieillard aux cheveux blancs. Ici, il est représenté encore jeune, entre trente et quarante ans je crois, et possède une belle prestance, un style sombre et sévère. Il m'a toujours paru déplacé dans cette galerie de portraits, car il ne ressemble en rien aux autres Locke.

En rapprochant cet homme dans la force de l'âge de celui que j'ai vu à l'enterrement de mon père, je n'ai pu retenir un frisson. Qu'il est terrible de vieillir ! Naguère monarque absolu, dominateur et redouté, Cyrus menait Locke Industries d'une main de fer. Aujourd'hui, il n'est plus rien. Il n'a plus aucun pouvoir, aucune influence sur l'entreprise dont il était le chef. Ce n'est qu'un frêle petit vieillard qu'un souffle de vent pourrait renverser.

Le dernier portrait devant lequel je me suis arrêtée est celui de Sebastian Locke. Mon père.

Qu'il était beau et séduisant, avec ses cheveux noirs, ses yeux plus bleus qu'un ciel d'été, ses traits si nets et si finement ciselés ! Rien d'étonnant que les femmes se soient toutes pâmées à ses pieds. Marié cinq fois, il n'a eu que deux enfants, je me demande souvent pourquoi. Sa première femme, Joséphine Allyson, riche héritière issue d'une des plus grandes familles de Philadelphie, était la mère de Jack. Elle est morte quand il avait deux ans, en lui léguant toute sa fortune, des millions de dollars. La seconde, Christabelle Wilson, était ma mère. J'étais petite encore quand Sebastian l'a expédiée dans une clinique de désintoxication. Je la voyais de temps en temps mais c'est Sebastian qui m'a réellement élevée.

Après s'être débarrassé de son épouse alcoolique, il s'est épris d'Antoinette Delaney, la mère de Vivianne. Leur liaison n'a jamais débouché sur le mariage pour la bonne raison qu'elle était encore mariée à Liam Delaney, qui vagabondait dans les mers du Sud. La mort d'Antoinette dans l'escalier de la cave a mis fin à leur histoire d'amour. Si elle

185

avait vécu, elle aurait sans doute fini par obtenir le divorce et épouser mon père. Je savais qu'il tenait beaucoup à régulariser leur situation. En tout cas, il a été très affecté par sa mort.

La troisième, Stéphanie Jones, n'est pas restée très longtemps avec nous. Elle avait été l'assistante de Sebastian à la fondation. Jack et moi l'aimions bien. C'était une intellectuelle, discrète mais très jolie, une blonde raffinée dans le genre de Grace Kelly. Stéphanie était très gentille avec Jack et moi, et sa mort dans un accident d'avion nous a fait beaucoup de peine.

Ensuite est arrivée LGV. La Grande Vivianne.

C'est elle qui a duré le plus longtemps – cinq ans, une éternité! Je sais, parce qu'il me l'avait dit lui-même, que mon père lui avait fait un enfant mais qu'elle avait fait une fausse couche. Il était inconsolable d'avoir perdu ce bébé.

Leur mariage était inévitable. Elle avait toujours été sa préférée, il était devenu son tuteur après la mort de sa mère, il payait ses frais de scolarité, il l'entretenait, elle nous suivait partout, ne nous quittait pas pendant les vacances. Je détestais Vivianne avec passion, je ne pouvais littéralement pas la souffrir. Leur divorce m'a causé une des grandes joies de ma vie. J'ai toujours estimé que mon père méritait mieux que cette prétentieuse idiote.

Sa cinquième et dernière épouse, Betsy Bethune, était la plus mal assortie qu'on puisse imaginer. Elle consacrait beaucoup trop de temps et d'énergie à sa carrière de pianiste pour être une épouse digne de mon père, et je n'ai pas été le moins du monde étonnée de leur divorce. Je n'ai d'ailleurs jamais compris pourquoi il l'avait épousée. Pour moi, c'est encore un mystère.

Tout en contemplant son portrait, je me demandais une fois de plus pourquoi il s'était suicidé. Je jugeais cette mort absurde. La dernière fois que je l'avais vu à New York, il paraissait en pleine forme. De fait, son humeur était beaucoup moins sombre que d'habitude. Pendant la semaine précédant sa mort, il était détendu, et même heureux.

Il me manque terriblement. J'ai toujours adoré mon père, quand bien même il me préférait Jack et s'occupait de lui dix fois plus que de moi. Mais c'était normal, après tout, puisqu'il était son fils unique.

Dès l'instant de son entrée en scène avec son insupportable mère, Vivianne avait cherché à s'insinuer entre mon père et moi. Mais si elle avait réussi à me voler mon père quand j'étais enfant, je me suis bien rattrapée depuis. J'étais sa vraie fille, son sang coulait dans mes veines, c'est pourquoi il m'avait plus tard conféré des pouvoirs aussi étendus dans l'entreprise. Il connaissait mes qualités de femme d'affaires, pragmatique et efficace comme lui. Il savait que je ne le décevrais pas et que le destin de la compagnie m'était aussi précieux que ma propre vie.

Oui, mon père m'aimait. Les termes mêmes de son testament exprimaient cet amour avec assez de force : « Je lègue à Luciana, ma très chère fille bien-aimée... » Ce ne sont pas là des banalités dictées par un homme de loi.

Mon père m'a légué la moitié de sa fortune personnelle et ses biens les plus précieux, parce qu'il savait combien je chérissais sa collection de tableaux impressionnistes, surtout les Van Gogh et les Cézanne. C'est à moi qu'il les a laissés. Ce geste par lui-même est une preuve d'amour.

Mais l'heure tournait, je devais regagner mon bureau. Sur un dernier regard au portrait de mon père, j'ai quitté la salle du conseil avec un soupir de regret.

Pendant les quelques instants que j'avais passés en compagnie de mes ancêtres, Claire, ma secrétaire, avait déposé une pile de fax sur son bureau. Je les ai lus, annotés, j'ai répondu aux plus urgents, signé le courrier et rendu le tout à Claire avant de passer quelques coups de téléphone.

Mon agenda n'indiquait qu'un seul rendez-vous pour le

lendemain, un déjeuner au Claridge avec Madge Hitchens, de la fondation. En route vers l'Afrique, elle faisait à Londres une escale de quelques jours pour voir sa fille Mélanie, étudiante au Royal College of Arts. Gerald ne devait arriver de Hong Kong que dans la soirée. Puisque j'avais ma journée libre, je la consacrerais à régler les affaires en suspens. Les dossiers en retard commençaient à s'accumuler, ce dont j'avais horreur.

Ce soir, après un dîner substantiel – mon nouveau régime! –, je me coucherai de bonne heure pour être en forme.

22

Les bureaux londoniens de Locke Industries sont situés dans Berkeley Square. En sortant de l'immeuble, je me suis un instant arrêtée devant la porte. Il était six heures du soir, il faisait encore jour. Cette soirée de la fin mars était trop agréable pour ne pas en profiter, aussi ai-je décidé de rentrer à pied jusque chez moi, à Belgravia.

J'aime marcher dans Londres, me baigner dans l'Histoire et les traditions dont cette ville est imprégnée. La première fois que j'y suis venue avec mon père et Jack, j'avais douze ans et j'ai aussitôt eu le coup de foudre pour le cadre, l'atmosphère, les gens. En cet été de 1979, mon père ne venait en principe qu'afin de vendre son appartement de Mayfair ; mais à peine celui-ci mis sur le marché, il avait acheté l'hôtel particulier d'Eaton Square.

J'étais avec lui quand il avait visité la maison et je ne sais lequel de nous deux avait été le plus séduit. Jack s'en désintéressait complètement. Il rongeait son frein en attendant notre départ pour son cher château de Coste, le seul endroit dont il rêvait depuis toujours avec une passion qui l'aveuglait sur tout le reste. Quoi qu'il en soit, l'achat avait été vite conclu ; les décorateurs s'étaient mis au travail et nous étions revenus à Noël passer les fêtes dans notre nouvelle demeure. Car c'était bien une demeure, un foyer chaleureux et accueillant plutôt qu'un lieu d'apparat froid et impersonnel. Les travaux lui avaient coûté une fortune mais Sebastian était enchanté du résultat.

La présence importune de Vivianne me gâchait ce voyage, mais j'étais si heureuse d'être à Londres que je parvenais à dissimuler mon déplaisir sous des sourires contraints. Je m'arrangeais aussi pour m'éclipser la plupart du temps dans les musées, que je ne me lassais pas de visiter.

Dans notre enfance, Jack me disait que Sebastian avait des visées sur Vivianne et menait une campagne de séduction, comme le satyre lubrique guette la vierge pure et innocente. A mon avis, c'était exactement le contraire. J'étais persuadée que Vivianne avait jeté son dévolu sur mon père dès l'âge de douze ou treize ans, alors même que son horrible mère était encore en vie. Jamais son intention de l'accaparer n'avait été aussi évidente que pendant ces vacances de Noël 1979. Elle ne le quittait pas d'une semelle, s'accrochait à son bras, buvait ses moindres paroles et ne nous laissait jamais, Jack et moi, seuls une minute avec lui.

Quand je disais à Jack qu'elle couchait avec Sebastian, il rejetait l'idée avec indignation. Aussi loin que remontent mes souvenirs, mon frère avait en effet le béguin pour LGV. Il ne supportait pas l'idée que notre père puisse être là où il aurait voulu se trouver lui-même : dans les bras de Vivianne, sinon dans son lit, perspective qui ne me plaisait pas plus qu'à lui. Elle avait toujours tenté de me séparer de mon père ; si elle devenait sa maîtresse, elle serait encore mieux placée et n'hésiterait pas à employer tous les moyens afin d'y parvenir. Aussi, parce que j'étais assez intelligente pour comprendre que je ne pouvais rien changer à cette situation, si tant est qu'elle ait été réelle, je m'occupais de mon côté sans me mêler de leurs petites affaires et je conseillais à Jack d'en faire autant. Mais il ne m'écoutait pas et persistait à rester avec eux pour mieux les espionner.

190

C'est à cette époque que j'ai appris à bien connaître Londres. A part le penthouse de Manhattan où Jack et moi avions passé notre enfance, la maison d'Eaton Square était ma préférée, parmi toutes les résidences de la famille. Pour ma plus grande joie, nous y avons séjourné souvent et long-temps au cours des années suivantes. Mon père s'absorbait de plus en plus dans ses bonnes œuvres en Afrique, de sorte que Londres constituait pour lui une étape commode.

Après son mariage avec Vivianne, Sebastian s'était désin-téressé de Londres et de l'hôtel particulier. Au début de leur voyage de noces, ils étaient même descendus au Cla-ridge plutôt que chez lui. A leur retour, mon père avait acheté le Vieux Moulin de Lourmarin. J'étais contente de cet achat, car il avait décidé Sebastian à donner le château de Coste à Jack, dont le bonheur faisait plaisir à voir.

C'est à vingt-trois ans que je me suis installée dans ma ville préférée. Sebastian m'avait nommée au bureau de Londres, j'étais responsable des principales divisions de produits féminins et je me sentais enfin dans mon élément.

Au fil de son expansion, Locke Industries était devenue un gigantesque conglomérat. Les charrues de Malcolm étaient depuis longtemps passées de mode mais nous fabri-quions des tracteurs et des machines agricoles, ainsi qu'une gamme de véhicules utilitaires. La division matériaux de construction produisait tout ce qui entrait dans un bâti-ment, depuis les huisseries jusqu'aux revêtements de sol et aux appareils sanitaires (y compris les rideaux de douche).

Cette politique de diversification avait été amorcée par mon arrière-grand-père, Colin, et poursuivie par mon grand-père, Cyrus, longtemps avant qu'elle ne devienne un must dans le monde économique. Lorsqu'il dirigeait active-ment la compagnie avant de consacrer son temps aux pro-grammes humanitaires, mon père n'avait pas été en reste. Il avait ainsi acquis ou absorbé un certain nombre de marques prestigieuses de prêt-à-porter et d'accessoires féminins. De mon côté, peu après mon arrivée à Londres, j'avais racheté une usine de cosmétiques et de produits de beauté. D'autres acquisitions avaient suivi, mais cette première filiale s'était révélée dès le début la plus rentable de toutes. Aujourd'hui mieux que jamais, elle tourne à plein rendement et je suis très fière d'en avoir pris l'initiative.

Depuis toujours, je me considérais avant tout comme une femme d'affaires et, si je ne manquais pas de flirts ni de soupirants, je ne songeais guère au mariage. Or, je n'étais à Londres que depuis quelques mois lorsque je suis tombée amoureuse. Thomas Kamper, une simple relation, m'avait présenté son frère Gerald, avec qui il travaillait dans la banque d'affaires de leur famille. Entre Gerald et moi, le coup de foudre fut immédiat et réciproque, sans doute parce que sa prestance, ses cheveux bruns, le regard direct et franc de ses yeux bleus avaient d'emblée fait vibrer en moi une corde sensible.

Nous nous sommes mariés six mois après notre première rencontre. J'avais vingt-quatre ans et lui vingt-neuf. Je me demande encore si lady Fewston, la mère de Gerald, avait vu d'un bon œil son fils cadet épouser une Américaine, mais Sebastian approuvait sans réserve notre union. En signe de satisfaction, il nous avait offert la maison d'Eaton Square en cadeau de mariage, ce qui m'avait rendue aussi folle de joie que Jack de recevoir son château.

J'aime Gerald pour nombre de raisons, dont la moindre n'est pas son attitude envers les femmes. Il ne peut pas souffrir les oisives, les inutiles qui ne savent comment meubler leurs journées. Il n'a de considération que pour les femmes comme moi, fortes, indépendantes, vouées à leur carrière. Il partage aussi le goût de mon frère Jack pour les femmes intelligentes, sinon intellectuelles, qui ont quelque chose à dire et le courage de leurs opinions. Je sais qu'en dépit de mon amour pour Gerald, j'aurais hésité à l'épouser s'il m'avait demandé de quitter mon job. En fait, je crois que j'aurais rompu très vite.

Me rendre tous les jours au travail est indispensable à mon bien-être, tant physique que moral. J'ai besoin d'être active, d'accomplir quelque chose, d'apporter à la vie ma contribution, si modeste soit-elle. Et puis, disons-le, j'ai Locke Industries dans le sang. L'entreprise fait partie intégrante de mon existence. J'ai toujours désiré l'avoir pour moi seule. Un jour, j'espère y parvenir.

Plongée dans mes réflexions, je marchais si vite que je me suis étonnée d'arriver déjà à destination. Au moment même où j'introduisais la clef dans la serrure, j'entendis derrière la porte l'horloge du hall sonner la demie de six heures.

23

— J'ai été stupéfaite d'apprendre par Vivianne que votre père comptait se marier cette année, déclara Madge Hitchens après que nous eûmes pris place à table. J'ignorais tout de ce projet. Et vous, Luciana ?

Je ne pus que la dévisager, muette d'effarement.

— Je vois à votre expression que ma surprise n'a d'égale que la vôtre, reprit-elle.

— Qui diable voulait-il épouser ? suis-je enfin parvenue à articuler.

— Vivianne l'ignorait, c'est pourquoi elle me le demandait.

— Elle pensait sans doute que vous étiez au courant, puisque vous accompagniez Sebastian dans tous ses voyages.

— C'est vrai, mais ni moi ni personne à la fondation ne nous doutions de l'existence d'une... fiancée.

— Comment se fait-il, alors, que Vivianne le sache ?

— Sebastian lui-même le lui avait dit.

Mon père s'était toujours confié à Vivianne, j'aurais dû m'en souvenir.

— Que lui a-t-il révélé d'autre ?

— Qu'elle était médecin et vivait en Afrique.

— Je me demande pourquoi Vivianne s'intéresse à elle, maintenant que mon père est mort, ai-je laissé échapper.

— Elle désire l'interviewer pour un article qu'elle prépare sur lui.

— Ah! je comprends... Au moins, nous n'avons pas de souci à nous faire sur le ton et le contenu de l'article, ai-je ajouté en souriant. Sous la plume de Vivianne, ce sera un panégyrique en règle.

— Sans aucun doute, approuva Madge.

— Pour qui l'écrit-elle? Le savez-vous?

— Oui, le *Sunday Times*. Comme je vous le disais tout à l'heure, elle a passé plusieurs semaines à New York afin d'interviewer ses anciens collaborateurs de Locke Industries et de la fondation. Je crois savoir qu'elle n'a recueilli que des éloges. C'est normal, après tout. Sebastian était un homme exceptionnel; tous ceux qui l'ont approché le respectaient et le vénèrent encore. L'angle selon lequel Vivianne compte aborder son article me semble donc très justifié.

— Lequel?

— Elle entend présenter Sebastian comme le dernier des grands philanthropes de l'histoire.

— Le dernier grand philanthrope... Mmm, oui. Elle a un certain talent pour trouver de bons titres.

— Votre père était un grand homme, Luciana, renchérit Madge. Au cours des dix-huit ans passés à ses côtés, il ne s'est pas écoulé un jour sans que Sebastian ne m'ait donné une raison de l'admirer. Il gagnait le cœur des gens par la seule force de sa personnalité, il déployait une énergie hors du commun. Je n'ai jamais connu personne pourvu d'une telle force de volonté. Il pouvait se montrer aussi redoutable quand il voulait balayer un obstacle, que charitable devant une détresse à secourir.

— Je partage entièrement votre jugement, Madge. J'ai toujours été convaincue qu'il aurait pu entreprendre avec succès n'importe quoi dans la vie.

195

— Il avait un charisme exceptionnel, que j'ai souvent vu à l'œuvre dans ses rapports avec certains gouvernements du tiers-monde. Ils avaient beau y mettre de la mauvaise volonté, il finissait toujours par leur faire admettre ses vues. Ce qui m'amène au sujet suivant, Luciana.

— Lequel, Madge ?

— Eh bien, Jack administre fort bien la fondation et gère les finances avec sagesse, mais son obstination à refuser d'aller sur le terrain me chiffonne. Pourriez-vous le décider à m'accompagner en Afrique avant la fin de l'année ?

— Vous plaisantez, Madge ? Il ne m'écoutera pas plus que n'importe qui ! Jack est têtu comme une mule, vous le savez aussi bien que moi. Il n'acceptera sûrement pas d'aller en Afrique ni ailleurs.

— Et si nous le cuisinions un peu ?...

— Nous pouvons toujours essayer, mais je doute que nous arrivions à quoi que ce soit. Jack ne quittera ses chers vignobles à aucun prix, même pour quelques jours... Dites-moi, Madge, si nous voulons déjeuner, nous devrions commander.

— C'est vrai, Luciana. Je parle, je parle...

Elle me dévisagea un moment avant d'ajouter :

— Je suis enchantée de voir que vous reprenez du poids, Luciana. Vous étiez beaucoup trop maigre.

Sa remarque me fit sourire.

— L'appétit m'est subitement revenu, Madge.

Après que le maître d'hôtel fut venu enregistrer notre commande, j'ai repris le fil de notre conversation.

— Jack n'y met pas de mauvaise volonté, Madge. Il distribue les subventions aussi généreusement que mon père car il sait que les bénéficiaires en ont un besoin réel. S'il renâcle à s'impliquer en personne dans les activités de la fondation, c'est parce qu'il n'est pas doué comme Sebastian pour les contacts humains. Ne me demandez pas pourquoi, c'est un fait que je me borne à constater.

196

Madge réfléchit un instant à mon explication.

– Je crois savoir pourquoi, Luciana. J'ai toujours eu l'impression que Jack supportait très mal de vivre dans l'ombre de votre père. Le problème vient de là, à mon avis.

– C'est très possible. Il lui ressemble par bien des côtés et il s'évertue à être différent en tout. Comme s'il refusait d'être son fils...

– Vous allez trop loin, Luciana ! s'écria-t-elle, offusquée. Revenons plutôt à cette mystérieuse fiancée. Pensez-vous que Sebastian ait réellement songé à l'épouser ?

– Peut-être. En tout cas, il ne m'en a jamais parlé.

– Il n'a rien dit à personne sauf à Vivianne. Si c'était vrai, pourquoi garder le secret ?

– Je l'ignore. Il se peut qu'il n'ait pas voulu attirer l'attention sur elle avant de la présenter officiellement.

– Bref, le mystère reste entier. Au fait, Vivianne a l'intention de venir à Londres vous interviewer, recueillir vos souvenirs et des éléments pour son article.

Je me suis contentée de hocher la tête. Le serveur apporta nos entrées à ce moment-là et, tandis qu'il servait mes gambas frites, l'eau m'est littéralement venue à la bouche. Je n'en avais pas mangé depuis 1979 parce que je considérais avec horreur cette débauche de matières grasses. Aujourd'hui, je me régalais en toute impunité puisque j'avais précisément pour objectif de reprendre du poids.

– J'espère avoir le plaisir de voir Gerald avant mon départ, dit Madge en gobant une huître.

– Il doit rentrer ce soir de Hong Kong. Voulez-vous venir déjeuner dimanche ?

– Merci, Luciana, avec plaisir. J'ai toujours éprouvé beaucoup de sympathie pour votre mari. Je n'ai pas oublié ses propos si chaleureux au service religieux de New York.

– Je n'en attendais pas moins de lui. Il est encore désolé de n'avoir pas pu assister aux obsèques de Sebastian. Son père venait de subir une sérieuse opération, il ne voulait pas s'éloigner avant d'être sûr de sa guérison.

— Il m'en a parlé, en effet. Je comprends parfaitement.

— Venez donc dimanche avec Mélanie. A moins que notre compagnie ne l'ennuie, ai-je ajouté en souriant.

— Pas du tout, voyons! Elle sera ravie, au contraire.

— Ses études marchent bien?

— A merveille...

Sur quoi, Madge se lança dans une longue tirade sur les mérites de sa fille.

Tout en écoutant discourir cette vieille amie de la famille et ancien bras droit de mon père, je ne pouvais m'empêcher de constater combien le passage du temps avait eu peu de prise sur elle. Mélanie n'était encore qu'une fillette de deux ans quand Madge avait commencé à travailler pour Sebastian, à l'âge de quarante-deux ans. Dix-huit ans plus tard, Madge n'avait pour ainsi dire pas changé. Je ne voyais pas un fil blanc dans ses cheveux noirs, pas une ride ne marquait son visage.

Elle s'interrompit soudain :

— Pourquoi me regardez-vous si fixement, Luce?

— Pardonnez-moi, Madge, c'est très incorrect de ma part. Je me disais simplement que vous étiez immuable. Je vous revois aujourd'hui telle que vous étiez le jour de notre première rencontre, quand j'avais à peine dix ans.

— Avec moi, la flatterie vous mènera à tout! dit-elle en pouffant de rire. Je me sens très bien, c'est vrai.

— Sebastian ne tarissait pas d'éloges sur votre compte, Madge. Il me parlait encore de vous, la dernière fois que je l'ai vu, à New York, quelques jours avant sa mort.

Je vis soudain sa bouche se contracter, ses yeux se remplir de larmes.

— Oh, Luce! Si vous saviez comme il me manque...

— Je sais, Madge, dis-je en lui prenant la main. A moi aussi, comme à tous ceux qui l'ont aimé.

Il y eut un silence. Madge s'éclaircit la voix à plusieurs reprises.

— Son suicide m'obsède, dit-elle enfin. Je n'arrive pas à comprendre pourquoi il s'est tué. Je me creuse la tête pour chercher une raison et je n'en trouve pas.

— Peut-être n'y en a-t-il aucune, Madge. Aucune, du moins, que nous puissions comprendre.

24

— Écoute-moi, Gerald. Ne t'endors pas encore, je t'en prie. J'ai quelque chose de très important à te dire.

Mon mari étouffa un bâillement et lutta de son mieux contre sa torpeur.

— Désolé, ma chérie, je suis encore sous le coup du décalage horaire. Mais vas-y, je t'écoute.

— Eh bien, voilà : j'ai arrêté de prendre la pilule, si bien que tu m'as peut-être fait un enfant ce soir.

Gerald se redressa d'un bond, bouche bée.

— Grand Dieu! Je n'en crois pas mes oreilles. De quand date cette incroyable volte-face, ma chérie?

— Je me disais depuis décembre dernier qu'il était grand temps de nous y mettre. Qu'en penses-tu?

— Je suis aux anges! s'écria-t-il avec un sourire ravi. Quelle merveilleuse idée, ma chérie. Tu sais que je rêve d'avoir des enfants. Si la passion que nous y avons mise ce soir a un rôle à jouer, peut-être en avons-nous fait un... Ainsi, poursuivit-il en me lançant un regard pénétrant, tu as décidé d'être mère. Puis-je te demander ce qui a provoqué un revirement aussi inattendu de ta part?

— Voir la famille Locke tomber en quenouille me chagrinait depuis longtemps, ai-je répondu. J'ai enfin compris que la seule manière de remédier à cette triste situation consiste à avoir des enfants. Des héritiers qui marcheront sur tes traces et les miennes. Je savais que tu en voulais, Gerald, et que ton père aimerait que ses petits-enfants poursuivent la lignée familiale dans sa banque. Après tout, les Kamper sont une des plus vieilles dynasties banquières d'Angleterre, comme les Locke forment une des plus anciennes dynasties industrielles d'Amérique. Nous n'avons pas le droit de les laisser s'éteindre, n'est-ce pas?

— A Dieu ne plaise! Et de combien d'héritiers entend nous doter mon épouse bien-aimée?

— Au moins quatre. Deux pour moi, je veux dire pour reprendre le flambeau de Locke Industries quand ils en auront l'âge, et deux pour la banque Kamper.

— La manière dont tu présentes les choses pourrait paraître, disons... froidement cynique, tu ne trouves pas?

— Je sais, mais ce n'est pas du tout le cas, je te le jure. Je suis pragmatique, voilà tout. D'ailleurs, nous n'en aurons peut-être que deux ou trois. Ou alors six, qui sait? En tout cas, plus il y en aura, mieux cela vaudra.

— Pardonne mon effarement, mais tu avoueras que ton changement d'attitude a de quoi déconcerter. Tu as toujours exprimé la plus grande répugnance à avoir des enfants.

— Et toi, tu as toujours affirmé que tu en voulais. Ne me dis pas que tu as changé d'avis, au moins!

— Pas du tout, Luce, au contraire. Je suis enchanté de ta décision, rien n'aurait pu me faire plus plaisir. Mais tu voudras continuer à travailler, je suppose, et engager une nurse pour s'occuper des enfants?

— Oui. Tu n'y vois pas d'objection, j'espère? Tu as toi-même été élevé par une gouvernante.

— En effet. Elle était merveilleuse et je l'aimais de tout mon cœur. Dommage qu'elle ait pris sa retraite, elle aurait été parfaite pour Bertie.

— Bertie?

201

— Oui, notre fils aîné. Ce nom ne te plaît pas?

— Si, si! l'ai-je rassuré en riant. Sauf que nous ne l'appellerons pas Bertie mais Sebastian-Horatio, comme mon père et le tien.

— Un peu lourd à porter pour un petit bébé.

— Peut-être, mais il grandira vite et deviendra un géant de l'économie mondiale.

— Décidément, tu ne laisses rien au hasard... En tout cas, je suis au moins sûr d'une chose.

— Laquelle, mon chéri?

— Les années qui viennent seront passionnantes si nous faisons le nécessaire pour avoir autant d'enfants que tu dis en vouloir.

Je ne pus m'empêcher de rire.

— Tu n'y verras pas d'inconvénient, je pense?

— Aucun, Luce. Je suis fou de toi, tu le sais bien.

— Et moi, Gerald, je t'adore.

Nous nous sommes tendrement embrassés.

— Il y a encore une chose dont je voudrais te parler, ai-je repris un instant plus tard.

— Je t'écoute, ma chérie, je suis tout à fait réveillé.

— Tu es sûr?

— Mais oui, parle. Qu'est-ce qui te chiffonne?

— Eh bien... il s'agit de Locke Industries. Jack dirige l'affaire à contrecœur, tu le sais aussi bien que moi. Il le fait par devoir, parce qu'on le lui a inculqué toute sa vie, pas par goût. Il n'aime pas l'entreprise comme je l'aime, si bien que je me demande parfois si je ne devrais pas la diriger à sa place.

— Tu voudrais devenir directeur général? s'étonna Gerald.

Sa mine à la fois soucieuse et incrédule me fit hésiter.

— Ma foi... Tu ne m'en crois pas capable?

— Si, bien sûr. Mais c'est un poste terriblement lourd, exigeant. Et puis, en toute franchise, Jonas Winston est un excellent dirigeant et un homme d'affaires de premier ordre. Il obtient depuis dix ans des résultats remarquables. Peter Simpson, son adjoint, fait du très bon travail lui aussi. Et n'oublie pas que Sebastian lui-même les avait choisis.

— M'estimerais-tu inapte à diriger Locke Industries parce que je suis une femme ?

— La question n'est pas là, voyons !

— Alors, pourquoi prends-tu cet air réprobateur ?

— Parce que tu es *ma* femme, Luce. L'idée de te partager, même avec une entreprise, ne me plaît guère. Tu sais très bien que je ne me suis jamais opposé au fait que tu poursuives ta carrière et que je suis fier de tes succès. Mais de là à te voir passer dix-huit heures par jour trois cent soixante-cinq jours par an au siège de ta compagnie à New York...

— Je ne le ferais pas, voyons !

— Bien sûr que si. Tu aimes trop être au cœur de l'action pour changer de méthode à l'avenir.

Il avait raison. Sa remarque me fit réfléchir.

— Jack serait peut-être heureux de se décharger sur moi de la présidence, ai-je dit en pensant à haute voix. C'est un poste beaucoup moins prenant. Et je trouve malsain que la compagnie soit tributaire de décisions prises d'aussi loin que la France. Crois-tu qu'il accepterait, Gerald ?

— Franchement, non. D'ailleurs, combien de décisions importantes crois-tu que Jack prenne ? Dans neuf cas sur dix, pour ne pas dire plus, il se contente d'entériner celles que Jonas Winston lui soumet pour la forme. Ils en discutent au préalable, bien sûr, mais Jack se rallie à l'avis de Jonas. Il aurait d'ailleurs grand tort de ne pas le faire puisque, comme tu le dis toi-même, il n'est pas assez au fait des affaires courantes pour s'en mêler à bon escient. Et Jack est assez intelligent pour le savoir.

— Je ne suis pas tout à fait d'accord..., ai-je commencé.

Je m'interrompis. Gerald avait entièrement raison.

— Écoute, reprit-il, je vais te donner un bon conseil. C'est celui que je donne aux amis et collègues qui viennent me soumettre un problème impliquant une tierce personne. Je leur dis toujours que ce n'est pas à moi qu'il faut venir en parler mais à la personne concernée, parce que c'est le seul moyen de régler la question à la satisfaction générale.

— Autrement dit, tu me suggères d'aller en discuter directement avec Jack?

— Oui, ma chérie. A condition, bien sûr, que tu veuilles poursuivre ton idée jusqu'au bout.

— Supposons que Jack accepte avec soulagement de me confier la présidence. Qu'en dirais-tu, toi? Aimerais-tu que nous allions vivre à New York? Réponds-moi sincèrement.

— J'en serais ravi, je me suis toujours plu dans cette ville. Je pourrais diriger à mon idée notre succursale de Wall Street, nous nous installerions dans le merveilleux penthouse de ton père, qui reste inhabité depuis qu'il te l'a légué, nous irions passer nos week-ends à Laurel Creek — ton frère ne refuserait pas que nous en profitions en son absence. Et je ne verrais aucun inconvénient à ce que tu occupes son fauteuil — si tu ne te tues pas au travail.

Sa dernière remarque me fit pouffer de rire.

— Rassure-toi, mon chéri, je n'ai aucune envie de me tuer, ni au travail ni autrement.

— C'est vrai, tu as assez de bon sens pour cela, répondit-il avec ce sourire qui me faisait toujours battre le cœur. D'ailleurs, il est indispensable de nous réserver des loisirs pour fabriquer la flopée d'enfants dont tu m'as dit avoir tant envie.

— Je les veux, Gerald! Tu n'en doutes pas, au moins?

— Pas le moins du monde. Mais revenons à ce que nous disions. Si Jack n'était pas aussi empressé que tu le crois à te céder la présidence, tu pourrais lui suggérer de la partager avec toi. Que penses-tu de cette idée?

– Ma foi... j'essaierai de lui en parler.

– Supposons maintenant qu'il accepte. Comment Jonas réagirait-il, à ton avis?

– Je ne pense pas qu'il y verrait d'inconvénient. Il m'a toujours manifesté de l'amitié, il admire mon travail et nous nous entendions bien quand je travaillais au siège. Je ne crois pas trop m'avancer, ai-je ajouté, en disant que Peter et lui me respectent.

– De toute façon, tu n'aurais pas à te soucier des actionnaires; le capital de Locke Industries est détenu aux trois quarts par la famille.

– Mais Vivianne Trent possède un paquet d'actions. Sebastian lui en avait fait cadeau quand ils se sont mariés.

– Grand Dieu, Luce, Vivianne ne pose pas de problème! Ce n'est pas elle qui s'opposerait à toi, voyons!

– Tu veux parier?

– Non. De toute façon, ce serait un pari inutile; ses actions représentent un pourcentage trop insignifiant pour changer quoi que ce soit au vote des assemblées.

– C'est vrai.

Gerald s'étira, bâilla.

– Je suis vraiment désolé, ma chérie, mais il faut que je dorme. Je suis aussi fatigué que si je n'avais pas fermé l'œil depuis une semaine. Ces décalages horaires finiront par me tuer. Heureusement, ajouta-t-il en me donnant un baiser sur les lèvres, il me restait tout à l'heure la force de faire l'amour.

– Et peut-être un enfant, ai-je murmuré.

– Je l'espère de tout mon cœur. Bonne nuit, ma chérie.

J'avais à peine éteint la lumière que Gerald dormait à poings fermés. Rentré tard la veille au soir, il était allé à la banque le matin sans pouvoir se reposer de la journée. La fatigue avait fini par le terrasser en fin d'après-midi, au point qu'il s'était endormi dans la voiture pendant que je le conduisais à notre maison de campagne du Kent, où nous allions passer le week-end.

Couchée près de lui dans l'obscurité, j'avais l'esprit trop excité pour trouver le sommeil. Mes pensées tournaient surtout autour de Jack. Il m'aimait autant que je l'aimais, je le savais. Il avait toujours veillé sur moi quand nous étions enfants et, malgré son ridicule béguin pour Vivianne, c'était mon parti qu'il prenait dans les moments cruciaux. Nous avions beau ne pas avoir eu la même mère, notre père avait fait en sorte que nous soyons aussi proches l'un de l'autre que de vrais frère et sœur.

Nous avons vu bien des choses et traversé bien des moments difficiles dans notre enfance. Je partageais les chagrins de Jack comme il partageait les miens, je souffrais avec lui quand Sebastian et Cyrus lui infligeaient sans arrêt un véritable lavage de cerveau sur ses « devoirs ».

Mon frère avait toujours eu tant de malchance avec les femmes que je le plaignais du fond du cœur. Comment lui reprocher d'avoir un moment sombré dans la boisson ? Sa première femme était obsédée par notre père, la seconde une nymphomane sans pudeur. Et maintenant, il s'était brouillé avec Catherine Smythe. Je l'avais rencontrée deux fois, mais je dois dire que je n'étais pas tombée sous son charme.

Quand Jack m'avait appris, quinze jours auparavant, qu'elle était repartie pour Londres après leur rupture, je ne m'en étais pas le moins du monde étonnée. Ils n'étaient pas du tout faits l'un pour l'autre – j'avais même prédit à Gerald que leur liaison serait condamnée à l'échec. Je la jugeais beaucoup trop intellectuelle et prétentieuse pour un garçon aussi terre à terre que mon Jack.

Dieu merci, il lui restera toujours ses vignobles, dont il est très fier et où il puise un plaisir sans cesse renouvelé. La semaine dernière, lors de notre ultime conversation télé-phonique, il me jurait ne jamais vouloir se remarier, ce que je crois volontiers. D'ailleurs, même s'il changeait d'avis, il n'aurait certainement pas d'enfants. Il en a toujours eu horreur et ne les supporte pas.

206

C'est donc bien à moi, et à moi seule, qu'il incombe de produire une nouvelle génération de Locke. Et c'est sur cette pensée réconfortante que je me suis enfin endormie.

Le lendemain matin, après le petit déjeuner, j'ai appelé Jack au château de Coste. Il me parut heureux d'entendre ma voix et agréablement surpris par mon intention de lui rendre visite.

— Combien de temps pourras-tu rester, Luce ?

— Deux jours, pas plus. Je suis très déçue que tu aies annulé ton voyage à Londres ce week-end. A part le fait que j'ai envie de te voir, il y a quelques problèmes d'affaires dont je voudrais te parler.

— Quand arrives-tu ?

— Mercredi matin. Cela te convient ?

— Tout à fait. Je t'attends.

Et nous nous sommes lancé un baiser avant de raccrocher.

25

Le mercredi matin, je pris l'un des premiers vols au départ de Londres pour Marseille, d'où un taxi me conduisit à Aix-en-Provence. N'étant pas revenue au château depuis un certain temps, j'avais oublié à quel point la Provence avait du charme. Il faisait une belle journée de printemps, douce et ensoleillée, sous un ciel bleu que des nuages élevés voilaient de loin en loin. Ce spectacle idyllique réveilla en moi des souvenirs d'enfance qui, l'espace de quelques minutes, me ramenèrent en un autre temps.

J'avais cinq ans lorsque j'étais venue ici pour la première fois. Je me souviens encore de mon premier désarroi au contact de ces lieux inconnus, pleins de gens volubiles et qui parlaient une langue incompréhensible. Cramponnée à la main de Jack, j'ouvrais de grands yeux pour ne rien perdre du spectacle. Car je n'avais pas peur, au contraire. Comme mon frère, j'étais fascinée à l'idée de découvrir le château dont mon père avait fait l'acquisition.

Quand nous y étions finalement arrivés, nous n'avions pas été déçus. Ensemble, muets d'admiration, nous avions parcouru la main dans la main les vastes salons, nous explorions les greniers, les jardins. Au cours des années suivantes, nous y avons passé bien des moments heureux — malgré la présence d'Antoinette Delaney et de Vivianne qui se collaient à nous pendant nos vacances en France. Mon père voulait toujours les traîner partout avec nous. Comment une petite fille de cinq ans pouvait-elle protester contre cette intrusion?

Vivianne... Comment régler le problème? me suis-je demandé, agacée. Madge Hitchens m'avait avertie qu'elle voulait m'interviewer pour son article sur mon père. Elle devait être au courant de ma visite à Aix; Jack n'avait sûrement pas pu tenir sa langue. Comme mon père, il lui disait tout et lui attribuait depuis notre enfance le rôle de confidente. Elle profiterait donc à coup sûr de ma présence chez Jack pour se précipiter sur moi. Dans ces conditions, ai-je décidé, mieux valait prendre l'initiative de lui téléphoner pour fixer un rendez-vous avant qu'elle ne le fasse elle-même. Non que je sois enchantée à l'idée de la voir mais, la connaissant comme je la connaissais, elle me harcèlerait jusqu'à ce que j'accepte de lui parler. Autant me débarrasser de cette corvée à ma convenance et le plus vite possible.

Je n'avais pas revu Vivianne depuis le service religieux de Sebastian, à New York, où nous nous étions à peine saluées d'un signe de tête. Elle était furieuse contre moi à cause de notre dispute à Laurel Creek, le jour de l'enterrement de mon père. J'avais pourtant de bonnes raisons de la remettre à sa place. J'étais outrée de la voir toute la matinée jouer la comédie de la veuve inconsolable. Divorcée de Sebastian depuis des années, elle s'était remariée et était devenue la veuve d'un autre entre-temps. Par simple décence, elle aurait dû se dispenser de faire des ronds de jambe aux invités, de recevoir leurs condoléances et de se comporter encore en maîtresse de maison.

Jack m'avait ensuite reproché de lui avoir fait une scène. Selon lui, Vivianne avait réellement du chagrin car Sebastian avait été son tuteur après la mort de sa mère. J'avais vertement rabroué Jack – nous étions tous plus ou moins sur les nerfs ce jour-là – mais je m'étais empressée de me réconcilier avec lui.

Eh bien, pour une fois, je me montrerais courtoise, sinon cordiale, envers Vivianne. Ce ne serait, au pire, qu'un mauvais moment à passer.

Simone et Florian, les vieux serviteurs du château qui me connaissaient depuis des années, m'accueillirent sur le perron avec de grandes démonstrations d'affection. Jack vint à ma rencontre dans le hall. Après m'avoir embrassée, il me tint à bout de bras et me jaugea d'un regard critique.

— Tu as changé, Luce. Des cheveux courts, des kilos en plus... Tu es en beauté. Bien, très bien! Je retrouve enfin ma petite sœur.

— Merci, Jack. Tu as bonne mine toi aussi.

— Viens, dit-il en m'entraînant vers le petit salon. Allons boire quelque chose et bavarder avant le déjeuner.

— Et dis-moi ce que tu deviens, je ne t'ai pas vu depuis une éternité. Pas trop désespéré d'avoir rompu avec Catherine Smythe?

— Pas du tout, grommela-t-il. Je dirais même bon débarras. Nous n'étions pas faits l'un pour l'autre, je suis ravi de son départ.

Assise près de la cheminée, je l'observais pendant qu'il s'affairait à déboucher une bouteille. Sa ressemblance avec Sebastian me parut particulièrement frappante ce matin-là. Avec ses yeux bleus, ses cheveux noirs et ses traits fins, il était le portrait craché de notre père, mais je me retins de le lui dire, de peur de le braquer. Il avait horreur de m'entendre souligner leur ressemblance et faisait l'impossible pour se différencier de lui, jusque dans sa façon de s'habiller. Notre père ayant toujours été un modèle d'élégance et de raffinement, Jack s'affublait systématiquement de vieux pulls, de chemises élimées, de pantalons de velours pochés aux genoux, de vestes rapiécées aux coudes. Quand j'avais trop honte de sa mise, je prenais prétexte de Noël ou de ses anniversaires pour lui faire cadeau de blazers, de cravates et d'accessoires à la mode qu'il condescendait à porter. Ses efforts pour se singulariser n'y changeaient cependant rien : il était et resterait le fils de son père.

Tout en l'écoutant me parler de ses vignes, de son vin, des nouvelles méthodes de vinification qu'il expérimentait avec Olivier, j'étais frappée de l'entendre s'exprimer en phrases longues et bien articulées. Pour la première fois depuis longtemps, je le voyais détendu parce qu'il évoquait un sujet qui lui tenait réellement à cœur. D'habitude, mon frère débitait des phrases brèves, avec une élocution hachée adoptée vers l'âge de huit ou neuf ans. A l'époque, il lui arrivait souvent de bégayer, affliction que nous déplorions autant que lui. C'est afin de lutter contre ce handicap qu'il avait choisi de parler par rafales, à mon avis du moins. En tout cas, la méthode lui avait réussi.

Jack me tendit un verre, leva le sien et me porta un toast qui me désarçonna :

– A un grand homme du nom de Luciana. C'est un compliment, Luce, ajouta-t-il en voyant ma mine étonnée. Voltaire saluait ainsi la Grande Catherine de Russie.

– Merci, Jack, ai-je répondu en souriant. A mon tour de te féliciter : ce vin est exquis. Léger, fruité, un délice.

Avec un sourire épanoui, il s'assit en face de moi.

– Eh bien, de quoi veux-tu me parler ?

– De Locke Industries.

– Vaste sujet ! Mais encore ?

– De la direction de l'entreprise, Jack.

– Jonas est un excellent P-DG, choisi par Sebastian en personne. Peter, son adjoint, est du même calibre. Nos bénéfices crèvent le plafond. Nous n'en avons jamais fait d'aussi élevés. Où est le problème ?

– Il n'y a aucun problème. Je suis d'accord avec toi, les dirigeants ne méritent que des éloges et la compagnie est en grande forme. J'aimerais cependant m'impliquer dans la gestion plus activement que je ne le suis.

— Autrement dit, tu voudrais t'installer à New York et diriger la division des produits féminins comme Sebastian te l'avait proposé. C'est bien cela ?

— Pas tout à fait. Mon idée serait plutôt d'assumer des reponsabilités à un niveau plus élevé.

Jack me lança un regard étonné.

— Je ne te suis pas, Luce.

— C'est pourtant simple : j'aimerais participer à la direction du groupe, pas seulement d'une division.

Il fronça les sourcils d'un air réprobateur.

— Ça ne marchera jamais, voyons ! Jonas et Peter le prendraient très mal, crois-moi. Ils n'accepteraient pas de se sentir coiffés et je ne pourrais pas le leur reprocher. Non, ça ne marcherait pas, répéta-t-il avec force.

— Parce que je suis une femme ? N'est-ce pas, Jack ?

— Tu sais bien que non ! La vraie raison, la seule, c'est ton manque d'expérience. Tu n'es pas en âge de diriger une entreprise de cette taille et de cette importance.

— Allons, Jack, ne me sors pas un pareil argument, je t'en prie ! Tu sais très bien comment Sebastian jugeait mes capacités, mon pragmatisme, mon efficacité. Il avait prévu pour moi une belle carrière dans le groupe.

— C'est vrai. Mais tu n'as pas encore acquis assez d'expérience, répéta-t-il. Moi non plus, d'ailleurs. Je ne saurais pas par quel bout prendre les problèmes. Et tu ne ferais pas beaucoup mieux, Luce. Tu es peut-être un peu plus avancée que moi mais il te faut encore plusieurs années avant de savoir maîtriser la gestion à ce niveau-là.

— Ne va surtout pas croire que je manque de confiance envers Jonas et son équipe, ai-je cru bon de préciser. Je suis persuadée qu'il a du génie. Gerald est du même avis.

— C'est facile à vérifier, grommela Jack. Regarde le bilan et les comptes d'exploitation.

Il y eut un silence. Je ne m'attendais pas à rencontrer chez mon frère une telle résistance.

— Dis-moi, Jack, ai-je dit au bout d'un moment, as-tu jamais eu envie de diriger toi-même Locke Industries ?

— Non, tu le sais très bien. Je ne saurais pas m'y prendre, je viens de te le dire. Sebastian n'en voulait pas davantage, à plein temps du moins. Pourtant, c'est lui qui a fait du groupe ce qu'il est aujourd'hui. Ce n'est pas du travail d'amateur, Luce. C'est un métier dur. Très dur.

— C'est pourquoi, ai-je enchaîné en le regardant dans les yeux, la présidence est pour toi plus une charge qu'un plaisir. Ne me dis pas que tu te réjouis d'aller à New York tous les deux mois, de conférer tous les jours par téléphone avec Jonas, de signer du courrier, des notes, des documents qui t'ennuient et que tu ne comprends pas toujours.

— Je n'ai pas besoin de le faire tous les jours, dit-il sèchement. Où veux-tu en venir, au juste ?

— A ceci, Jack : si tu voulais te décharger de ce poste, je ne refuserais pas de l'occuper à ta place. La compagnie ne t'a jamais vraiment intéressé. Tu préfères de très loin rester ici et t'occuper de tes vignobles.

Sa réaction me stupéfia : il éclata d'un rire sonore qui résonna dans le petit salon à faire vibrer le lustre.

— Je te savais ambitieuse, Luce, mais alors là, tu me souffles ! Essayer de rafler la présidence ! A moi, ton propre frère. C'est le bouquet !

— Je ne la prendrais que si tu n'en voulais plus, Jack, me suis-je défendue. Ou alors, si tu préférais, je pourrais la partager avec toi. Je ne cherche qu'à alléger ton fardeau.

— Il faut te rendre justice, Luce, tu ne manques pas de culot ! dit-il après un nouvel accès d'hilarité.

— Je suis réaliste, Jack, ai-je répliqué, piquée au vif. J'aime les affaires, pas toi. Je ferais un excellent président, et tu le sais fort bien.

— Possible. Mais mon « devoir » exige que je sois président. On m'a élevé pour ce job, je le ferai. As-tu oublié comment Cyrus et Sebastian me l'ont enfoncé dans le

213

crâne jour et nuit ? Devoir, devoir, devoir ! Ils n'avaient que ce mot-là à la bouche. Ils ne me parlaient de rien d'autre. « Sois digne de la famille, dirige nos affaires, sois un bon fils, un bon petit-fils, un bon héritier... »

— Je me souviens, Jack. Ils ont empoisonné ton enfance avec leur sens du devoir, je sais.

— Alors, laisse tomber, veux-tu ? Et n'oublie pas non plus que Sebastian avait tout prévu, tout réglé, dans son testament. Jusque dans la répartition des actions.

— Je sais, Jack. N'en parlons plus et oublions que j'ai abordé le sujet. Sache quand même que si un jour tu en avais assez et que tu voulais te retirer, je serais prête à te décharger de ce souci.

— Tu ne pourrais pas faire autrement, ma chère petite sœur ! répondit-il avec ironie. C'est écrit noir sur blanc dans le testament de notre père. De toute façon, tu es la seule à pouvoir prendre ma suite.

— Bien, l'incident est clos. Mais ce n'est pas tout. Madge aimerait que tu l'accompagnes en Afrique à son prochain voyage. Je lui ai promis d'essayer de te décider.

— Ah, non ! Pas question ! s'exclama-t-il avec véhémence. Je l'ai déjà dit à Madge plus d'une fois. Pourquoi revient-elle à la charge ? Je distribue autant d'argent que Sebastian, je suis tout disposé à subventionner d'autres bonnes œuvres quand elle m'en signale. Mais voyager, non, non et non ! Pas question pour moi de Zaïre, de Zambie, de Somalie, d'Angola, de Rwanda, d'Inde ou de Bosnie ! Pas question de tous ces endroits où Sebastian aimait traîner ses guêtres sans se soucier des maladies, des bombes, des révolutions, des crimes, du chaos ou de tout ce qui s'ensuit ! Je ne suis pas fou, moi !

— D'accord, d'accord, inutile de t'exciter. Ce n'était qu'une suggestion de la part de Madge. Ta présence auprès d'elle lui aurait fait plaisir, voilà tout. Elle estimait aussi que ce serait bon pour l'image de la fondation. Mais je lui ai déjà dit que tu refuserais certainement.

— Ça, oui! Pour rien au monde je n'irais perdre mon temps et ruiner ma santé dans ces endroits pourris!

Je lui laissai un instant pour se calmer avant de lui demander :

— Dis-moi, Jack, as-tu prévenu Vivianne que je serais chez toi?

— Oui. Pourquoi? Cela t'ennuie?

— Pas du tout. D'après Madge, elle voudrait m'interviewer pour un article qu'elle prépare sur Sebastian.

— C'est exact.

— Dans ce cas, je lui téléphonerai tout à l'heure pour lui dire de venir. Ce soir, par exemple. Cela te convient?

— Bien sûr. Si tu veux, tu peux même l'inviter à dîner.

26

Mon frère fut plein de gentillesse à mon égard le reste de la journée. Après le déjeuner, il me fit visiter les caves et les vignes, m'exposa ses projets avec enthousiasme. La promenade se poursuivit par le tour de l'étang et une courte marche dans les bois où nous avions joué enfants. De retour au château, nous avons pris le thé au petit salon, rituel institué par Antoinette Delaney et resté à l'honneur depuis. Enfin, lorsque Jack retourna travailler dans son bureau, je me suis retirée dans ma chambre.

J'avais appelé Vivianne au début de l'après-midi. Elle avait accepté avec plaisir notre invitation à dîner et se félicitait de pouvoir m'interviewer pour son article. Son attitude amicale au téléphone me décida à me comporter envers elle aussi plaisamment que possible. J'avais si bien pris l'habitude d'être désagréable avec elle que je devrais faire un effort pour me contrôler, mais cela en vaudrait la peine, ne serait-ce qu'afin de ne pas chagriner Jack.

A chacune de mes visites au château, Jack m'installait dans mon ancienne chambre d'enfant, une belle pièce vaste et lumineuse, dont les fenêtres dominent les champs et les bâtiments de la basse-cour. J'aimais tant ce paysage familier que je me suis attardée ce jour-là encore à le contempler. Combien de fois Jack et moi avons-nous couru dans les prés, grimpé aux arbres, nagé dans l'étang, cueilli les fruits du verger! Jack s'était toujours senti responsable de moi et je le suivais sans poser de questions, quelle que soit l'aventure dans laquelle il m'entraînait. Il prenait très au sérieux son rôle de grand frère et ne se fâchait jamais contre moi, même quand je commettais les pires sottises.

En me remémorant ces souvenirs lointains, je repensais à notre conversation avant le déjeuner. Jack avait réagi avec autant de vigueur que Gerald le prévoyait, mais sans colère ni ressentiment. En tout cas, mon mari ne s'était pas trompé : Jack n'avait nulle intention de se dessaisir de ce qui, à ses yeux, lui revenait de droit.

Je croyais pouvoir me vanter de me tromper aussi rarement en affaires qu'au sujet de mon frère. Dans le cas présent, je devais cependant admettre que mon jugement avait été pris en défaut. Dieu merci, Jack ne s'était pas braqué ; nos rapports n'en souffriraient donc pas. Il se maîtrisait mieux depuis qu'il ne buvait plus autant et il connaissait assez ma nature pour savoir que j'aimais prendre les choses en main et que, par conséquent, ma proposition n'était pas dirigée contre lui. Alors, comme je le lui avais laissé entendre, un jour peut-être il se lasserait d'une responsabilité trop pesante, et je serais là...

Incapable de rester inactive, je sortis mon ordinateur portable de ma valise et m'installai commodément sur le lit pour travailler jusqu'au dîner.

Toujours ponctuelle, Vivianne arriva à six heures et fut introduite dans le petit salon où je l'attendais.

Notre vieille inimitié ne s'était pas volatilisée par miracle et nous n'étions ni l'une ni l'autre des hypocrites. Aussi nous sommes-nous dispensées d'embrassades fallacieuses pour nous contenter de nous saluer courtoisement et de nous serrer la main. Je pris place dans mon fauteuil habituel, près de la cheminée, Vivianne s'assit en face de moi et

217

commença par me complimenter sur ma nouvelle allure. Après l'avoir remerciée, je pris comme à l'accoutumée la direction de la conversation et allai droit au but :

— En quoi puis-je t'être utile ? Que voudrais-tu savoir au sujet de Sebastian que tu ne saches déjà ?

— Tu es bien placée, je crois, pour me dire comment il était, la dernière année de sa vie. Tu le voyais à cette époque plus souvent que Jack et moi, n'est-ce pas ?

— En effet. Quand il est venu à Londres l'année dernière, début avril, je le voyais presque tous les jours au bureau. En mai, il a passé un week-end à la maison, dans le Kent. Je l'ai trouvé tout à fait semblable à lui-même, c'est-à-dire plutôt sombre, distant, un peu mélancolique. Tu connaissais aussi bien que moi ses sautes d'humeur et ses accès dépressifs. Tu en as assez souvent été témoin quand nous étions enfants — et même par la suite.

— C'est vrai, approuva-t-elle. Il était parfois au bord de la dépression, comme s'il portait à lui seul le fardeau de tous les malheurs du monde. Au cours de vos dernières rencontres, poursuivit-elle, t'aurait-il confié ses projets ?

— Non, mais...

Du pas de la porte, Jack interrompit ma réponse.

— Je peux entrer ? Ou bien est-ce que je vous dérange ?

— Bonjour, Jack ! s'écria Vivianne gaiement. Non, tu ne nous dérange pas du tout, au contraire.

Jack lui donna un petit baiser sur la joue et alla déboucher une bouteille de champagne déposée dans le seau à glace sur la console.

— D'accord pour du veuve-clicquot, vous deux ? nous demanda-t-il. Ou préférez-vous autre chose ?

— Le champagne me convient tout à fait, ai-je répondu.

— A moi aussi, a dit Vivianne. Donc, selon ton impression, poursuivit-elle en se tournant vers moi, Sebastian était égal à lui-même jusqu'à la fin ?

— Tu n'as pas l'intention, au moins, de t'étendre sur son

218

suicide, dans ton article? lui ai-je demandé d'un ton plus sec que je ne l'aurais souhaité.

— J'y consacrerai une ligne, un point c'est tout. Je ne cherche qu'à tracer de lui un portrait aussi fidèle que possible. Voilà pourquoi je te demande si tu étais au courant de ses projets éventuels concernant Locke Industries ou la fondation. Des acquisitions, par exemple, ou une expansion dans certains domaines?

— Aucun projet de cet ordre, autant que je sache. Et toi, Jack? Sebastian t'aurait-il informé de quelque chose?

— Non. Nos conversations se cantonnaient comme toujours aux généralités et je n'avais connaissance d'aucun projet en particulier. Mais je l'ai déjà dit à Vivianne.

— Juste avant que Jack ne m'interrompe, ai-je alors dit à Vivianne, j'étais sur le point de te signaler que Sebastian était d'excellente humeur quand Jack et moi étions chez lui, en octobre dernier. Il était tellement rare de le voir heureux que j'en avais été frappée.

— Je l'avais remarqué moi aussi, approuva Vivianne.

— Moi pas, grommela Jack en nous tendant nos flûtes. Mais si vous l'affirmez toutes les deux, je ne suis pas de force à vous contredire. Il doit y avoir du vrai là-dessous.

Le silence revint quelques instants pendant que nous buvions une gorgée de champagne.

— Ton article ira plus loin qu'un simple profil de Sebastian, n'est-ce pas? ai-je demandé à Vivianne. Sinon, tu l'aurais déjà écrit sans nous poser de questions.

— En effet. Comme je te l'ai déjà dit, j'essaie de tracer de Sebastian un portrait aussi complet que possible, de le dépeindre sous plusieurs points de vue.

— Écoute, Vivianne, je ne suis pas complètement idiote. Madge m'a parlé de sa prétendue petite amie et je t'assure que tu perds ton temps à tourner autour du pot pour essayer de me tirer les vers du nez. Ni moi ni personne ne sait rien à son sujet. Tu es la seule à qui il en ait parlé.

— A condition qu'elle existe, ajouta Jack.

— Oh, mais oui! Elle existe.

Vivianne paraissait si sûre d'elle que j'en fus intriguée.

— Admettons que tu aies raison, intervint Jack. Et alors? A quoi cela t'avance-t-il? Tu ne la retrouveras jamais. Tu n'as même pas un nom pour entamer des recherches.

— Si, j'ai un nom. Je viens juste de le découvrir. Je sais qui c'est, Jack, et j'espère bien l'interviewer dans les quinze jours à venir. Elle seule, je crois, pourra jeter quelques lueurs sur le suicide de Sebastian.

— Que veux-tu dire, au juste? ai-je demandé.

— Je veux dire qu'elle détient sans doute un indice sur les raisons qui l'ont poussé à attenter à sa vie.

— Pour l'amour du ciel, Viv, tu ne vas pas remettre ça! s'exclama Jack. En tout cas, je tiens à savoir de qui il s'agit et comment tu as fait pour retrouver une aiguille dans une meule de foin.

— Laisse-moi d'abord t'expliquer comment j'ai découvert sa trace. Je recherchais l'autre jour une date dans un vieil agenda, quand il s'est ouvert à une page de juillet dernier, le lundi 11 juillet 1994, pour être exacte. J'avais noté ce jour-là que Sebastian m'avait téléphoné de Paris et, au prix d'un effort de mémoire, je me suis souvenue d'une partie de notre conversation. Il me disait être venu à Paris afin d'assister avec une amie à un banquet médical et qu'il était descendu au Plaza Athénée. Je lui avais demandé s'il voulait venir passer quelques jours à Lourmarin et il m'avait répondu que ce serait impossible parce qu'il devait partir aussitôt après pour le Zaïre. Sur le moment, je n'y ai pas prêté attention tellement c'était banal. C'est en me le rappelant la semaine dernière que j'ai pris conscience de tenir enfin un indice concret. Ce banquet de médecins, où un célèbre professeur devait recevoir une décoration, constituait un point de départ. La presse en avait sans doute rendu compte. Dans ce cas, et du fait de sa personnalité, Sebastian avait certainement été cité parmi les convives les plus importants.

Cette révélation inattendue eut raison de mon scepticisme et j'écoutai Vivianne avec une attention redoublée.

— Décidée à en avoir le cœur net, poursuivit-elle, je me suis rendue à Paris lundi dernier. Je suis d'abord allée voir un de mes amis au *Figaro* afin de consulter les numéros de juillet dernier. N'y ayant rien trouvé, je me suis rabattue sur un autre de mes amis, photographe à *Paris-Match*, qui m'a aidée à fouiller les archives. Et là, je suis tombée sur un écho de la rubrique « Elles et eux » mentionnant le banquet en question et illustré d'une photo qui m'a fait un choc : Sebastian se tenait à côté du professeur et de deux autres chercheurs, un homme et une femme. Celle-là même dont je cherchais à retrouver la trace.

— Qu'en sais-tu ? intervint Jack. Il pouvait s'agir de n'importe qui.

— De la manière dont ils se regardaient, sûrement pas ! répondit-elle en se levant. J'ai laissé mon porte-documents dans le vestibule, je reviens tout de suite.

— Vivianne a peut-être déniché la perle rare, ai-je dit à mon frère quand nous fûmes seuls.

Jack haussa les épaules.

— Possible. Je demande quand même à voir.

Vivianne revint quelques secondes plus tard. Elle sortit de son porte-documents un tirage photographique et un exemplaire de *Paris-Match* ouvert à la page en question.

— Regardez, dit-elle en nous les tendant. Si vous voulez mieux voir, mon ami photographe m'a également procuré un agrandissement de la photo originale. Si ces deux-là ne sont pas amoureux l'un de l'autre, je ne connais rien à la nature humaine.

J'ai d'abord examiné l'agrandissement. Mon père était là, plus élégant et séduisant que jamais, flanqué sur sa gauche de deux messieurs, dont l'un arborait une décoration. A sa droite, une jeune femme dédaignait l'objectif et n'avait d'yeux que pour lui. Légèrement penché vers elle, il la dévorait du regard. Leurs sentiments mutuels étaient trop évidents pour que le doute soit permis. Malgré mon dépit d'admettre que Vivianne avait raison, j'étais bien forcée d'en convenir : ils étaient amoureux l'un de l'autre.

— Jolie fille, observa Jack qui regardait par-dessus mon épaule. Elle me rappelle quelqu'un, je me demande qui... Alors, Viv, dis-nous. Qui est-ce ?

La légende de la photo dans le magazine m'ayant déjà renseignée, je me suis accordé l'absurde petite satisfaction de prendre Vivianne de vitesse.

— Docteur Ariel de Genillé, de l'Institut Pasteur, ai-je répondu à sa place.

Elle affecta de ne pas relever ma mesquinerie.

— Dès mon retour à Lourmarin, enchaîna-t-elle, j'ai téléphoné à l'Institut Pasteur. On m'a répondu qu'elle y est effectivement directeur de recherche en épidémiologie et se trouve actuellement en Afrique, oui, en Afrique, dans le cadre d'un programme spécial. Depuis hier, je m'efforce d'organiser une rencontre avec elle mais l'Institut m'oppose une fin de non-recevoir. Elle procède, m'at-on dit, à des expériences sur des maladies infectieuses si graves qu'elle doit se soumettre à un isolement complet. On ne veut même pas me dire dans quel pays elle est. J'essaie également de joindre sa famille, sans succès pour le moment, mais je ne désespère pas d'établir le contact d'ici quelques jours.

— J'ai toujours dit que tu étais pire qu'un chien avec un os, Viv, déclara Jack. Quand tu mords dans quelque chose, rien ne te fait lâcher prise. Est-ce à l'obstination ou à la chance qu'il faut attribuer ton brillant succès ? Avoue.

— Sûrement pas à la chance, Jack ! répliqua-t-elle. Je

suis une bonne journaliste, et dans ce métier comme dans tous les autres, on n'obtient des résultats que par le travail, tu devrais le savoir. Maintenant, j'estime avoir droit à vos félicitations à tous les deux, et à une autre flûte de champagne.

Quatrième partie

AUDREY
La Vérité

27

Je ne suis plus qu'une vieille femme.

Il faut regarder la vérité en face si l'on veut être honnête avec soi-même. Jusqu'à ces derniers temps, je me sentais si pleine de vie et d'énergie que je m'imaginais avoir échappé à la vieillesse parce qu'elle m'avait peut-être oubliée. Maintenant, la dure réalité me rattrape. Je suis affaiblie, usée, vidée de mes forces comme si la vie me délaissait peu à peu pour ne laisser de moi qu'une apparence de femme. Une coquille vide qu'un souffle suffirait à briser.

Quand on est jeune, on dédaigne le passage du temps qui nous pousse inexorablement vers la décrépitude. La jeunesse nous aveugle, nous donne l'illusion d'être immortels et invincibles. Lorsque nous nous découvrons mortels, vulnérables, proches d'une mort qui nous engloutira comme si nous n'avions jamais existé, il est déjà trop tard.

La semaine dernière, le 6 avril, je célébrais mon soixante-treizième anniversaire. Ce soir-là, assise devant le miroir de ma coiffeuse, je m'observais avec objectivité quand ce que je vis me causa un choc si violent que, l'espace d'un instant, j'en perdis le souffle. L'image renvoyée par le miroir n'était pas la mienne. La femme qui me dévisageait dans la glace ne pouvait pas être moi.

Moi, j'étais Audrey. La sublime, l'irrésistible Audrey qui

affolait les hommes de désir. Avec mes longs cheveux châtains, mes yeux bleus, ma démarche ondoyante, ma silhouette à la fois svelte et voluptueuse, ma poitrine provocante et le galbe parfait de mes jambes interminables, j'étais belle à faire damner les saints.

Celle que je voyais jeudi dernier dans la glace ne montrait plus que de tristes vestiges de tant de beauté. Les yeux étaient toujours bleus, mais d'un bleu délavé, les pommettes à peine marquées sous la peau fripée, sillonnée de rides. La chevelure, naguère souple et brillante, ne devait la richesse de sa teinte qu'aux artifices du coiffeur. Et si la prestance se devinait encore, si les jambes gardaient leur finesse, la silhouette s'était alourdie. Oui, elle était bel et bien évanouie, cette beauté insolente devant laquelle tant d'adorateurs s'étaient prosternés, pour laquelle tant d'hommes s'étaient battus...

« Vous serez toujours la plus belle », m'avait dit mon fils, ce soir-là, en levant son verre. Charles, ma joie et ma fierté, était venu de Normandie avec Marguerite, ma belle-fille, pour fêter mon anniversaire en m'emmenant dîner à La Tour d'Argent. Il connaissait mon faible pour ce restaurant et, surtout, pour la vue admirable qu'on y découvre. Notre-Dame, la Seine, les bateaux-mouches qui passent en illuminant la nuit, tout ici me rappelait l'enchantement de mes premiers contacts avec cette ville, dont j'ai fait ma patrie depuis quarante-cinq ans presque jour pour jour.

Je suis arrivée à Paris en avril 1950. Comme dans la chanson, les marronniers étaient en fleur. Paris fêtait encore la fin de ses épreuves, l'air vibrait de gaieté. Aux yeux de tous, l'avenir brillait d'infinies promesses. On était jeune, on aimait, on riait, on vivait avec intensité. Il était urgent de prendre et de donner du plaisir.

Cinq ans après m'être établie dans cette cité féerique, j'ai rencontré Édouard. J'en suis tombée amoureuse dès le premier instant et je l'ai aimé jusqu'à son dernier souffle. Pour lui, j'aurais fait – j'ai fait – tout et n'importe quoi.

228

Lorsque l'âge dénoue la trame même de notre existence, l'expérience, la résignation, la sagesse acquises au fil du temps nous aident à faire face. Mais dans notre jeunesse, nous ne disposons pas encore des armes nous permettant de combattre les épreuves que la vie nous inflige. Nous manquons d'exemples auxquels nous référer, de ressource intérieure où puiser des forces. Un revers peut nous terrasser, un malheur nous anéantir. Je ne le sais que trop.

C'est dans mes jeunes années que les pires épreuves se sont abattues sur moi. J'ai vécu une jeunesse épouvantable, tout au long de laquelle on a tenté de me détruire par des actes d'une inexpiable cruauté. Je les ai subis seule, sans personne pour me porter secours. Sans personne pour soulager mes souffrances. Sans personne pour me prodiguer la moindre consolation. J'ai sombré dans le désespoir au point de perdre jusqu'au désir de vivre. De considérer que la mort serait la seule issue à mes tourments. Pourtant, je n'ai pas mis fin à mes jours. J'ai réussi à puiser en moi le courage de lutter, de revivre. Lentement, douloureusement, je me suis sortie du gouffre. J'ai pris mon essor, je me suis élevée. Plus haut, toujours plus haut. Jusqu'à devenir Audrey. La plus belle d'entre les belles. Celle qui allumait la flamme du désir dans les yeux des hommes. Celle qui avait le monde à ses pieds.

Édouard m'a désirée dès l'instant où son regard s'est posé sur moi. Mais ce n'était pas seulement mon corps qu'il convoitait. Bien plus que la sensualité, il attendait de moi autre chose : un amour que je lui ai donné sans compter et qu'il m'a rendu au centuple. Il m'adorait. En faisant de moi sa femme, il m'a rendu ma dignité.

Édouard est mort il y a neuf ans, à l'âge de quatre-vingt-neuf ans, sans avoir jamais porté son âge, sans être amoindri par la sénilité. Lucide et plein de vie jusqu'à ses derniers moments, il s'est éteint paisiblement dans son sommeil, avec autant de grâce qu'il avait vécu.

C'est sur les épaules de Charles que repose, désormais, la pérennité de la famille. Le titre, le château, les terres de Normandie sont entre ses mains. Mais Charles ne se soucie guère de ces possessions matérielles. Depuis sa petite enfance, son père et lui étaient inséparables. La mort de son meilleur ami, de son confident, de son plus sûr soutien l'a longtemps laissé inconsolable. Je ne crois pas qu'il s'en soit encore tout à fait remis aujourd'hui. Charles a maintenant un fils de six ans, mon petit-fils Gérard, qui héritera à son tour du titre, du château et des terres. Grâce à moi, la lignée se poursuit – mais à quel prix, nul ne le sait ni même ne doit le savoir.

La semaine dernière, le lendemain de mon anniversaire, mon fils et moi avons déjeuné seuls ensemble. A un moment, il m'a regardée et m'a dit : « Vous êtes une grande dame, maman. Vous avez un courage que je ne cesse d'admirer. » Ce compliment me toucha, je l'en ai remercié d'un sourire. Il avait raison : le courage, je n'en manquais pas. Mais je n'étais devenue une « grande dame » qu'à force de volonté. Je ne suis pas née ainsi. Ma seule qualité innée était précisément le courage. La vie est dure, les épreuves auxquelles elle nous soumet sont impitoyables mais nécessaires, car c'est à travers elles que « le cœur se brise ou se bronze ». Il faut tirer très vite les leçons de leurs enseignements, sinon...

Les premiers temps de notre mariage, Édouard me disait que j'avais un visage de madone. Une fois, je me suis attentivement examinée dans la glace. Il avait raison, en effet : pas une marque, pas un stigmate, pas un signe de peine ou de douleur sur ce visage radieux et lisse. Comment se faisait-il que tant d'angoisses, tant d'épreuves traversées n'y aient laissé subsister aucune trace ? Je ne connaissais pas de réponse à cette interrogation. Ou alors, en me disséquant, peut-être verrait-on mes souffrances apparaître dans mon cœur blessé, couturé de cicatrices. Avec une patience et un amour infinis, Édouard en a effacé la plupart. C'est lui qui a rendu mon existence vivable en m'offrant le plus beau, le plus précieux des dons : le bonheur.

Sa mort m'a assené le coup le plus cruel de ma vie qui, pourtant, n'en avait pas manqué. Sans lui, je me suis d'abord sentie perdue, seule au monde, sans recours. Si j'ai quand même continué à vivre, c'est parce que, depuis mon plus jeune âge, je me suis appris à survivre envers et contre tout. Lutter est trop enraciné en moi pour que je puisse exister autrement. Depuis, je ne fais que passer le temps en attendant ma propre mort, qui me réunira à Édouard dans l'autre monde et pour l'éternité.

La sonnerie de la pendule sur la cheminée me tira soudain de ma longue rêverie. D'un coup d'œil au cadran, je vis qu'il était déjà trois heures. Mon regard s'abaissa vers les documents étalés devant moi, sur l'abattant du secrétaire. Avec un soupir, je les replaçai dans une enveloppe et les mis dans un tiroir que je fermai à clef.

Je m'étais souvent questionnée sur la réalité du « grand dessein » auquel Édouard croyait, de la raison suprême censée gouverner l'univers, décidant des événements qui devaient survenir dans la vie de chaque être afin d'en déterminer le cours. Étais-je un élément de cette structure cosmique ? L'apparition d'Édouard dans ma vie était-elle un effet du hasard ou de la prédestination ? Étions-nous, l'un et l'autre, des pions entre les mains d'un destin auquel nous obéissions aveuglément ? Notre union avait-elle marqué l'accomplissement de nos destinées ? Édouard me disait parfois que tout ce qui devait survenir arrivait sans que rien ni personne puisse en arrêter le cours. « Le destin poursuit inexorablement sa marche. Tu es mon destin, Audrey, comme je suis le tien, n'en doute jamais. »

Mon regard se posa sur sa photographie dans le cadre doré, sur le secrétaire. Elle avait été prise quarante ans auparavant, l'année de notre rencontre et de notre mariage.

Il avait alors cinquante-huit ans, vingt-cinq de plus que moi. Mais il était si beau, si débordant de vie ! Mes yeux s'emplirent de larmes, ma vision se brouilla.

— Oh, Édouard ! ai-je murmuré. Aide-moi. Donne-moi la force de faire ce que je dois.

28

Je vis dans cette maison depuis quarante ans. Bâti par un ancêtre d'Édouard vers la fin du règne de Louis XV, notre hôtel particulier est un des derniers du faubourg Saint-Germain encore habité par la même famille depuis des siècles. J'y suis entrée pour la première fois en jeune mariée, j'en sortirai pour la dernière fois dans mon cercueil.

J'ai toujours aimé ce quartier de la rive gauche, aux rues paisibles et pourtant si proches des boutiques élégantes, des galeries d'art et de l'animation de Saint-Germain-des-Prés. Pendant mes premières années à Paris, j'avais tout de suite été attirée par l'insouciante gaieté qui y régnait jour et nuit. J'aimais y flâner, m'asseoir à la terrasse du Flore ou des Deux-Magots pour regarder les passants, passe-temps favori des Parisiens. Après mon mariage, je m'émerveillais de pouvoir, en quelques minutes, aller admirer le musée Rodin ou me recueillir sur le tombeau de Napoléon aux Invalides, où Édouard m'avait donné ma première leçon d'histoire de France. Quand mes enfants étaient encore petits, je les emmenais jouer au Luxembourg et j'avoue sans honte m'y être souvent amusée autant qu'eux.

Leurs années d'enfance ont été les plus belles, les plus heureuses de ma vie. Aucune mère n'aime envisager le jour où ses enfants déploieront leurs ailes pour s'envoler du nid.

Ce jour survient pourtant, plus vite qu'on ne s'y attend, mais je l'avais vu venir sans surprise. S'il arrivait à Édouard de le regretter, je lui rappelais que nos enfants ne nous appartiennent pas, qu'ils nous sont seulement prêtés le temps de les aimer, de les armer pour les combats de la vie. C'est à eux, et à eux seuls, de prendre dans le monde la place qui leur revient ou qu'ils sauront se ménager.

De même que le reste de la maison, le petit salon où je me tiens est inchangé. Les meubles, les tableaux, les objets d'art amassés au cours des âges par la famille de mon mari y brillent toujours de leur éclat. Mais ces pièces, qui résonnaient naguère encore de rires joyeux et de discussions animées, sont retombées dans le silence. Les enfants partis, leurs amis ne viennent plus rendre visite à la vieille dame que je suis. Quant à nos fastueuses réceptions, où se pressaient les personnages les plus éminents des arts et de la politique, elles ne sont désormais qu'un souvenir. En ce temps-là, j'étais une hôtesse renommée. Sans Édouard, j'ai perdu le goût de mondanités dont je ne vois plus l'utilité. Après avoir longtemps gardé le deuil, je ne reçois de loin en loin que quelques intimes.

J'aurais aimé, cette après-midi, passer un moment au jardin ou poursuivre une de mes lectures en cours. Édouard encourageait mon insatiable appétit pour les livres, dont j'avais été privée dans ma jeunesse comme de tant d'autres choses. Mais je n'ai pas aujourd'hui le loisir de déambuler sous les marronniers ou de feuilleter un de mes ouvrages préférés. J'ai une tâche délicate à accomplir ; je dois m'y consacrer sans me laisser distraire.

Avec un soupir de regret, je me suis détournée de la fenêtre pour vérifier une dernière fois mon apparence dans le grand miroir au-dessus de la console. Mon tailleur bleu marine et mon chemisier blanc que n'égaye aucun bijou me donnent l'allure austère, presque sévère, que je souhaitais avoir pour la difficile rencontre à venir.

Je venais de m'asseoir en me demandant, non sans quelque inquiétude, comment m'y prendre pour éconduire ma visiteuse avec tact quand Hubert, mon fidèle maître d'hôtel depuis vingt-cinq ans, m'annonça qu'elle était arrivée.

– Merci, Hubert. Faites-la entrer.

– A quelle heure madame la comtesse désire-t-elle que je serve le thé?

– Dans une petite demi-heure.

Peu après, il introduisit Vivianne Trent. Sa mine franche et ouverte, son regard direct et la fermeté de sa poignée de main m'impressionnèrent favorablement. Elle me remercia de la recevoir; je la fis asseoir en face de moi et j'engageai la conversation sans autre préambule.

– L'Institut Pasteur m'a prévenue que vous souhaitiez me rencontrer au sujet de ma fille Ariel. Vous préparez, je crois, un article sur le regretté Sebastian Locke?

– En effet, madame. Le *Sunday Times* de Londres m'a commandé un article que je compte intituler « Le dernier des grands philanthropes ». Je m'efforce d'y présenter l'homme et ses motivations profondes, sa générosité, son idéalisme, ses principaux titres à la reconnaissance de l'humanité. Ce sera moins un éloge funèbre qu'une source d'inspiration pour les lecteurs, du moins, j'espère y parvenir.

– Je vous en félicite. Cependant, je vois mal en quoi je pourrais vous être utile, je n'ai pas connu M. Locke.

– Mais votre fille le connaissait, n'est-ce pas?

– Oui, ai-je répondu après une légère hésitation.

– C'est avec elle, voyez-vous, que je souhaiterais m'entretenir à son sujet, recueillir ses impressions sur cet homme qui s'était donné pour mission d'accomplir des miracles.

– Ma fille est malheureusement indisponible en ce moment.

Déçue par ma réponse, Vivianne Trent se ressaisit.

— Je serai franche avec vous, madame. Je ne suis pas seulement une journaliste en quête d'éléments pour un article, j'appartiens à la famille Locke. Aussi, permettez-moi de vous expliquer les raisons de mon insistance. J'avais douze ans lorsque j'ai fait la connaissance de Sebastian. Ma mère et lui avaient une liaison et à sa mort, six ans plus tard, il est devenu mon tuteur. Jusqu'à ma majorité, c'est lui qui a pourvu à mon entretien et à mes études. Quand nous nous sommes mariés, j'avais vingt-deux ans, et lui quarante-deux. Nous avons divorcé au bout de cinq ans mais nous sommes ensuite restés en très bons termes.

Elle s'interrompit et me fixa comme si elle quêtait mon approbation.

— En vous donnant ces détails, reprit-elle, je souhaite vous faire comprendre que je n'écrirai sur lui que du bien. Je ne suis pas de ces journalistes qui croient asseoir leur réputation en dénigrant les grands hommes. Il va sans dire que si j'étais amenée à mentionner le nom du Dr de Genillé, votre fille, ce serait dans le même esprit.

— Je comprends et je vous remercie de vos éclaircissements. Je vous répète, toutefois, que je vois mal en quoi ma fille ou moi pourrions vous être utiles.

— Elle pourrait, au contraire, m'apporter des éléments d'une importance capitale! répondit-elle avec chaleur. Elle est, après tout, la dernière femme avec laquelle il ait eu des rapports... sentimentaux.

Vivianne Trent attendit un commentaire de ma part mais je m'abstins de répondre, de sorte que le silence s'éternisa plusieurs minutes. Finalement, ce fut elle qui le rompit :

— Sebastian m'a appris qu'il voulait épouser votre fille, madame.

Je parvins à dissimuler mon trouble.

— Quand donc vous l'a-t-il dit?

— En octobre dernier, le lundi précédant sa mort.

– Êtes-vous la seule à avoir recueilli cette confidence, madame Trent, ou d'autres membres de sa famille étaient-ils au courant de ses intentions?

– Il ne s'est confié qu'à moi. L'ignoriez-vous aussi? ajouta-t-elle un instant plus tard, étonnée de mon mutisme persistant.

– Non, Ariel m'en avait parlé. Vous deviez être restée très proche de lui, malgré votre divorce, pour qu'il vous confie des secrets aussi intimes.

– Sebastian se fiait à moi sans réserve.

– Que vous a-t-il dit au sujet d'Ariel?

– Peu de chose. Qu'elle faisait de la recherche médicale et qu'elle séjournait en Afrique. Il m'a longuement parlé, en revanche, de ses sentiments pour elle.

– Vraiment? Cela me semble assez extraordinaire.

– Je ne le pense pas. Pourquoi?

– Vous avez été sa femme. N'était-ce pas blessant pour vos propres sentiments de l'entendre vous avouer son amour pour une autre et son intention de l'épouser?

– J'ai toujours aimé sincèrement Sebastian, voyez-vous. Je souhaitais depuis longtemps qu'il trouve enfin la femme de sa vie et qu'il soit heureux – tout comme il le souhaitait pour moi. Notre divorce n'avait rien changé à notre amitié.

– Je m'en rends compte, en effet, et j'admire votre élévation d'esprit.

Mon compliment la fit légèrement rougir.

– Écoutez, madame, je sais que votre fille est retenue en Afrique par son travail, c'est pourquoi j'aimerais aller la voir là-bas. Pourriez-vous organiser notre rencontre?

– C'est malheureusement impossible, madame Trent.

– La personne de l'Institut Pasteur à qui j'en ai parlé prétend que le Dr de Genillé travaille sur des maladies infectieuses et qu'elle est soumise à une sorte de quarantaine.

– C'est exact.

– Alors, pourriez-vous m'expliquer ce qu'elle fait?

– Ariel est spécialiste en virologie. Elle procède actuellement à des travaux destinés à isoler un virus encore mal connu et particulièrement redoutable.

– Dans un laboratoire situé en Afrique?

– Oui, au Zaïre. C'est là que le virus a été localisé en premier et que ses effets sont les plus dévastateurs.

– Les recherches dans lesquelles elle est engagée sont donc très dangereuses, n'est-ce pas?

– Oui. La moindre imprudence, la moindre erreur de manipulation serait fatale, pour elle et ses collaborateurs, car il n'existe encore aucun vaccin ni aucun remède contre ce virus. Les recherches qu'elle mène ont précisément pour but de découvrir les moyens de le combattre.

Vivianne Trent allait répondre quand l'arrivée d'Hubert, venu servir le thé, interrompit notre conversation.

29

Après le départ d'Hubert, nous avons bu quelques gorgées de thé sans mot dire. J'espérais pouvoir clore rapidement notre entretien lorsque Vivianne Trent posa sa tasse et reprit la parole.

— Veuillez pardonner mon insistance à vous questionner sur votre fille, madame. Il ne s'agit pas d'une curiosité malsaine de ma part, mais du désir sincère de mieux cerner ses activités, car elles contribueraient peut-être au portrait que je cherche à tracer de Sebastian dans mon article. Leurs relations sentimentales mises à part, je commence à discerner qu'ils avaient beaucoup en commun : leur intérêt pour la recherche médicale que subventionnait la fondation Locke, leur attachement à l'Afrique que Sebastian connaissait intimement. Ils devaient donc s'entendre sur bien des points... M'autorisez-vous à prendre quelques notes ? ajouta-t-elle en sortant un bloc de son sac.

Sa demande me déconcerta.

— Si vous voulez, ai-je dit après une brève hésitation.

Elle me remercia d'un sourire si chaleureux que j'en fus touchée.

— Ce doit être très alarmant pour vous, madame, de savoir votre fille en contact avec des virus aussi dangereux.

— C'est un constant sujet d'inquiétude, je l'avoue. J'ai

très peur pour mon Ariel. J'ai beau m'efforcer de ne pas y penser trop souvent, l'angoisse ne me quitte jamais tout à fait. Ariel est très douée, je sais, elle prend les plus grandes précautions. Et pourtant...

Je me suis interrompue en affectant de boire mon thé. Je n'avais nullement eu l'intention d'accorder à Vivianne Trent un aussi long entretien, mais cette jeune femme m'inspirait une sympathie qui me désarmait. Je sentais d'instinct pouvoir me fier à sa discrétion et, malgré moi, je baissais ma garde. D'ailleurs, nous n'avions abordé jusqu'à présent que le travail d'Ariel. De quoi d'autre, à vrai dire, aurions-nous pu discuter ?

Elle avait recommencé à parler depuis un instant sans que j'y aie prêté attention.

— ... Il doit être très pénible de vivre dans une telle appréhension pour un être cher, disait-elle. Je le sais d'expérience, voyez-vous. Lorsque Sebastian et moi étions mariés, je perdais littéralement le sommeil lorsqu'il partait seul pour une région troublée, en proie à une épidémie ou à une révolution. J'avais toujours peur qu'il reçoive une balle perdue, qu'il saute sur une mine, que des rebelles le prennent en otage ou qu'il contracte une maladie mortelle. Il sillonnait l'Afrique avec une insouciance pour sa propre sécurité qui me mettait souvent hors de moi. Pourtant, il ne lui est jamais rien arrivé. Je lui disais qu'il devait avoir un ange gardien assis sur son épaule.

Une fois encore, je me suis bornée à hocher la tête sans mot dire. Jour et nuit, j'implorais le ciel pour que ma fille ait elle aussi un ange gardien qui veille sur elle dans son laboratoire...

— Depuis l'épidémie de Sida, on a écrit beaucoup de choses vraies ou fausses au sujet des virus. On observe actuellement en Afrique une recrudescence de virus inconnus. Sur lequel votre fille travaille-t-elle en particulier ?

– Le virus Ebola, me suis-je forcée à répondre.

– Grand Dieu! Je comprends...

Ma révélation la fit pâlir et il lui fallut un moment pour reprendre contenance.

– Puis-je savoir ce qui a amené le Dr de Genillé à se spécialiser en virologie? demanda-t-elle enfin.

– Ariel s'intéresse depuis longtemps aux virus et a toujours aimé l'Afrique.

– Elle avait donc la vocation de devenir médecin?

– Oui, mais pas pour pratiquer la médecine. Seule la recherche la passionnait et la captive encore.

– Quant à son amour de l'Afrique, enchaîna Vivianne Trent, je le comprends et je le partage. Sebastian et moi sommes allés au Kenya en voyage de noces, je l'accompagnais souvent dans d'autres pays. Ce continent m'a toujours fasciné.

– Ma fille aussi. Un des oncles de mon mari avait des intérêts en Afrique équatoriale française, au Congo, plus précisément. Ariel ne se lassait pas de l'écouter parler quand il venait nous voir. Elle avait douze ans, en 1973, lorsqu'il nous a reçus à Brazzaville et nous a fait visiter d'autres régions. Depuis, elle n'a cessé de vouloir s'y établir.

– Douze ans en 1973. Elle a donc trente-trois ans?

– Trente-quatre à la fin avril.

– Pardonnez cette question, madame, mais votre fille a-t-elle déjà été mariée?

– Non, son travail l'a toujours trop absorbée. Elle disait même qu'elle trouvait plus amusant et plus utile d'observer des petites bêtes dans un microscope que de lever les yeux afin de chercher un homme.

Ma réponse la fit sourire.

– J'aurais tant aimé faire sa connaissance, dit-elle avec un soupir de regret.

– Je vous répète que c'est impossible, ai-je répliqué, plus sèchement que je ne l'aurais voulu.

– Je sais...

Le silence retomba. Gênée, Vivianne Trent hésita avant de reprendre la parole.

– Les médecins comme votre fille, madame, sont les véritables héros de notre époque, dit-elle enfin. Vous devez être fière d'elle et de la manière dont elle contribue au bien de l'humanité entière.

– Merci, ma jeune amie, votre compliment me touche. Je n'ai pas honte, en effet, de dire haut et fort que je suis très fière d'Ariel. Mais cette fierté va de pair avec une angoisse parfois bien lourde à porter, ai-je ajouté en me forçant à sourire.

– Je le comprends fort bien. Mais dites-moi, madame, je suppose que votre fille et Sebastian avaient fait connaissance par le biais de ses travaux, n'est-ce pas ?

– C'est exact. Elle était allée solliciter auprès de lui une subvention de la fondation Locke pour le programme de recherche qu'elle voulait lancer avec quelques collègues et dont elle a pris la direction depuis.

– Avait-il accepté ?

– Bien entendu. En attendiez-vous moins de sa part ?

– Non, répondit-elle en souriant. Sebastian ne savait pas résister, surtout s'il s'agissait de recherche médicale.

– D'après ce qu'on m'a dit de lui, c'était un homme très généreux...

Je m'interrompis en remarquant que le regard de ma visiteuse s'était détourné vers l'autre bout de la pièce.

– Je vois que les portraits de ma famille attirent votre attention, ai-je poursuivi. Ariel est la jeune fille dont la photographie se trouve entre celles de mon mari et de mon fils.

– Elle a l'air tout à fait charmante. Puis-je la voir de plus près ?

– Bien sûr.

Elle se leva et alla se pencher sur les photographies. Je la

242

suivais des yeux avec sympathie quand je me sentis poignardée par une douleur si fulgurante que je faillis laisser échapper un cri. Je n'avais pas souffert ainsi depuis plusieurs semaines et je ne m'attendais pas à un retour aussi brutal du mal qui me rongeait.

— Madame! Madame! Qu'avez-vous? entendis-je Vivianne Trent me demander avec inquiétude.

En rouvrant les yeux, je la vis debout près de moi.

— Une douleur subite..., ai-je commencé.

— Que puis-je faire pour vous? Puis-je vous chercher quelque chose, un remède?

Sa mine sincèrement angoissée me toucha.

— Merci, j'irai mieux dans un instant, ai-je répondu en me forçant à sourire. Mais je crains de devoir mettre un terme à notre conversation.

— Naturellement! Je n'ai déjà que trop abusé de votre temps et de votre gentillesse.

— Pas du tout. Je suis très heureuse d'avoir fait votre connaissance...

Je dus encore une fois m'interrompre. Un nouveau coup de poignard me fit malgré moi grimacer de douleur.

— Oh, madame! Dites-moi ce que je puis faire, je vous en prie! Faut-il aller chercher votre majordome?

Je souffrais tellement que j'avais du mal à parler.

— Inutile... La sonnette, près de la console. Hubert viendra dans une minute...

Elle s'exécuta aussitôt et revint près de moi, visiblement désemparée.

— Si seulement je pouvais faire quelque chose pour vous soulager, vous venir en aide, dit-elle d'une voix tremblante.

— Je suis très touchée de votre sollicitude, ma jeune amie, suis-je parvenue à articuler, mais ni vous ni personne ne peut plus rien pour moi. Je suis atteinte d'un cancer incurable.

30

Il est malsain, pour une personne de mon âge, de tomber sous le charme d'une plus jeune. Tôt ou tard, leurs rapports débouchent sur une désillusion mutuelle. Impatientée par sa lenteur et sa sagesse parfois sentencieuse, la plus jeune finit par délaisser son aînée, qui souffre alors de se sentir rejetée. Je le savais, et pourtant je m'étais laissé séduire par Vivianne Trent. Le risque de voir nos relations se détériorer n'était cependant pas bien grand, tant j'étais sûre que nous n'aurions pas le temps de nous causer l'une l'autre du chagrin.

Informée depuis plusieurs mois de l'issue fatale de ma maladie, j'avais tenu à quitter l'hôpital pour passer chez moi le temps qui me restait à vivre. Je n'avais révélé ni à Charles ni à Ariel que ma fin était si proche. A quoi bon, puisqu'ils ne pourraient rien pour moi ? En un sens, je me protégeais aussi moi-même car je ne me sentais pas la force d'affronter leur tristesse. Je n'aspirais qu'à vivre en paix mes derniers mois sur terre, à vaquer aussi normalement que possible à mes occupations habituelles afin de préserver jusqu'au bout ma fierté et ma dignité.

Pourquoi avoir avoué à Vivianne la vérité que je cachais à mes enfants ? Je l'ignore. Les mots m'étaient venus sans réfléchir, mais je n'éprouvais aucun regret de les avoir prononcés. En fait, je m'en réjouissais presque. D'abord parce que cet aveu à une étrangère était sans conséquence ; et aussi, je devrais dire surtout, parce que la sincérité de sa sollicitude envers moi me touchait profondément.

Dès sa première visite, Vivianne m'a inspiré confiance ; plus je la découvre, plus je constate que mon instinct ne m'a pas trompée. Depuis mon malaise de la semaine passée, pas une journée ne s'est écoulée sans qu'elle ait téléphoné pour demander de mes nouvelles, envoyé des fleurs ou des livres qu'elle pensait devoir me plaire. Ayant ensuite appris que je me sentais mieux, elle est venue chaque jour prendre le thé et me tenir compagnie une heure ou deux, sans en profiter pour me poser de questions sur Ariel ou ses rapports avec Sebastian Locke, sans même se permettre une simple allusion à l'article qu'elle préparait sur lui. Elle me parlait d'elle, de son travail, de ses maisons de Lourmarin et du Connecticut de manière si vivante et si gaie que j'en oubliais ma maladie. Dieu merci, mon état s'est sensiblement amélioré ces dernières vingt-quatre heures ; aujourd'hui, je ne souffre plus.

On peut fréquenter une personne toute sa vie sans jamais réellement la connaître. Au bout d'une heure, je m'étais sentie avec Vivianne Trent aussi à l'aise qu'avec une amie de toujours. Elle est si pleine de charme et de séduction que je comprends qu'un homme tel que Sebastian Locke en soit tombé amoureux dès son plus jeune âge.

Intelligente, sincère, chaleureuse, foncièrement bonne et droite, elle me rappelle ma fille par bien des côtés. Elles ont l'une et l'autre le sens des responsabilités, le goût de l'effort, une vision du monde fondée sur des valeurs solides. Vivianne possède cependant plus d'expérience du monde, plus d'aisance qu'Ariel, plus d'insouciance aussi. Ma fille a toujours eu un tempérament réservé que beaucoup prennent pour de la hauteur. Il s'agit en réalité d'une sorte de détachement qu'il n'est pas rare de rencontrer chez les êtres aux dons exceptionnels, que leur seule différence fait évoluer sur un autre plan que le commun des mortels. Jusqu'à l'apparition de Sebastian Locke dans sa vie, Ariel n'avait jamais vécu que pour son travail. Maintenant qu'il est mort, je remercie le ciel qu'elle ait ce dérivatif. Malgré les risques qu'il comporte, ou peut-être à cause d'eux, elle l'aime avec une passion qui l'aidera à surmonter l'épreuve la plus douloureuse qu'elle ait encore dû affronter.

Dieu sait si j'aspire à la revoir avant de mourir, ma belle enfant si tendrement aimée ! J'ai pourtant bien peur que ce dernier souhait ne soit pas exaucé, à moins que son programme de recherche ne se termine plus tôt que prévu et qu'elle ne puisse revenir à Paris. Elle accourrait sûrement à mon chevet si je la mettais au courant de mon état, mais je me le suis interdit, car ce serait trop égoïste de ma part de la priver prématurément du résultat de ses efforts.

Je n'aurais pu rêver une meilleure fille. Depuis trente-trois ans, elle ne me donne que des joies et comble tous les espoirs que je plaçais en elle. Ma mort prochaine n'est donc qu'une anecdote insignifiante au regard du rôle d'Ariel dans la marche du monde. Je sais qu'elle m'aime et que, longtemps après ma disparition, je continuerai à vivre dans son cœur, comme Édouard y survit déjà. Le souvenir de ses parents la soutiendra aussi sûrement que l'affection de son frère, car Charles et elle ont toujours été très unis. De toute façon, je ne mourrai pas seule. Dès que je leur aurai dit la vérité, Charles et Marguerite se hâteront de venir et resteront près de moi jusqu'au dernier moment.

Cette pensée m'est un réel réconfort, mais la mort ne rôde pas encore. Il me reste quelques semaines à passer sur cette terre. Aujourd'hui, libérée de la douleur, je me sens de nouveau moi-même, prête à tout affronter. Il fait si doux que j'ai demandé tout à l'heure à Hubert de nous servir le thé au jardin – de ma fenêtre, je le vois d'ailleurs dresser la table, poser des coussins sur les sièges en fer

246

forgé. Il est bientôt quatre heures. Vivianne ne tardera donc pas à arriver, elle est la ponctualité même.

— Puis-je vous poser une question personnelle, madame ?

— Pas de madame entre nous, ma chère Vivianne, je vous l'ai déjà dit, ai-je répondu en souriant. Appelez-moi Audrey. Et vous pouvez me poser toutes les questions que vous voulez, j'y répondrai si je puis.

— Êtes-vous française ?

— Bien sûr. Pourquoi ?

— Eh bien, vous parlez un anglais irréprochable mais je crois y distinguer un léger accent que j'ai du mal à définir car il ne ressemble pas à l'accent français. Je me demandais simplement si vous étiez née ailleurs qu'en France.

— Vous avez l'oreille fine, Vivianne, et vous avez raison. J'ai la nationalité française depuis mon mariage, mais je ne suis pas française de naissance. En fait, je suis née aux États-Unis, de parents d'origine irlandaise, émigrés très jeunes en Amérique, qui se sont connus à New York et se sont mariés là-bas.

— Vous, américaine ? Je n'en reviens pas !

— Pourquoi cela vous étonne-t-il ?

— Parce que vous êtes si typiquement française ! Votre allure, votre élégance, votre manière de penser...

— Je vis ici depuis si longtemps, voyez-vous, que je me sens française jusqu'à la moelle des os. Quant à cet accent que vous ne pouvez pas définir, il s'agit sans doute de l'accent irlandais de ma mère, que j'imitais quand j'étais petite. Jusqu'à ce que vous me le disiez, je ne me rendais même pas compte qu'il était encore discernable lorsque je parlais anglais.

— Il est presque imperceptible et il disparaît tout à fait quand vous vous exprimez en français.

— Alors, laissez-moi vous expliquer. Je suis tombée amoureuse de Paris bien avant de rencontrer Édouard et de tomber amoureuse de lui. La Ville lumière m'avait conquise, j'ai su d'emblée que je ne pourrais plus jamais vivre ailleurs. J'ai donc commencé par apprendre le français, car je savais que je devais maîtriser la langue si je voulais m'intégrer au pays. C'est une décision que je n'ai jamais regrettée. Tout mon bonheur, je le dois à la France.

— Arriviez-vous d'Amérique, à ce moment-là?

— Non, de Londres, où j'ai vécu pendant toute la guerre.

Vivianne me paraissait troublée, pour une raison que je ne m'expliquais pas. Je servis le thé; elle me remercia et le but en silence en regardant distraitement autour d'elle, comme si elle voulait éviter mon regard.

— Qu'y a-t-il, Vivianne? lui ai-je demandé au bout d'un moment. Vous me semblez préoccupée.

Elle hésita, se tourna vers moi.

— Voyez-vous, Audrey, je désirerais vous dire que... Je voulais déjà vous en parler hier mais il était tard, je craignais de vous fatiguer...

— Parlez sans crainte, ma chère enfant, je me sens très bien aujourd'hui. Qu'avez-vous sur le cœur?

— Eh bien... mardi dernier, quand je suis venue pour la première fois, je me suis aussitôt sentie attirée vers vous d'une manière inexplicable. En moins d'une heure, j'ai eu l'impression de vous connaître depuis toujours. Et quand la douleur vous a frappée, j'en ai souffert aussi cruellement que si je la ressentais moi-même. Nos conversations de ces derniers jours nous ont permis de mieux nous connaître et je ressens, depuis, un lien si puissant entre nous que j'en suis profondément troublée. Comment a-t-il pu apparaître et se développer en si peu de temps?

— Je sais ce que vous éprouvez, Vivianne, parce que je ressens la même chose, comme si une force irrésistible nous rapprochait l'une de l'autre. En quelques jours, vous m'êtes devenue très chère et je déplore que nous ne nous soyons pas rencontrées plus tôt. Depuis une semaine, vous m'apportez un immense réconfort sans lequel je n'aurais pas si bien surmonté cette petite rechute. Vous me rappelez tant mon Ariel, ai-je ajouté en lui prenant la main. Quel dommage que vous ne vous connaissiez pas ! Vous auriez été les meilleures amies du monde, j'en suis certaine.

— C'est ce que disait Sebastian quand il m'a annoncé son intention de l'épouser. En apprenant que je ne serais pas dans le Connecticut à Noël, il m'a aussitôt proposé de venir avec Ariel à Lourmarin parce qu'il était sûr que nous nous aimerions comme deux sœurs. Il voulait aussi m'inviter à leur mariage.

— Auriez-vous accepté ?

— Bien sûr, avec joie ! J'ai toujours souhaité qu'il soit heureux. Et puis, je n'avais pas au monde d'autre famille que lui. Mais tout cela, vous le savez déjà.

— En effet.

Il y eut un bref silence.

— Audrey...

Quelque chose dans sa voix me mit en alerte.

— Oui, Vivianne ?

— Je ne voudrais à aucun prix vous causer la moindre peine, je crois que vous le savez. J'espère aussi que vous ne me soupçonnez pas d'arrière-pensées si je suis venue vous rendre visite depuis une semaine. Mais je dois aujourd'hui vous poser de nouveau une question.

— Je vous écoute, ma chère petite.

— J'ai plus que jamais envie, non, *besoin* de rencontrer Ariel. Ne pouvez-vous vraiment pas intervenir, Audrey ?

— Non, Vivianne, c'est impossible.

— Une heure, deux, tout au plus, je n'en demande pas davantage. Je puis me rendre au Zaïre, lui parler et reprendre l'avion aussitôt après. Rien de plus, je vous le promets.

— Non, Vivianne. Je le regrette, croyez-moi, mais c'est absolument impossible.

— Quel mal en résulterait-il ?

— Beaucoup plus grave que vous ne pouvez l'imaginer ! me suis-je exclamée avec une véhémence que je n'avais pas souhaitée. Ecoutez, ai-je poursuivi d'un ton plus mesuré, en apprenant la mort de Sebastian Locke, Ariel était accablée au point de tomber malade plusieurs semaines. Il lui a fallu si longtemps pour s'en remettre qu'elle a dû interrompre ses travaux, de peur de commettre des erreurs susceptibles de mettre en péril sa vie et celle de ses collaborateurs. Aller maintenant, à peine sept mois plus tard, l'interroger sur leurs rapports, lui poser des questions sur le comportement de cet homme et son état d'esprit au cours de ses dernières semaines de vie ne ferait que rouvrir des blessures encore à vif. Le travail d'Ariel est si stressant, si dangereux, que je ne veux à aucun prix l'en distraire ou la troubler.

Je me suis interrompue pour reprendre haleine. Vivianne m'écoutait avec attention.

— Comprenez mon point de vue, ma chère enfant, ai-je repris, Ariel doit se concentrer totalement sur son travail afin d'éviter le moindre risque. En un mot, je veux qu'on la laisse en paix. Personne n'a le droit de la troubler ou d'aggraver sa peine, pas même vous. Elle ne peut rien vous apprendre que vous ne sachiez déjà et vous pouvez fort bien terminer votre article sans la rencontrer, croyez-moi.

— Je vous crois, Audrey, et je comprends tout à fait ce que vous dites. Je m'étais simplement permis d'insister parce que je pensais qu'Ariel aurait pu me fournir un indice.

— Un... *indice ?*

— Oui ; sur la raison qui a amené Sebastian à se suicider.

— Je puis vous affirmer, Vivianne, qu'Ariel ne possède aucun élément susceptible de vous éclairer sur ce point.

— Pourtant, Audrey, votre fille l'aimait, il l'aimait et il était heureux. Je le connaissais si bien et depuis si longtemps qu'il ne pouvait pas me tromper sur ses sentiments réels. Or, je n'ai pas retrouvé en lui, ce jour-là, la moindre trace de sa morosité chronique. Il nageait littéralement dans le bonheur. Pourquoi se tuer quand on va épouser la femme de sa vie? C'est tellement absurde que j'espérais qu'Ariel m'aurait aidée à y voir clair. J'ai toujours eu, voyez-vous, l'étrange impression qu'elle est mêlée d'une manière ou d'une autre à la mort de Sebastian. Comprenez-moi bien, Audrey, je n'insinue rien ni ne cherche à la mettre en cause, mais personne ne m'enlèvera de l'idée qu'elle détient une clé de ce mystère, peut-être à son insu.

— Qu'est-ce qui vous le fait penser?

— Un fait très simple : ses rapports avec elle constituaient le seul élément nouveau, inattendu, apparu dans son existence. Sebastian ne changeait jamais ses habitudes et vivait d'une manière prévisible jusqu'à la monotonie. Des années durant, je l'ai vu suivre le même emploi du temps.

— Comment cela? ai-je demandé, intriguée.

— Il faisait la navette entre Manhattan et sa propriété du Connecticut avant de partir pour l'Afrique ou quelque autre partie du monde où on avait besoin de lui, il revenait s'occuper de ses affaires, il repartait. Bref, il était réglé comme une horloge, jusqu'à sa rencontre avec Ariel, au Zaïre. Pour la première fois depuis des années, il était amoureux, il voulait se marier, il faisait des projets. Et c'est à ce moment-là qu'il aurait décidé de se tuer? Avouez que c'est pour le moins étrange! Un événement grave a donc dû survenir entre notre déjeuner du lundi et le samedi où il s'est donné la mort. Lequel? Voilà le mystère auquel je suis incapable de trouver un début d'explication.

— Peut-être a-t-il mis fin à ses jours parce que la vie lui devenait insupportable. Je sais d'expérience que, dans certaines circonstances, on peut perdre jusqu'à l'envie de continuer à vivre. N'est-ce pas la principale, sinon la seule raison pour laquelle les gens attentent à leurs jours?

251

Vivianne ne répondit pas aussitôt. Son évident chagrin me fit peine à voir.

— Écoutez, Audrey, dit-elle après avoir cherché ses mots, j'aime Sebastian depuis que j'ai douze ans, une partie de moi lui appartient à jamais, mais je n'attache en fait aucune réelle importance à ce que j'écris sur lui. En un sens, j'ai pris prétexte de l'article pour tenter de découvrir la cause de sa mort, la comprendre et l'assimiler, ce à quoi je me refuse encore. Je n'aurai pas l'esprit en paix, voyez-vous, tant que j'ignorerai ce qui l'a poussé à commettre un acte aussi contraire, aussi étranger à sa nature. Je dois résoudre cette énigme si je ne veux pas qu'elle me hante jusqu'à la fin de mes jours. Chanter ses louanges posthumes, n'importe qui aurait pu le faire à ma place. Si je me suis attelée à cet article, c'est à seule fin de rencontrer tous ceux qui l'ont connu et de les faire parler dans l'espoir de découvrir la vérité. Voilà la seule raison pour laquelle je voulais voir votre fille. Non pas dans l'intention d'écrire sur ses rapports avec Sébastian mais, très égoïstement, de puiser dans ses propos de quoi m'éclairer, m'apaiser. Tant que je n'aurai pas tourné cette page, je ne pourrai pas reprendre le cours normal de ma vie.

— Merci de votre franchise, Vivianne. Ne croyez pas un instant que je vous en veuille de votre insistance, car je comprends vos motivations. Je dois pourtant vous répéter que ma fille est incapable de vous éclairer. Ariel était aussi désorientée que vous en apprenant son suicide et n'entrevoit toujours aucune explication.

— En êtes-vous absolument certaine?

— Oui. Tout à fait.

— Vous étiez ma dernière chance, me dit-elle tristement. Je pensais que vous auriez pu m'aider à atteindre la vérité en intercédant auprès d'Ariel. J'espérais qu'elle détenait cette clé que je recherche en vain...

Un instant, je fus incapable de rassembler mes pensées.

Son regard chargé d'espoir déçu, plus douloureux pour moi qu'un reproche muet, me poussa alors à prendre une décision lourde de conséquences, mais que j'étais sûre de ne pas regretter. J'avais assez appris à connaître Vivianne pour savoir que la loyauté et le sens de l'honneur faisaient partie intégrante de sa nature. Je pouvais me fier à elle.

Une bouffée de brise tiède me tira un frisson.

— Rentrons, ma chère petite, ai-je dit en me levant. On dirait qu'il commence à faire frais.

Elle m'imita aussitôt et me prit le bras jusqu'à la maison. Une fois installées face à face dans le petit salon, je la dévisageai longuement sans mot dire.

— Je vais vous raconter une histoire, ai-je enfin repris. Une histoire aussi vieille que le monde, puisqu'elle parle d'un homme, d'une femme et d'un autre homme.

31

— Lorsque je suis venue en France pour la première fois, ai-je commencé, j'étais une jeune et riche veuve de vingt-huit ans. Je vous ai déjà dit, je crois, que Paris m'avait conquise au point que je décidai sur-le-champ de m'y établir. Je me bornerai à préciser que je voulais de toute façon quitter l'Angleterre, pour un certain nombre de raisons sans rapport avec la suite et qu'il est inutile d'énumérer. Quoi qu'il en soit, je ne suis retournée à Londres que le temps de mettre en vente ma maison de Mayfair avec tout ce qu'elle contenait, et donner procuration à mes hommes de loi afin de gérer mes intérêts.

» Dès mon retour à Paris, j'ai loué un appartement meublé rue Jacob, engagé une étudiante pour m'enseigner le français et cherché à acheter un logement permanent. Grâce à l'aide de mon professeur, une jeune fille de bonne famille ayant de nombreuses relations, j'ai trouvé peu après, avenue de Breteuil, un appartement vaste et lumineux qui me convenait à merveille. Pendant que les peintres et les décorateurs s'y affairaient, je poursuivais mes études avec assiduité et je m'acclimatais à ma nouvelle patrie.

» J'étais très belle dans ma jeunesse, Vivianne, je vous le dis sans me vanter. J'avais de l'allure, une silhouette voluptueuse. Les hommes me trouvaient irrésistible et je ne manquais pas d'admirateurs qui se disputaient le privilège de m'emmener partout où je voulais. Je ne perdais pourtant pas de vue que la clé de ma réussite dans la société était entre les mains des femmes, et non des hommes. Les hommes m'admiraient, me flattaient, me désiraient, me couvraient de cadeaux, mais c'étaient les femmes qui, seules, pouvaient m'ouvrir les bonnes portes. Ce sont d'ailleurs toujours elles, quoi qu'on dise, qui mènent la société, prennent les décisions – et lancent les invitations. Elles détiennent le pouvoir quasi absolu de faire ou de défaire la réputation d'une autre femme, surtout s'il s'agit d'une étrangère ou d'une nouvelle venue dans leur ville. Or, je n'avais nulle intention de voir les portes rester closes devant moi ni me claquer au nez. Quant à me démolir, on y avait déjà presque réussi dans mon adolescence, j'étais bien décidée à ce que cela ne se reproduise jamais plus.

» Heureusement, je bénéficiais de la protection d'une marraine, doublée de l'expérience d'un mentor. J'avais fait sa connaissance pendant la guerre, à Londres, où elle combattait dans les rangs de la France Libre. C'était une femme remarquable, veuve comme moi, mais plus âgée, qui appartenait par sa naissance et son mariage à l'élite de la société. Amie de mon premier mari, Harry Robson, elle a reporté sur moi la reconnaissance qu'elle lui vouait pour son soutien dans des circonstances difficiles, et m'a prise sous son aile à mon arrivée à Paris en 1950.

» Raffinée jusqu'au bout des ongles, cultivée, débordante de charme, la baronne Désirée de Marmont a fait de moi ce que je suis et m'a appris tout ce que je sais. Je m'habillais déjà avec goût, mais c'est elle qui m'a initiée à la véritable élégance en me présentant à ses couturiers et à ses modistes. Je me savais belle, mais c'est elle qui m'a ouvert les yeux sur les mille et une manières de tirer le meilleur parti de mes atouts. Ce que vous m'avez dit admirer en moi, Vivianne, le style, la culture générale, l'esprit français si vous préférez, je le dois entièrement à Désirée de Marmont. Sans elle, je serais restée une jolie femme comme il y en a tant et qu'on aurait vite oubliée. Elle a été mon Pygmalion.

» Au bout de deux ans, considérant son œuvre achevée, elle m'a jugée digne d'être lancée dans la société parisienne. C'est ainsi que j'ai commencé une vie nouvelle, la quatrième. J'en avais déjà vécu trois autres, dont deux que je m'étais efforcée d'effacer de ma mémoire jusqu'à en anéantir la moindre trace. Nul ne le soupçonnait, pas même Désirée qui ne connaissait que la troisième, mon agréable mais terne existence d'épouse de l'Honorable Harry Robson, fils cadet d'un obscur lord anglais.

» Désirée n'avait qu'un enfant, son fils Louis, qui ne lui avait jamais causé de satisfaction et avec lequel elle était depuis longtemps brouillée. Je devins pour elle, à cinquante ans, la fille qu'elle n'avait jamais pu avoir. Un lien très fort s'était développé entre nous, Vivianne, assez semblable à celui qui nous réunit. Plus qu'un mentor et un guide, Désirée était pour moi un modèle auquel j'aspirais de me conformer en tout – et je crois y être parvenue.

» Bonne, généreuse, spirituelle, compagne idéale, Désirée faisait partie de cette élite très fermée qu'on appelait alors le Tout-Paris, et qui ne survit que dans la mémoire des gens de ma génération. A de rares exceptions près, vite exclues, les snobs n'avaient pas droit de cité dans nos cercles d'amis. J'ai eu tout loisir, au cours de ma longue existence, d'observer que les gens supérieurs et les vrais aristocrates, tels que Désirée de Marmont et mon mari, ignorent le snobisme. Il faut être un parvenu ou un imbécile pour regarder les autres de haut.

» C'est à un dîner chez ma chère Désirée que je fis la connaissance du comte Édouard de Genillé. Ce fut entre nous le coup de foudre immédiat. Je vivais en France depuis cinq ans, j'avais trente-trois ans, j'étais seule au

256

monde. Veuf et sans enfants, Édouard était lui aussi libre comme l'air. Il avait alors cinquante-huit ans mais en portait largement dix de moins. Séduisant, distingué, débordant d'esprit, sportif accompli, il n'eut pas de mal à me tourner la tête et nous nous sommes mariés à peine trois mois plus tard.

» Au bout de deux ans, un problème vint ternir notre bonheur conjugal jusqu'alors sans nuage : je ne concevais pas. Anxieux d'avoir un héritier pour perpétuer sa lignée, Édouard l'acceptait mal. Il devint dépressif et son humeur s'assombrit au point qu'il m'accablait parfois de reproches. Ne vous méprenez pas, Vivianne, ces accès de colère restaient rares et il s'en excusait aussitôt. La plupart du temps, il était le même Édouard, amoureux et plein d'égards, qu'au temps de nos fiançailles. Notre vie sexuelle, active depuis le début, ne se ralentissait pas, au contraire, car nous y prenions un plaisir toujours renouvelé. Mais l'amour, tant physique que moral, ne suffit pas à maintenir un couple.

» A la veille de notre troisième anniversaire de mariage, notre ménage battait sérieusement de l'aile. De plus en plus sombre et renfermé, Édouard ne cessait d'affirmer qu'il m'aimait mais, en même temps, il me rendait responsable de notre absence de progéniture. Or, depuis près de deux ans, je courais de gynécologue en spécialiste de la stérilité qui me donnaient tous la même réponse : j'étais parfaitement normale. Lorsque je tentais de le lui dire, Édouard refusait de m'entendre. Par une fierté que je jugeais mal placée, il ne voulait pas admettre sa propre stérilité.

» Je redoutais que ce blocage ne provoque notre rupture définitive quand, à mon vif soulagement, Édouard décida d'accepter l'invitation de son oncle qui possédait de vastes propriétés au Congo, près de Brazzaville. Prévoyant de s'absenter trois mois, il partit au début du mois de juin 1960, en exprimant l'espoir que cette séparation nous serait bénéfique à tous deux et nous offrirait l'occasion de prendre du recul et de recouvrer notre sérénité.

» Les quinze premiers jours suivant son départ, je me soumis à de nouveaux examens gynécologiques, qui ne firent que confirmer les précédents : rien ne m'empêchait d'avoir des enfants. Je sombrai alors dans un découragement sans fond. Les plus pénibles souvenirs de mon enfance revenaient m'assaillir, je me persuadais que mon passé se vengeait de mon bonheur présent, que j'étais frappée d'une malédiction et condamnée au malheur jusqu'à la fin de mes jours. Je craignais surtout que notre ménage finisse de se briser au retour d'Édouard. Il faisait, cette année-là, un été étouffant qui n'arrangeait en rien mon moral. Pourtant, je n'avais aucune envie de me rendre dans notre château de Normandie, où ma solitude serait encore plus insoutenable.

» Finalement, à bout de nerfs et sans cesse au bord des larmes, je me suis décidée à aller chercher conseil et réconfort auprès de Désirée, que je n'avais pas revue depuis plusieurs semaines. Elle connaissait la cause de mon désarroi et savait avec quelle injustice Édouard me reprochait de le priver d'héritier. A peine étais-je arrivée chez elle qu'elle leva les bras au ciel, déclara que j'étais trop maigre, que j'avais l'air malade et que je devais d'urgence prendre des vacances pour me changer les idées et me remettre d'aplomb. Je me souviens encore de ses paroles comme si elles dataient d'hier : " File sur la Côte d'Azur, ma chérie. Repose-toi, baigne-toi, promène-toi, mange comme un ogre pour te remplumer, achète-toi de jolies choses et flirte avec un jeune et beau garçon si l'occasion se présente. "

» Vous n'imaginez pas à quel point ce dernier conseil me choqua! Quand je lui ai répliqué d'un ton indigné que j'aimais Édouard, elle a pouffé de rire : " Raison de plus, innocente! Une petite aventure te détendra, te redonnera confiance en toi et quand tu retrouveras Édouard, tu seras plus que jamais d'humeur à opérer des miracles. Il n'y a pas de meilleur moyen de renflouer un ménage qui prend l'eau. " Bien entendu, j'ai protesté de plus belle. Pourtant, au moment de prendre congé, Désirée est revenue à la charge : " Va donc passer quinze jours à Cannes, Audrey, la saison bat son plein et les occasions ne manquent pas. Cela ne fera de mal à personne, au contraire. Crois-en mon expérience, ma chérie, tu ne t'en es pas mal trouvée jusqu'à présent. Souviens-toi seulement d'être discrète. Et descends dans un hôtel sous un faux nom. " Cette fois, je l'avoue, elle m'avait ébranlée au point que, dans la semaine, j'avais bouclé une valise, retenu une place dans le Train Bleu et une chambre au Gray d'Albion pour une certaine Geneviève Brunot.

» Désirée avait raison, le changement d'air et de cadre me fit le plus grand bien. Au bout de trois jours de bains de mer et de soleil, de grasses matinées et de repas gastronomiques, j'étais redevenue moi-même. Cannes grouillait de monde cet été-là ; je me noyais sans difficulté dans la foule. La 6ᵉ Flotte américaine stationnait en rade de Villefranche ; les marins par dizaines se mêlaient aux estivants. Il régnait partout une atmosphère insouciante, tout le monde semblait jeune et joyeux. Dans ces conditions, vous en conviendrez, il était fatal que je rencontre le jeune et beau garçon prédit par Désirée.

Je m'interrompis pour reprendre haleine. Assise au bord de son fauteuil, Vivianne m'écoutait avec attention sans me quitter des yeux.

— Me voilà embarquée dans une histoire qui menace de durer plus longtemps que je ne m'y attendais, ma chère petite. Aimeriez-vous un rafraîchissement ?

— Je veux bien, Audrey, mais à condition que vous m'accompagniez.

— Volontiers. L'heure du champagne approche. Qu'en dites-vous ?

— Merci, avec plaisir.

— Alors, soyez gentille, allez sonner Hubert.

Elle se leva, traversa la pièce. En revenant, elle s'arrêta un instant pour regarder une photo de moi sur la console.

— C'est vous, n'est-ce pas? me demanda-t-elle. Vous aviez une trentaine d'années, je pense?

— En effet.

— Vous étiez si belle... Eblouissante.

J'acceptais le compliment d'un sourire quand Hubert frappa à la porte et entra.

— Madame la comtesse a sonné?

— Oui, Hubert, nous aimerions nous rafraîchir. Apportez-nous une bouteille de dom-pérignon et deux flûtes, voulez-vous? Et pendant que vous y êtes, rentrez donc le service à thé du jardin avant que la nuit tombe.

32

Quelques minutes plus tard, Vivianne reposa sa flûte vide et se pencha vers moi.

— Continuez, Audrey, votre histoire me passionne. Ainsi, vous avez rencontré un beau jeune homme à Cannes ?

— Oui, Vivianne, un Américain. Non pas un des marins de la 6ᵉ Flotte, mais un étudiant en vacances. Il faisait si beau, voyez-vous, que je préférais sortir prendre mon petit déjeuner à la terrasse d'un café sur la Croisette plutôt que de rester enfermée dans ma chambre d'hôtel. Tous les matins, je reconnaissais le même jeune homme qui buvait son café en lisant le *Herald Tribune*. A chaque fois, il me souriait et me saluait d'un signe de tête. Le quatrième jour, nous avons échangé quelques mots ; les banalités habituelles qu'on se dit entre étrangers. Je pensais que nous en resterions là et je suis partie après avoir payé mon addition, mais le jeune homme me rattrapa quelques pas plus loin et me demanda, en mauvais français, si j'allais à la plage. Ma réponse affirmative en anglais lui tira un sourire ravi et il proposa, fort poliment, de m'accompagner.

» Prise au dépourvu, j'ai hésité à répondre. Il avait l'air gentil et bien élevé ; je ne risquais sans doute rien en acceptant. J'avais aussi remarqué qu'il était toujours seul à cette terrasse de café ; la solitude lui pesait peut-être, comme j'en souffrais moi-même en cette période de ma vie. Me voyant réticente, il s'est hâté de s'excuser de son impolitesse et m'a tendu la main en se présentant sous le nom de Joe Anthony. Sa ferme poignée de main et son sourire franc eurent raison de mon hésitation ; je me suis présentée à lui sous mon faux nom de Geneviève Brunot et nous sommes descendus sur la plage.

» Nous avons passé la matinée à nous baigner, à lézarder sur le sable en bavardant à bâtons rompus. Il était plutôt réservé et ne parlait guère de lui, mais je ne me sentais pas, de mon côté, plus disposée aux confidences. Il m'a ensuite invitée à déjeuner dans un des petits restaurants de la plage et je me rappelle encore avoir pensé, à le voir dévorer sa salade niçoise et son steak-frites en lampant du rosé de Provence, qu'il avait l'air d'un jeune animal en pleine santé et dépourvu de complication. Plus tard, en me raccompagnant à mon hôtel, il m'a demandé si nous pouvions dîner ensemble ce soir-là. Encore une fois, j'ai commencé par hésiter ; et quand j'ai finalement accepté, il m'en a remerciée avec une reconnaissance touchante.

» C'est ainsi qu'a débuté notre petite aventure. Nous nous sommes retrouvés le lendemain matin à notre terrasse habituelle, nous avons passé la journée à la plage. Le soir, il m'a emmenée dîner Chez Félix avant d'aller danser à La Chunga, une boîte qui était alors à la mode. Je savais déjà que Joe n'avait que vingt-deux ans, ce qui m'étonnait car il faisait beaucoup plus mûr que son âge. Pour ma part, n'osant pas lui avouer mes trente-huit ans, je m'étais rajeunie de dix ans. Joe m'avait crue sans difficulté car, comme vous avez pu le constater sur ma photo prise à la même époque, j'étais mince, je n'avais pas l'ombre d'une ride et j'étais loin de paraître mon âge. Me bornant à cet innocent mensonge, j'avais cependant précisé à Joe que j'étais une femme mariée et que j'avais des obligations.

262

» Ce soir-là, tandis qu'il me serrait contre lui sur la piste de danse de La Chunga et m'embrassait dans le cou, je savais que rien ne pourrait empêcher l'inévitable de se produire. Depuis notre première rencontre, nous éprouvions l'un et l'autre une attirance mutuelle à laquelle nous ne demandions, à vrai dire, qu'à céder. Et c'est ce que nous avons fait pendant quatre jours et quatre nuits, sans, pour ainsi dire, nous lever de notre lit...

» Tout allait pour le mieux quand une soudaine panique me saisit. Joe me plaisait beaucoup, il était un amant habile et attentionné, mais je prenais conscience de risquer beaucoup trop gros en prolongeant notre aventure. Il fallait mettre un terme à cette amourette de vacances avant qu'elle ne dégénère en une liaison lourde de conséquences si je m'attachais à lui. Pour justifier mon départ précipité, j'ai prétexté un coup de téléphone me rappelant d'urgence à la maison. Joe m'a dit qu'il comprenait, mais quand je lui ai signifié que nous ne pourrions jamais nous revoir, son chagrin m'a presque fait revenir sur ma décision. Et c'est avec une profonde tristesse que nous nous sommes dit adieu.

» Le soir même, rongée de remords de n'avoir pas su résister à un plaisir sans lendemain, j'ai repris le Train Bleu vers Paris et la vraie vie qui m'y attendait. Plus j'y pensais, plus je me fustigeais de mon irresponsabilité. D'un autre côté, ce qui était fait était fait, je ne pouvais plus revenir en arrière. Mais j'avais beau me répéter que je n'étais ni la première ni la seule femme au monde coupable d'infidélité conjugale, que l'adultère était inhérent à la nature humaine et que des centaines de milliers d'êtres humains le pratiquaient chaque jour sans en être troublés outre mesure, je n'en tirais pas grande consolation. Je me suis efforcée par la suite d'oublier ces quelques jours de plaisir illicite et j'y serais à peu près parvenue si des cauchemars n'étaient parfois venus me réveiller la nuit.

» Vers la fin juillet, un sujet d'inquiétude autrement plus sérieux relégua mes états d'âme à l'arrière-plan : je n'avais pas mes règles. Il ne me fallut que quelques jours pour m'assurer que j'étais enceinte de Joe Anthony. Mon corps subissait des modifications auxquelles on ne pouvait se méprendre; ma poitrine grossissait et devenait sensible. L'absence de mes règles à la fin août et un rapide calcul me confirmèrent que j'étais enceinte de cinq à six semaines.

» Cette fois, je fus accablée au point de plus ne savoir de quel côté ni vers qui me tourner. J'avais d'abord pensé me confier à Désirée, et j'ignore toujours pourquoi je ne l'ai pas fait. Je savais pourtant que je pouvais me fier à elle aveuglément, qu'elle ne me trahirait pas, qu'elle avait assez d'expérience et de largeur d'esprit pour ne pas se permettre de me juger mais, par un étrange scrupule, j'avais honte de lui avouer cette passade avec un inconnu. Quant à l'avortement, dont l'idée m'avait effleurée, je l'avais aussitôt repoussé avec horreur.

» Je n'ai jamais été attirée par la religion, Vivianne. Les adultes s'étaient chargés de me faire haïr Dieu dès mon enfance. Quand un enfant souffre d'injustice et de mauvais traitements, comment peut-il croire en Lui? Tout au long de mon adolescence, je me demandais pourquoi un Dieu censé être juste et bon permettait au mal de régner sur le monde. Faute de réponse à cette interrogation, je me sentais abandonnée de Dieu et je ne croyais donc plus en Son existence.

» Après mon mariage avec Édouard, issu d'une famille de longue tradition catholique, il m'avait fallu feindre une dévotion que je n'éprouvais pas et assister à des cérémonies dont la pompe me laissait indifférente. Imaginez ma stupeur lorsqu'un jour de la fin août, au hasard d'une promenade, je me suis surprise à pousser la porte d'une église, Saint-Étienne-du-Mont, dont j'ignorais jusqu'alors l'existence. Je serais incapable aujourd'hui encore de vous dire ce qui m'a incitée ce jour-là à y pénétrer. Je n'avais certes pas l'intention de prier ; la prière m'était aussi étrangère qu'une langue morte. Disons simplement qu'il faisait chaud, que je cherchais à me reposer dans un endroit frais et que, une fois à l'intérieur, le silence et la beauté du lieu m'avaient décidée à y rester.

» Au bout d'un moment, assise dans la nef, je m'étais sentie baignée d'une paix profonde et mon esprit tourmenté retrouvait peu à peu sa sérénité et sa lucidité. C'est alors qu'une véritable illumination m'avait éblouie : la solution que je cherchais désespérément depuis des semaines s'offrait à moi, si limpide, si évidente, que je n'avais pu retenir un cri de surprise. Mon amour pour l'enfant que je portais me submergeait d'une émotion intense et me montrait la voie : cet enfant *devait* être celui qu'Édouard appelait en vain de ses vœux. C'est lui qui sauverait notre ménage et nous redonnerait le bonheur. Bien loin de constituer un obstacle ou un danger, son existence même résolvait tout.

» Du jour au lendemain, mon trouble et mes remords se dissipèrent. Lorsque Édouard revint de Brazzaville début septembre, je savais que tout irait bien. Bronzé, en pleine forme et d'excellente humeur, il se réjouissait de rentrer chez lui et de me retrouver. Ses premières paroles furent pour me demander pardon de son comportement désagréable des mois précédents. Nous sommes allés passer le week-end en amoureux dans le château de Normandie, où nous avons fait l'amour avec une passion décuplée par l'absence. Je me rendis compte à quel point j'aimais mon mari et combien je tenais à lui. Mon amour pour Édouard sortait renforcé de notre séparation et de nos retrouvailles.

» Un mois plus tard, quand je lui annonçai que j'étais enceinte, il accueillit la nouvelle avec une joie débordante. Pendant toute ma grossesse, il se montra plus amoureux, plus tendre, plus attentionné que jamais, et, pour ma part, je nageais dans la béatitude. Par moments, bien sûr, le remords revenait me tourmenter. J'étais trop franche de nature pour m'absoudre sans scrupules d'une telle tromperie ; mais à chaque fois que ma conscience me troublait, je la faisais taire en pensant à Édouard et à l'enfant que j'allais lui donner. Déçu par sa première femme, il aurait enfin, grâce à moi, l'héritier dont il rêvait pour perpétuer son nom et sa lignée. Il ne saurait jamais que l'enfant n'était pas de lui. Et comme de toute façon il serait un bon père, cet enfant deviendrait réellement le sien par l'amour qu'il lui porterait, j'en étais convaincue. Quant à Joe Anthony, depuis longtemps rentré aux États-Unis, il ne me connaissait que sous le nom de Geneviève Brunot. Mon enfant ne risquait rien de ce côté-là ni moi non plus, puisque je ne reverrais jamais ce garçon – du moins en étais-je persuadée.

» Ma fille est venue au monde huit mois après le retour d'Édouard, si menue et délicate que je me suis abstenue de le détromper quand il l'a crue prématurée. Nous l'avons appelée Ariel, un nom qui convenait à sa nature aérienne et lumineuse comme celle d'un pur esprit.

» La première année, Édouard était fou d'Ariel. Et puis, peu à peu, j'ai vu revenir chez lui les sautes d'humeur que je connaissais trop bien. Il se plaignait de plus en plus ouvertement de n'avoir pas de fils, mais je savais que nous aurions beau faire l'amour, je ne pourrais pas lui en donner un, puisqu'il était stérile. Plus son humeur s'assombrissait, plus le découragement m'abattait. Ce désir d'avoir un fils devenait chez mon mari une véritable obsession. Au deuxième anniversaire d'Ariel, il était devenu littéralement invivable.

» Je ne savais plus à quel saint me vouer quand, dans le courant de l'été, Édouard fut appelé d'urgence à Brazzaville. Son oncle était tombé gravement malade et avait besoin de lui pour diriger ses affaires jusqu'à son rétablissement. Son départ, je l'avoue, me causa un profond soulagement car j'avais grand besoin de tranquillité pour retrouver mon équilibre. Cette même semaine, Désirée de Marmont partait pour Biarritz et me suppliait de l'accompagner. Après avoir hésité, j'ai fini par accepter et je suis partie avec elle en emmenant Ariel et sa nurse.

» Le hasard voulut alors que je rencontre un homme, un ami de Désirée tout à fait charmant, qui me faisait une cour assidue, m'invitait à déjeuner, à prendre le thé, à me promener en voiture. Je savais qu'il était marié mais que son ménage marchait mal depuis longtemps. A l'évidence, je l'attirais ; il me plaisait aussi, de sorte que ma décision s'imposa d'elle-même, si je puis dire. Puisque mon mari voulait un fils, je le lui donnerais – grâce aux bons offices de Patrick. Par discrétion, permettez-moi de m'en tenir à son prénom, car il vit encore.

» C'est ainsi que Charles a été conçu, Vivianne. Je vous donne peut-être l'impression d'avoir agi cyniquement dans cette affaire mais ce n'était pas le cas, croyez-moi. Patrick était un homme plein de qualités, qui a su me rendre les miennes. Avec lui, j'étais de nouveau désirable, ma nervosité s'apaisait. Je ne m'étais pas sentie aussi bien dans ma peau depuis longtemps. Pour brève qu'elle ait été, notre liaison était très différente de mon aventure avec Joe Anthony. Joe et moi étions tombés par hasard dans les bras l'un de l'autre, alors que Patrick et moi recherchions chacun quelque chose de précis, lui à se consoler de ses déboires conjugaux, moi le moyen de satisfaire à une sorte d'obligation. Cela ne nous empêchait pas d'éprouver l'un pour l'autre estime et affection.

» A peine Édouard eut-il tenu son fils dans ses bras qu'il redevint l'homme accompli et le mari parfait que j'avais épousé. Son amour passionné pour les enfants et moi ne s'est plus démenti par la suite. C'est donc avec un père et un époux idéal que se sont écoulées pour moi les vingt années suivantes, les meilleures, les plus belles de ma vie.

267

Pas un instant je ne pensai à jeter un regard en arrière. Joe et Patrick s'étaient effacés de ma mémoire au point que je doutais parfois de leur existence réelle. J'étais heureuse, comblée, je vivais enfin le grand bonheur dont j'avais si longtemps rêvé. J'en oubliais mon épouvantable jeunesse et les épreuves que j'y avais subies. Mon double rôle d'épouse et de mère m'épanouissait...

Je m'interrompis, inquiète de la réaction de Vivianne.

— Je crains de vous avoir choquée en laissant croire à Édouard qu'Ariel et Charles étaient de lui.

— Pas du tout, Audrey! protesta-t-elle avec véhémence. Vous avez donné à votre mari tout ce qu'il désirait, vous l'avez rendu heureux. Ces enfants sont réellement les siens puisqu'il les a aimés et élevés. Il ne suffit pas de féconder une femme pour se prétendre père; la véritable paternité se mérite *après* la naissance. D'après ce que vous m'avez dit, votre mari aimait Ariel et Charles de tout son cœur. N'est-ce pas tout ce qui compte?

— Merci, Vivianne. J'apprécie vos paroles plus que je ne saurais le dire. Mais reprenons. Après la naissance de Charles, je vivais dans un bonheur sans nuage. Or, au printemps de 1983, mon univers s'est brutalement écroulé.

La gorge desséchée, je m'interrompis pour boire une gorgée de champagne.

— Que s'est-il passé? voulut savoir Vivianne.

— J'ai reçu un jour une lettre d'un parfait inconnu, un certain Sam Loring, de Chicago, qui m'annonçait son passage à Paris et souhaitait me parler de ses vieux amis Joe Anthony et Geneviève Brunot. Imaginez ma stupeur et mon désarroi! Au bout de deux jours, j'ai réussi à prendre sur moi pour lui téléphoner à l'hôtel Scribe, comme il le demandait, et nous nous sommes rencontrés dans le hall de l'hôtel. Je n'avais jamais vu auparavant cet escogriffe dégingandé, grisonnant et aux traits burinés qui semblait avoir une bonne soixantaine d'années.

» Je lui demandai d'entrée ce qu'il me voulait. Il me répéta en substance les termes de sa lettre, à savoir qu'il était un vieil ami de Joe Anthony et n'ignorait rien de ma liaison avec lui à Cannes vingt-trois ans plus tôt, en me précisant que j'étais descendue à l'hôtel Gray d'Albion sous le nom de Geneviève Brunot. Bien entendu, je niai tout en bloc, ce qui ne l'impressionna pas le moins du monde. Il se borna à déclarer que je ne désirais sûrement pas que mon mari soit informé de cet adultère, qui remettrait en cause la légitimité de ma fille Ariel.

» Je me levais pour partir en affirmant avec indignation ne rien comprendre à ses propos quand il sortit de sa poche un rectangle de papier et me le mit sous le nez : c'était une photo que Joe et moi avions négligé d'acheter au photographe de La Chunga. Nous étions enlacés sur la piste dans une pose qui ne laissait aucun doute sur la nature de nos rapports. Pour comble de malheur, le photographe avait apposé au dos du cliché son cachet où figurait la date de juillet 1960. J'étais bel et bien prise au piège.

» Pour la forme, j'ai demandé à Sam Loring ce qu'il attendait de moi. J'avais déjà compris qu'il voulait de l'argent et je savais aussi que si je cédais à son chantage, je m'exposais à ce qu'il le renouvelle à sa guise. Pourtant, je n'avais pas le choix. Si Loring ne pouvait pas prouver qu'Ariel n'était pas d'Édouard, la date de la photo était en elle-même assez compromettante pour soulever un doute. Il ne fallait à aucun prix qu'Édouard soit amené à s'interroger sur la naissance d'Ariel, encore moins de Charles. Mon premier devoir consistait donc à protéger mes enfants et mon mari. Certes, Édouard était en parfaite santé, mais il avait quatre-vingt-six ans et je ne voulais pas risquer de lui infliger un choc qui pourrait lui être fatal.

» Le choc, ce fut moi qui le subis quand Loring exigea cent mille dollars pour prix de son silence. Je lui répondis que je n'avais nulle intention de les lui donner, rien ne me garantissant qu'il s'en tiendrait là. Il me rétorqua que j'étais bien obligée de me fier à sa parole car, ajouta-t-il en citant un proverbe – arabe ou chinois, je ne sais plus –, la parole d'un voleur vaut de l'or. Je lui ris au nez en lui demandant pourquoi il avait attendu si longtemps avant de venir me raconter cette fable si invraisemblable que personne n'y croirait. Il m'expliqua que, vivant d'une modeste retraite, il faisait face à des problèmes familiaux et financiers inattendus et d'une telle gravité qu'il s'était résigné, en désespoir de cause, à y remédier de cette façon. Sinon, précisa-t-il, il n'aurait jamais cherché à entrer en contact avec moi. Je voulus alors savoir qui était Joe Anthony, comment il le connaissait et par quel moyen il se trouvait en possession de cette vieille photographie. L'histoire que Loring me raconta alors était étrange, Vivianne, mais je la crus sans peine, je l'avoue.

» Loring avait été l'employé d'un important homme d'affaires américain, dont il dirigeait les services de sécurité. Au cours de l'été 1960, son patron l'avait envoyé en Europe avec pour mission de suivre discrètement son fils, qui voyageait seul en France et en Italie, afin de veiller à ce que le jeune homme ne commette pas de bêtises trop sérieuses. Bien entendu, le jeune homme en question n'était autre que Joe Anthony. Dès le début, Loring fut au courant de notre aventure. Il nous avait vus passer notre première journée sur la plage, danser le lendemain soir à La Chunga, entrer de mon hôtel et en sortir ensemble.

» Quand j'avais fait mes adieux à Joe, Loring avait chargé un détective privé français de me suivre. L'homme avait pris le Train Bleu en même temps que moi et m'avait filée jusque chez moi. Dans les vingt-quatre heures, Loring savait donc précisément qui j'étais. Il était même informé de la date de la naissance d'Ariel et de la clinique où j'avais accouché. Par l'intermédiaire de son correspondant français, il avait continué à me surveiller plusieurs années, afin de parer à toute éventualité si Joe Anthony cherchait à me revoir. Quant à la photo, il s'était contenté de l'acheter au photographe de La Chunga le lendemain de cette soirée et la conservait à tout hasard depuis vingt-trois ans.

» J'ai répondu que je m'arrangerais pour réunir la somme et pris rendez-vous avec lui trois jours plus tard. Dans le taxi qui me ramenait chez moi, je me répétais quand même que Loring ne détenait aucune preuve solide et que j'aurais tort de céder à son chantage. Mais à peine revenue dans cette maison, j'ai compris que je ne pouvais pas me dédire. J'avais beaucoup trop à perdre s'il mettait sa menace à exécution. Je me suis donc procuré les cent mille dollars en billets de banque que Loring exigeait. Harry Robson, mon défunt mari, m'avait heureusement légué une coquette fortune, grâce à laquelle je suis parvenue sans trop de peine à satisfaire le maître chanteur sans toucher à l'argent d'Édouard ni, surtout, éveiller ses soupçons.

» Lorsque je revis Loring à la fin de la semaine, j'ai bien entendu exigé qu'il me remette la photo en échange de l'argent et je lui fis promettre, sans illusion à vrai dire, de ne plus chercher à me rançonner à l'avenir. Je prenais ce jour-là un risque considérable mais je voulais avant tout me débarrasser de cet homme.

» Loring me donna sa parole que je n'entendrais plus parler de lui. Puis, en me remettant la photo, il déclara : " Beau garçon, n'est-ce pas, ce Joe Anthony ? Sauf qu'il ne s'appelle ni Joe ni Anthony. " Alors, voyant mon étonnement, il précisa : " Vous n'étiez pas la seule, cet été-là, madame, à vous affubler d'un faux nom. Joe Anthony s'appelle en réalité Sebastian Locke... "

33

En entendant mes derniers mots, Vivianne sursauta et devint livide.

— Grand Dieu! Sebastian, Joe Anthony?... Mais alors, le père d'Ariel, c'était lui?... Non, non...

— Si, Vivianne.

— Sebastian l'a-t-il appris? Est-ce la raison de son suicide? Mais oui, bien sûr! Il n'a pas pu survivre à la honte de son inceste, même involontaire. C'est bien cela, n'est-ce pas? Parlez, Audrey, je vous en prie.

J'ai gardé le silence quelques instants avant de répondre.

— Il y a bien davantage. Afin que vous compreniez tout, Vivianne, je dois remonter très loin en arrière et reprendre mon récit au début de ma vie.

» Je suis née le 6 avril 1922 à Queens, dans la banlieue de New York. Mes parents, Niall et Maureen Rafferty, m'ont baptisée Mary Ellen. Mes premières années ont été très heureuses, mais à la mort de mon père, ouvrier du bâtiment victime d'un accident du travail en 1927, la situation a radicalement changé pour ma mère et moi. Au cours des deux années suivantes, ma mère s'est évertuée à gagner notre vie. Pourtant, en dépit de ses efforts, la misère nous guettait. C'était une jolie femme, mais frêle et délicate. Aussi, lorsqu'un camarade de mon père, Tommy Reagan, bon travailleur, gros buveur et célibataire endurci, lui fit la cour vers cette époque-là, elle n'hésita pas à accepter ses avances et l'épousa quelques mois plus tard.

» Frappé par la crise de 1929 qui mettait au chômage par milliers les ouvriers du bâtiment, mon beau-père avait réussi à retrouver un emploi stable dans le New Jersey comme directeur d'une exploitation pilote qui appartenait à un riche industriel, fabricant de matériel agricole. Il gagnait un bon salaire et bénéficiait d'un logement sur la propriété, une maison assez grande, selon lui, pour loger sa nouvelle famille. Au début, je m'étais réjouie de vivre à la campagne et d'avoir à nouveau un homme pour veiller sur nous. J'ai dû vite déchanter. Tommy Reagan me détestait parce que j'étais l'enfant d'un autre. Avec le recul, je crois qu'il éprouvait en réalité une jalousie maladive de l'amour que ma mère me portait et de la place que j'occupais, indûment, croyait-il, dans son cœur.

» Quoi qu'il en soit, il m'accablait de reproches dès que la moindre chose allait mal et n'hésitait pas à me battre sans même aucun prétexte. Au début, il prenait soin de ne pas me brutaliser en présence de ma mère puis, s'étant rendu compte combien elle dépendait de lui, il négligea peu à peu les apparences. Peut-être aussi ne se souciait-il déjà plus de l'opinion de ma mère. Sans en avoir jamais eu la certitude absolue, je crois toutefois pouvoir affirmer que le ménage avait très vite battu de l'aile.

» Doté d'une conception très personnelle de la discipline, Tommy Reagan était l'exemple typique de l'homme violent de nature qui se transforme en tyran quand on lui accorde une simple parcelle d'autorité. Aussi lâche que brutal, il ne s'attaquait qu'aux plus faibles, incapables de lui tenir tête. Ma mère et moi étions terrorisées, je faisais de mon mieux pour l'éviter. Si ma mère osait prendre ma défense, elle devait à chaque fois battre en retraite. Je l'entendais souvent pleurer, la nuit, dans son lit, surtout quand il avait bu. En fait, mon beau-père avait trouvé en moi le parfait souffre-douleur. Je n'ai mesuré que des années plus tard l'étendue et la gravité de son sadisme.

» Par malheur, ma mère avait contracté au bout de trois ans une maladie cardiaque qui la rendait quasi invalide et la clouait au lit la moitié du temps. Sa mauvaise santé aggravait la fureur de mon beau-père qui, plus que jamais, déversait sur moi son excès de bile. Non seulement il me battait quand la fantaisie lui en prenait mais j'étais devenue son esclave domestique. Ma mère étant trop affaiblie, c'était à moi seule qu'il incombait de faire le ménage et la cuisine pour nous trois. J'avais dix ans.

» Je mûrissais vite, Vivianne. A treize ans, j'étais presque aussi développée qu'une femme faite – ma mère me disait d'ailleurs que je serais très belle plus tard. Il n'est pas étonnant, dans ces conditions, que j'aie attiré l'œil du propriétaire de l'exploitation au cours de l'été 1935. Je le rencontrais rarement jusqu'alors, je ne vis plus que lui à partir de ce jour-là. Partout où j'allais, il me croisait " par hasard " et je sentais son regard me suivre avec insistance. De jour en jour il se montrait plus amical, m'invitait dans la grande maison, m'offrait des bonbons, des rubans pour mes cheveux, des magazines, un livre. Mais cela ne lui suffisait pas. Ses mains s'égaraient sur ma poitrine, se fourraient sous ma jupe, s'insinuaient entre mes cuisses, bref, partout où il lui prenait l'envie de me tripoter.

» C'est ainsi, Vivianne, que commença mon véritable calvaire. Bientôt, cet homme prit l'habitude de déboutonner son pantalon, de s'exhiber et de me forcer à le toucher. Certains jours, il m'obligeait aussi à me déshabiller. J'étais terrifiée mais je ne pouvais rien faire pour mettre fin à ses agissements. Je ne voulais pas risquer d'aggraver l'état de ma mère malade en lui rapportant mes malheurs et je n'osais pas approcher mon beau-père. De toute façon, il ne m'aurait pas crue – je le soupçonnais même, tant il me haïssait, d'être au courant et de feindre de ne rien voir. Alors, je me taisais et j'essayais de me convaincre que je faisais un mauvais rêve. Le propriétaire m'avait avertie que si je soufflais mot à quiconque de ce qu'il faisait avec moi dans son bureau, il se débarrasserait de nous trois sur-le-champ et chasserait mon beau-père sans un sou ni une référence. Et moi, je me sentais coupable alors que je n'étais pour rien dans la manière inqualifiable dont il abusait de moi.

» Il m'a violée pour la première fois en septembre 1936. J'avais quatorze ans, j'étais vierge et, du fait de sa brutalité, j'ai saigné d'abondance. Dans sa hâte d'assouvir sa lubricité, il n'avait pas fermé à clef la porte de son bureau et une femme de chambre nous a surpris. Mon état et la flaque de sang sur le tapis étant assez explicites, elle a d'abord réagi en menaçant son patron de le dénoncer. Malheureusement pour moi, devrais-je dire, le scandale a été évité de justesse. Comme tous les autres employés de l'exploitation, elle avait trop peur de perdre son emploi pour aller au bout de sa menace, de sorte que cet individu a continué à faire de moi ce qu'il voulait.

» Il ne m'a mise enceinte qu'au cours de l'hiver 1937. J'avais quinze ans et j'étais plus terrifiée que jamais en prenant conscience de ce qui m'arrivait. Mais les temps étaient durs et notre sort dépendait de cet homme. Ma mère pleura beaucoup. Quant à mon beau-père, il m'accusa d'être une dévergondée et me prédit que je finirais en enfer.

» Le propriétaire, âgé d'une trentaine d'années, était encore célibataire. L'idée de prendre femme et d'avoir un enfant avait dû lui plaire car, à ma propre stupeur comme à celle de Tommy Reagan, il décida de m'épouser. Le mariage, célébré par un juge de la petite ville voisine, eut lieu à la sauvette, avec pour seuls témoins quelques employés de l'exploitation. Aussitôt après, mon étrange mari me laissa chez mes parents et s'éclipsa. Il ne reparut que plusieurs semaines plus tard, m'installa dans la grande maison et se remit à forniquer avec moi jusqu'à ce que mon état rende la chose impossible. Il me parlait à peine, ne me manifestait jamais la moindre tendresse. Plus que jamais, je rêvais de m'enfuir mais je savais que ce serait impossible.

» Les premières douleurs me prirent le 1er juin 1938 et durèrent deux jours. Lorsque l'enfant vint enfin au monde, le 3 juin, j'étais tellement épuisée que je n'eus pas même la force de pleurer en apprenant qu'il était mort-né. Prostrée, affaiblie, terrorisée, je suis restée malade plusieurs mois. Je ne voulais pas guérir : tant que je serais au lit, me disais-je, personne ne me ferait de mal. Je savais pourtant que je ne pourrais pas me cacher éternellement.

» Quand je fus à peu près remise sur pied, mon beau-père me signifia que mon mari voulait que je parte en convalescence et qu'ils avaient décidé d'un commun accord de m'envoyer à Londres chez ma tante Bronagh, la sœur de ma mère. C'est elle, ai-je appris plus tard, qui en avait eu l'idée et, par miracle, ni son mari ni le mien ne s'y étaient opposés. Je ne puis vous décrire mon soulagement de pouvoir enfin m'éloigner de cet enfer ! Je n'ai pas même vu mon mari avant d'aller prendre le bateau à New York car il était, paraît-il, en voyage d'affaires au Canada. Je savais seulement qu'il avait payé mon billet, quelques robes neuves et qu'il m'offrait *généreusement* trois cents dollars en guise d'argent de poche pour mon séjour à Londres.

» Je me souviendrai toujours, Vivianne, de ce que m'a dit ma mère le jour de mon départ et de l'expression de son regard quand je me suis penchée vers elle pour l'embrasser : " Ne reviens jamais ici, ma chérie, ce lieu est maudit ", m'a-t-elle murmuré à l'oreille. Pour la première fois depuis des années, je la voyais heureuse parce qu'elle me savait enfin sauvée...

Lasse d'avoir tant parlé, je m'interrompis un instant pour boire une gorgée de champagne et prendre une position plus commode.

— Vous ne vous arrêtez pas, au moins? s'écria Vivianne. Je veux entendre la fin de votre histoire.

— Oui, Vivianne, je vous dirai tout. Tout ce que personne au monde n'a encore jamais entendu.

34

— C'est à Londres, Vivianne, que j'ai vécu ma deuxième vie. Une vie autrement plus heureuse que la première, grâce en très grande partie à ma chère tante Bronagh.

» Bronagh, la plus jeune sœur de ma mère, était actrice de profession. Elle jouait dans une petite troupe de Greenwich Village, où elle avait fait la connaissance d'un jeune acteur britannique, Jonathan St. James. Ils étaient tombés amoureux l'un de l'autre et elle avait suivi Jonathan lorsqu'il avait regagné l'Angleterre, en 1933. Quand je suis arrivée chez eux, ils étaient mariés depuis cinq ans.

» En franchissant le seuil de leur petite maison de Pimlico, où ils m'accueillaient à bras ouverts dans une atmosphère chaleureuse et douillette, mon moral remonta en flèche. Bronagh et Jonathan n'avaient pas soixante ans à eux deux. Ils débordaient d'enthousiasme et de vitalité, menaient une joyeuse vie de bohème, s'aimaient à la folie et adoraient le théâtre. Leur bonheur, leur gaieté étaient si contagieux que ma santé physique et mentale ne tarda pas à se rétablir. Je me sentis bientôt plus heureuse que je ne l'avais été dans ma petite enfance, avant la mort de mon père.

» Bronagh se montrait si bonne et compréhensive que je me suis confiée à elle peu à peu, jusqu'à ce qu'elle n'ignore plus rien de mes tribulations. Jonathan était encore plus indigné qu'elle. Ils n'eurent aucun mal à me convaincre de ne jamais remettre les pieds dans le New Jersey où, à vrai dire, personne ne me réclamait ni ne semblait se soucier de mon sort. Seule ma mère m'écrivait régulièrement pour me dire qu'elle m'aimait.

» Ainsi dorlotée, je reprenais du poids et des couleurs. En six mois, j'étais devenue une autre femme – le bouton de rose fleurissait, comme disait Bronagh. Jonathan et elle avaient accompli un miracle mais surtout, grâce à eux, je me sentais en sûreté comme jamais auparavant. Je ne tressaillais plus au moindre bruit, je n'avais plus peur d'être battue ou violée. Je commençais à me dire que la terreur constante dans laquelle j'avais vécu jusqu'alors s'évanouirait un jour pour de bon. Naguère encore, je croyais sérieusement que la mort représentait la seule issue à mes tourments. Je n'étais qu'une enfant de treize ans quand j'avais songé au suicide pour la première fois parce que, n'ayant jamais eu d'enfance, je ne connaissais rien d'autre ni de mieux. Ces premiers mois de mon séjour à Londres m'ont donc permis de franchir un pas décisif : je pouvais désormais prendre un nouveau départ dans la vie en changeant de peau et de personnalité.

» Cet été-là, par une de ses amies, Bronagh m'avait trouvé un job de danseuse dans un music-hall du West End. Ma taille et ma ligne me rendaient parfaite pour cet emploi, où je me suis tout de suite sentie dans mon élément. Les paillettes, les costumes, les feux de la rampe, les ovations du public, tout m'enchantait. Je me découvrais faite pour la scène et je m'y suis adonnée avec d'autant plus de ferveur qu'elle m'aidait à oublier mes épreuves et mes pensées morbides. La vie s'ouvrait devant moi.

» J'abordais un monde tout neuf, il me fallait donc un nouveau nom. Rejetant à jamais celui de Mary Ellen Rafferty, symbole de tant de souffrances et d'humiliations, je devins Audrey Lysle. En adoptant ce nom, je me dotais aussi d'une personnalité nouvelle. Audrey n'avait jamais été souillée ni brutalisée, elle était pure, intacte. Chaque soir, lorsque j'entrais en scène, couverte de plumes et de strass, je me sentais transfigurée, je renaissais, au sens propre du terme. Il m'arrivait, de temps à autre, de regretter ma mère, de m'inquiéter à son sujet et de penser à mon bébé mort-né, mais ces moments de tristesse ne duraient guère. Après tout, je n'avais que seize ans, je ne voulais plus regarder en arrière. J'avais ma vie, la vie d'Audrey, devant moi.

» J'étais sans nouvelles de mon mari, dont le silence persistant me soulageait. Au début, je craignais qu'il ne me force à revenir en Amérique mais, à mesure que le temps passait, je reprenais confiance. C'est alors, le 3 septembre 1939, que la guerre éclata. Je ne m'étendrai pas sur ces années de guerre à Londres, elles appartiennent à l'Histoire. Je me bornerai à vous dire qu'après avoir subi, avec tous les Londoniens, ma part de dangers et d'épreuves, j'en suis sortie sans trop de dommages et, tout compte fait, mieux que beaucoup d'autres, moins chanceux.

» Peu après l'entrée en guerre des États-Unis, à la fin de 1941, les troupes américaines commencèrent à déferler sur la Grande-Bretagne. J'osais à peine regarder les GI, de peur de reconnaître mon beau-père que, Dieu merci, je ne vis jamais. Quant à mon mari, je savais simplement qu'il avait vendu son exploitation du New Jersey et obtenu le divorce. Le jugement m'avait été transmis dans le courant de la guerre et je n'entendis plus parler de lui par la suite.

» Vous imaginez sans peine, Vivianne, qu'une girl de music-hall avec mon physique ne manquait pas d'admirateurs. S'il m'arrivait de sortir avec certains d'entre eux, je restais toujours sur mes gardes. Rendue méfiante par mon passé, je ne voulais plus m'exposer à la cruauté des hommes. Pourtant, en 1943, je fis la connaissance d'un officier anglais. Capitaine des Coldstream Guards, l'Hono-

280

rable Harry Robson était le fils d'un lord trois fois veuf. La mère de Harry, sa troisième épouse, était une richissime Américaine morte en 1940 en léguant sa fortune à son fils.

» Quand nous avons commencé à sortir ensemble, j'avais vingt et un ans et Harry vingt-huit. Il était très amoureux de moi, je l'étais de lui – un peu moins, je crois. Harry me plaisait, bien sûr, mais il était surtout le premier homme réellement bon et généreux que je rencontrais depuis Jonathan St. James. Encouragée par ma tante et son mari, j'ai donc accepté la demande de Harry et nous nous sommes mariés en 1944, juste avant l'armistice. Harry me demanda alors de quitter la scène, ce que je fis sans hésiter. Je m'étais habituée aux hommages masculins, auxquels j'avoue sans honte avoir pris plaisir. Mais en toute sincérité, j'éprouvais toujours une peur latente de me trouver en butte à des assiduités importunes, contre lesquelles je n'aurais su ou n'aurais pu me défendre. Depuis, malgré mon amour de la scène, je n'ai jamais regretté cette décision.

» C'est ainsi qu'a commencé ma troisième vie, celle d'une digne lady. Harry et moi avons vécu cinq ans ensemble, cinq belles et bonnes années. Je faisais tout pour le rendre heureux, il m'apportait la sécurité et me comblait d'amour. Nous aurions pu continuer longtemps ainsi quand, en 1949, il fut renversé par un autobus en traversant Oxford Street et succomba huit jours plus tard d'hémorragies internes. Sa mort m'affecta profondément. A ma manière, je l'aimais sincèrement et je n'ai cessé de regretter cet homme doux et généreux qui avait été si bon pour moi.

» Pendant mon deuil, je me suis retirée du monde en me demandant ce que j'allais faire du reste de mon existence. Je n'avais que vingt-sept ans et, grâce à Harry dont j'étais l'unique légataire, je disposais d'une belle fortune. Je ne souhaitais pas le moins du monde retourner aux États-Unis. Ma mère était morte peu après mon mariage avec

Harry ; rien ni personne ne m'attirait là-bas. C'est ainsi, un an après mon veuvage, que je suis allée en vacances en France afin de me changer les idées. Séduite par Paris dès mon arrivée, comme je vous l'ai expliqué, j'ai décidé de m'y établir et de quitter définitivement Londres où rien ne me retenait. Cinq ans plus tard, mon mariage avec Édouard scellait le début de ma quatrième vie. Je ne m'étendrai pas sur ces années-là, Vivianne, vous en connaissez déjà l'essentiel.

» J'en arrive au chantage de Sam Loring, en 1983, et aux cent mille dollars que je m'étais laissé extorquer pour prix de son silence sur ma liaison avec Joe Anthony ou, plutôt, Sebastian Locke. Je savais qu'en lui cédant, je prenais le risque de m'exposer à de nouvelles exigences de sa part. Toutefois, au bout de quelques jours, un sujet d'inquiétude aux implications autrement plus graves vint supplanter cette crainte dans mon esprit. J'ai donc décidé, sous prétexte de problèmes familiaux à régler, de me rendre en Amérique afin de vérifier certaines choses par moi-même. Édouard me laissa partir seule car, à son âge, les voyages le rebutaient. Dès mon arrivée à New York, j'engageai un détective privé auquel il ne fallut pas longtemps pour me procurer les documents demandés.

» Ce que je redoutais de pire était vrai. Le choc fut tel que, plusieurs jours durant, je suis restée prostrée, hors d'état de recouvrer ma lucidité. Puis, à mesure qu'elle me revenait, mon accablement fit place à la fureur. Pour la première fois de ma vie, j'éprouvais l'envie, non, le *besoin* de tuer quelqu'un de mes propres mains...

Je dus m'interrompre. La rage qui m'avait saisie douze ans auparavant m'aveuglait à nouveau et me faisait trembler. Il me fallut un long moment pour me ressaisir.

— Cette fureur ne m'a jamais quittée, Vivianne. Pas plus que le désir de tuer cet individu.

Vivianne me dévisageait avec étonnement.

– Quel individu ? De qui parlez-vous, Audrey ?

– De Cyrus Locke.

– Cyrus ? Mais... pourquoi ? A cause de Loring ? Parce qu'il l'avait chargé de suivre Sebastian quand vous l'aviez rencontré à Cannes ?

– Non, Vivianne, cela n'a rien à voir avec Loring. Cet homme a joué au contraire un rôle providentiel. Il m'a rendu à son insu un service inestimable en me permettant d'éviter une affreuse tragédie.

Vivianne était visiblement déconcertée.

– Désolée, Audrey, mais je ne vous suis plus.

– Bien sûr, vous ne pouvez pas encore comprendre...

La gorge soudain nouée, je m'interrompis de nouveau. Je tremblais, les larmes me montaient aux yeux. Au prix d'un effort qui m'épuisa, je parvins quand même à me dominer.

– Cyrus Locke était le propriétaire de cette exploitation agricole dans le New Jersey. C'est *lui* qui avait abusé de moi quand j'étais encore enfant, *lui* qui m'avait violée à quinze ans, *lui* qui m'avait fait un enfant et m'avait épousée, avant de me répudier comme on jette un haillon sans valeur. Et c'est *lui* qui avait volé mon enfant en prétendant qu'il était mort-né. Il mentait. Mon fils a vécu. Mon fils... Sebastian.

J'avais à peine prononcé son nom que mes larmes jaillirent sans que je puisse les contenir.

Vivianne vint s'asseoir près de moi, me serra dans ses bras pour tenter de me réconforter. Le visage enfoui dans mes mains tremblantes, je sentais mon cœur se briser et je pleurais comme j'avais pleuré en cette soirée de 1983, en découvrant l'épouvantable vérité.

35

Un long moment s'écoula avant que je ne trouve la force de m'arracher à l'étreinte de Vivianne, de m'essuyer les yeux et de la regarder en face. Elle était livide.

– Merci de votre sympathie, ma chère petite, ai-je dit en lui prenant la main. Il faut que je termine mon histoire.

Elle approuva d'un signe de tête.

– Revenons quelques jours en arrière, ai-je poursuivi. Les informations communiquées par Sam Loring ayant éveillé mes soupçons, je me suis interrogée sur l'âge de Joe Anthony – je préfère l'appeler ainsi plutôt que Sebastian. Au moment de notre rencontre à Cannes, il avait vingt-deux ans et moi trente-huit. Ces seize ans de différence m'obsédaient. Mon enfant était venu au monde le 3 juin 1938, un garçon mort-né, selon Cyrus Locke et la sage-femme qui m'avait accouchée. S'il avait vécu, il aurait eu vingt-deux ans en 1960. Or, il était hautement improbable que Cyrus Locke ait eu deux fils en 1938. Le mien devait donc être le seul, d'autant que Cyrus ne s'était remarié que des années plus tard.

» L'impensable était-il possible ? Etait-il vraisemblable que mon enfant fût vivant et que ce fût Sebastian ? Dans ce cas, ma fille Ariel avait-elle été engendrée par mon propre fils ?... J'étais horrifiée au point que je me suis d'abord refusée à l'envisager. Puis, quand la logique reprit ses droits et que je finis par admettre que Cyrus Locke avait menti, ce fut pour mieux sombrer dans le cauchemar à l'idée que nous avions commis, même à notre insu, ce monstrueux inceste. Mon propre fils père de ma fille Ariel! A chaque fois que j'y pensais, je croyais devenir folle. Aussi, après m'être torturé la conscience, j'ai conclu que je n'avais qu'une chose à faire : aller à New York chercher des preuves. Si je voulais sauver ma raison, je devais savoir toute la vérité.

» Comme je vous l'ai dit, j'avais chargé un détective privé de me fournir certains documents ainsi qu'un rapport détaillé sur Cyrus Locke. Je savais vaguement par la lecture des journaux, qu'il s'était remarié après notre divorce et avait eu des enfants mais, voulant effacer de ma mémoire tout ce qui se rapportait à la plus pénible période de ma vie, je n'y avais jamais accordé beaucoup d'attention.

» L'enquêteur se procura sans difficulté les documents demandés. Sur le plus important, l'acte de naissance de Sebastian, figuraient sa date de naissance, le 3 juin 1938, le nom du père, Cyrus Lyon Locke, et celui de la mère, Mary Ellen Rafferty, c'est-à-dire moi-même, ainsi que le lieu, Reddington Farm, comté de Somerset, New Jersey. Le détective avait aussi obtenu mon certificat de mariage.

» Le rapport concernant Cyrus Locke me renseignait sur un détail capital. Après avoir vendu son exploitation du New Jersey, il s'était installé à demeure dans le Maine, où il avait acheté une propriété en décembre 1937, donc, peu de temps après m'avoir épousée. C'est là qu'il avait emmené mon bébé, élevé par une nurse jusqu'à son remariage, plusieurs années après. Je tenais désormais la preuve qu'il avait tout manigancé de longue date. Quand il m'avait violée, il avait trente-trois ans et il était célibataire. En apprenant que j'étais enceinte, il m'avait épousée à seule fin de garder l'enfant. Je ne l'intéressais pas, il ne voulait qu'un héritier.

Voilà, j'en suis sûre, la seule explication à sa conduite. Sinon, pourquoi m'aurait-il volé mon enfant ?

» Cette découverte m'accabla au point qu'il me fallut près d'une semaine pour recouvrer la force de prendre l'avion et de rentrer en France. J'avais ma vie là-bas, une famille que j'adorais et qui m'attendait. Mais le coup que je venais de subir était si rude que je suis tombée gravement malade. Des mois durant, Édouard et les médecins se sont perdus en conjectures sur les causes de ma maladie. Je savais, moi, ce dont je souffrais : j'étouffais sous le poids de ce terrible secret que j'étais condamnée à porter seule jusqu'à la fin de mes jours, sans pouvoir m'en décharger sur quiconque. A ce fardeau s'ajoutait mon angoisse au sujet d'Ariel. Elle avait vingt-deux ans, elle était belle, intelligente, tout le monde lui prédisait une brillante carrière médicale. Je savais que, par miracle, elle ne souffrait d'aucun défaut génétique dû à la consanguinité, mais cela ne m'empêchait pas de rester rongée par l'inquiétude.

» C'est Édouard qui m'aida à émerger enfin de ce gouffre. Il n'était plus jeune, certes, mais il restait plein d'ardeur et de vitalité. Il me consacra tant de son temps et de ses forces, il me prodigua tant d'encouragements et surtout tant d'amour que je suis peu à peu sortie de mon état morbide. J'ai cessé de me culpabiliser et j'ai admis que, ne pouvant rien changer à ce qui s'était passé, je devais vivre avec. Et puis, j'ai repris le cours de ma vie parce que je suis battante de nature et que je ne m'avoue jamais vaincue.

» En 1985, une lettre postée de Chicago, portant comme nom d'expéditeur celui de S. Loring, me causa un bref moment de panique. Ce n'était pas Sam Loring mais sa fille Samantha qui m'écrivait pour m'annoncer la mort de son père. Parmi ses dernières volontés, disait-elle, il avait exprimé le désir que je sois remerciée pour mon " aide généreuse " qui lui avait permis de " franchir une mauvaise passe ". Ainsi, mon maître chanteur ne reviendrait plus me tourmenter.

» Lorsque mon cher Édouard mourut à son tour, en 1986, j'ai cru que ma vie prenait fin elle aussi. Nous avions été si proches l'un de l'autre pendant nos vingt ans de vie commune, il m'était devenu si cher, si indispensable, que je ne me sentais plus l'envie d'affronter seule les années solitaires qui s'étendaient devant moi. Une fois encore, je me suis ressaisie. Je me devais à mes enfants, Ariel et Charles, à ma belle-fille, Marguerite, et à Gérard, mon petit-fils.

» Le temps effaça peu à peu de ma mémoire les spectres du passé, avec le souvenir même de Joe Anthony. Jusqu'à ce jour de septembre dernier où ces spectres sont revenus tous ensemble m'assaillir. Ariel débarqua du Zaïre en compagnie du fiancé qu'elle voulait me présenter : Sebastian Locke.

» Comment ai-je réussi à encaisser ce choc, je ne le saurai jamais. J'avais l'esprit en déroute, les sens anesthésiés. Le pire, je crois, était de voir l'homme accompli qu'était devenu ce fils dont j'avais été si cruellement privée. Voilà l'histoire de ma vie, Vivianne, ai-je conclu avec un soupir de lassitude. Maintenant, vous savez tout.

— Votre récit m'a bouleversée, Audrey, dit-elle en me prenant la main. Le cœur me saigne quand je pense à ce que vous avez subi. Je ne sais si j'aurais pu le supporter.

— La vie est dure pour beaucoup de gens, Vivianne. Bien peu, hélas! ont la force de surmonter leurs épreuves.

Le silence retomba.

— Vous avez tout révélé à Sebastian? dit-elle enfin, d'une voix si basse que je l'entendis à peine.

— Oui. Que pouvais-je faire d'autre?

— Et c'est pour cela qu'il s'est tué, n'est-ce pas?

— Oui, Vivianne, je le crains.

— Vous lui avez donc parlé après que nous avons déjeuné ensemble le lundi?

— En effet. Je suis allée le voir le mercredi.

— A New York?

287

— Oui. A la fin de leur séjour à Paris, Ariel était repartie pour le Zaïre et Sebastien pour New York, où je l'ai suivi. Je lui ai téléphoné à la fondation en lui disant que j'étais de passage en ville et que je voulais le voir d'urgence. Il a aussitôt accepté, bien entendu. Pourquoi aurait-il refusé de rencontrer la mère de celle qu'il devait épouser — sa future belle-mère ?

— Où votre entretien a-t-il eu lieu ?

— Chez lui. J'étais plongée dans un désarroi que vous ne pouvez imaginer, mais j'ai réussi à me dominer et je suis allée droit au but. J'ai commencé par lui dire que j'avais été mariée à Cyrus Locke, qu'il était mon fils et que son père me l'avait enlevé à sa naissance. Puis je lui ai révélé que j'étais aussi Geneviève Brunot. Bien entendu, il a d'abord refusé de me croire, mais j'avais en main de quoi prouver mes dires : son acte de naissance, le mien, mon certificat de mariage, l'acte de naissance d'Ariel, ainsi que la photographie de Joe Anthony et de Geneviève Brunot à La Chunga, en juillet 1960. Malgré tout, il n'arrivait pas encore à admettre que la vieille dame venue lui raconter cette effroyable histoire n'était autre que la jeune et jolie Geneviève rencontrée à Cannes. Mais après que je lui eus expliqué que j'avais menti de dix ans sur mon âge, cité certains détails, que nous seuls pouvions connaître, des quatre jours passés ensemble et montré quelques photographies de moi prises à la même époque, il fut bien obligé de se rendre à l'évidence.

» Il voulut alors savoir comment j'avais reconstitué tout cela. Je lui ai rapporté le chantage de Sam Loring, qui m'avait révélé la véritable identité de Joe Anthony. Puis, sans pouvoir me retenir, je lui ai révélé une partie de ce que je vous ai dit aujourd'hui, Vivianne, la manière dont Cyrus Locke abusait de moi... J'ai conscience d'avoir détruit Sebastian, ai-je ajouté après avoir marqué une pause, mais je n'avais pas le choix. Si je voulais empêcher le drame de se produire, si je voulais le convaincre qu'il ne devait jamais plus revoir Ariel, il fallait qu'il sache tout.

Vivianne me dévisageait, atterrée.

— C'est donc à la suite de vos révélations que Sebastian s'est suicidé... Mais sa mort était inutile! Il aurait pu se contenter de rompre ses fiançailles sans même expliquer ses raisons à Ariel.

— Oui, Vivianne, c'est vrai. Tout ce qui comptait pour moi, ce jour-là, c'était d'empêcher leur mariage. Je n'avais pas un instant imaginé qu'il attenterait à ses jours. J'aurais dû, pourtant, surtout quand il m'a dit : « Comment pourrais-je vivre sans elle? Elle est la seule personne au monde que j'aie jamais vraiment aimée ». Il pleurait en le disant, j'ai pleuré en l'entendant.

Le silence retomba. Hors d'état l'une et l'autre de proférer un mot, nous pleurions en nous tenant les mains. La première, Vivianne reprit ses esprits.

— Vous m'avez dit tout à l'heure que personne ne savait rien de tout cela. Pourquoi me l'avoir révélé, à moi?

— Parce que vous aviez désespérément besoin de comprendre pourquoi Sebastian s'est tué. Je me suis rendu compte que si je ne vous disais pas tout, ce mystère vous hanterait jusqu'à la fin de vos jours.

— Merci, Audrey. Merci de cette marque de confiance.

— Vous savez, ma chère enfant, je n'ai jamais compris pourquoi ces événements sont survenus dans ma vie. Est-ce le hasard ou le destin qui a voulu que je rencontre Joe Anthony à Cannes? je l'ignore, et, j'ai beau m'interroger, je ne crois pas que quiconque soit en mesure de répondre.

— Quelle absurde tragédie... Je l'aimais tant. Je l'ai toujours tant aimé...

— Je sais, Vivianne. Et c'est peut-être la raison essentielle pour laquelle il fallait que vous sachiez la vérité. Car seule la vérité est capable de nous délivrer.

Cinquième partie

VIVIANNE

L'Honneur

36

Quand Hubert me fit entrer dans le vestibule, la maison me parut plus silencieuse que d'habitude.

— Comment va Madame, aujourd'hui ? lui ai-je demandé en m'engageant dans le grand escalier.

— Madame la comtesse est une personne exceptionnelle. Une fois encore, elle a réussi à surmonter ses douleurs. Je sais qu'elle se réjouit de votre visite, madame.

— Je suis moi aussi heureuse de la revoir, Hubert.

Il me précéda dans le couloir, ouvrit la porte de la chambre et se retira après m'avoir annoncée. Je m'étonnais de trouver le lit vide lorsque j'entendis Audrey :

— Je suis là, Vivianne. Près de la cheminée.

Sa voix sonnait plus fort et plus ferme que je ne m'y étais attendue. Ce matin, au téléphone, elle m'avait paru si affaiblie que je m'en étais beaucoup inquiétée.

Hubert a raison, pensai-je en traversant la pièce, Audrey est une femme exceptionnelle. Dès notre première rencontre j'avais été frappée par sa beauté ; elle m'éblouit quand je la revis ce jour-là. Coiffée et maquillée à la perfection, elle portait une robe d'intérieur en soie bleue et des boucles d'oreilles en saphir, de la couleur de ses yeux. Au cours de nos longs entretiens, j'avais eu par moments la déconcertante impression de la connaître depuis toujours.

Je savais maintenant pourquoi : elle me rappelait Sebastian, son fils. C'est d'elle qu'il tenait ses yeux d'un bleu profond, sa bouche à la fois sensuelle et tendre.

— Je suis si contente que vous soyez de retour à Paris, Vivianne, me dit-elle. J'avais hâte de vous revoir. Merci d'avoir si vite répondu à mon appel.

— Je comptais de toute façon venir aujourd'hui, ai-je répondu en l'embrassant. J'allais vous appeler pour m'inviter à prendre le thé quand vous avez téléphoné à mon hôtel.

— Parce que je tiens beaucoup à vous, ma chère petite.

— Moi aussi, Audrey. Je vous ai apporté quelques livres, ai-je ajouté en déposant un sac près de son fauteuil avant de m'asseoir en face d'elle. J'espère qu'ils vous plairont.

— J'en suis sûre ; vous connaissez mes goûts mieux que moi ! Je vous ai demandé de venir, poursuivit-elle, parce que j'ai quelque chose pour vous. Tenez.

Tout en parlant, elle prit un petit paquet posé sur le guéridon, près d'elle, et me le tendit.

— Voyons, Audrey, vous n'avez pas de cadeaux à me faire ! ai-je protesté.

— Je sais, je sais. Ouvrez-le plutôt.

Le paquet de papier doré, noué par un ruban, contenait un petit écrin d'aspect ancien. Quand je l'ouvris, un cri de surprise et d'admiration m'échappa en découvrant une broche en or en forme de cœur constellée de brillants. Un diamant plus gros scintillait au centre.

— Ce bijou est splendide, Audrey, mais je ne peux pas accepter, il est beaucoup trop précieux !

— Et moi, je tiens à ce que vous l'ayez. Harry Robson m'en avait fait cadeau au moment de notre mariage, en 1944, et il m'a toujours beaucoup plu. On peut le porter en broche ou en pendentif. Vous verrez, il y a un petit œillet derrière pour y passer une chaîne.

— Mais... vous devriez plutôt le donner à Ariel ou à votre belle-fille !

— Voyons, Vivianne, vous êtes ma belle-fille! Vous l'avez été, du moins, en épousant Sebastian.

Je ne pus que la dévisager, bouche bée. Elle avait raison, bien entendu. Comment avais-je pu l'oublier?

— Mais ce n'est pas la raison pour laquelle je vous l'offre, reprit-elle. Je voudrais simplement que vous gardiez un petit souvenir de moi...

— Oh, Audrey! l'ai-je interrompue. Je n'ai pas besoin d'un objet pour me souvenir de vous.

— Prenez cette broche, Vivianne, vous me ferez plaisir. Je serai heureuse de me dire qu'à chaque fois que vous la porterez, vous aurez une petite pensée pour la vieille dame qui s'était prise d'affection pour vous.

— Vous parlez comme si nous n'allions plus nous revoir, Audrey! ai-je protesté. Je compte pourtant bien revenir ici très souvent. A chacun de mes passages à Paris.

— Je l'espère aussi, mais soyons réalistes, ma chère enfant. Je suis vieille et malade, je ne resterai pas éternellement sur terre. Allons, pas d'attendrissement! Prenez cette broche, Vivianne. Pour moi.

— D'accord, ai-je dit en me levant pour l'embrasser. Mais rappelez-vous de votre côté que je n'ai besoin de rien pour ne jamais vous oublier.

J'épinglai la broche sur le revers de mon tailleur.

— Elle vous va à ravir, dit-elle avec un regard approbateur. Et maintenant, avant de vous rasseoir, apportez-moi ce coffret sur mon secrétaire, voulez-vous?

Tandis qu'elle triait le contenu du coffret, je ne pouvais m'empêcher de l'observer avec admiration. Le terme de femme exceptionnelle n'était pas encore assez fort pour la décrire. Il y avait de l'héroïsme en elle. Avoir subi et surmonté tant d'épreuves défiait l'imagination – sans parler du courage avec lequel elle acceptait sa mort prochaine.

— Vivianne, voici l'acte de naissance de Sebastian, dit-elle en me tendant le document. Brûlez-le, voulez-vous? Vous pouvez le lire auparavant, si vous le désirez.

Un rapide coup d'œil confirma tout ce qu'elle m'avait dit. Cyrus Lyon Locke, Mary Ellen Rafferty, Reddington Farm, comté de Somerset, New Jersey. Et la date de naissance de Sebastian, le 3 juin 1938. Combien de fois avions-nous célébré son anniversaire...

— Brûlez-le, Vivianne, dit-elle en me voyant hésiter.

— Tout de suite, Audrey.

Agenouillée devant la cheminée, je livrai le morceau de papier aux flammes.

— Celui-ci, maintenant : mon certificat de mariage.

En prenant le document qui attestait l'union de Cyrus Locke et de Mary Ellen Rafferty, une bouffée de colère me monta à la tête. C'était lui, Cyrus, le seul responsable du drame dont nous étions tous victimes. De rage, je déchirai le papier en deux avant de le jeter au feu.

— Voici la photographie prise à La Chunga en 1960, poursuivit-elle. Faites-lui suivre le même chemin.

Je ne pus résister au désir de la regarder. Je n'avais jamais vu le Sebastian qui souriait sur le papier glacé et, pourtant, je le reconnus aussitôt. Mais quelle différence entre ce jeune homme à peine sorti de l'adolescence et l'homme dans la force de l'âge que j'avais connu ! Quant à l'Audrey qu'il serrait dans ses bras, je ne connaissais pas de mots pour rendre justice à sa beauté, à sa séduction. Pas étonnant que les hommes l'aient trouvée irrésistible...

Avec un petit pincement au cœur, j'ai déposé la photo sur les braises et l'ai regardée se consumer avant de me tourner vers Audrey.

— Je sais, Vivianne, me dit-elle, vous auriez aimé la garder, et j'ai failli vous dire de le faire. Mais il vaut mieux tout détruire, ne croyez-vous pas ? Non que je manque de confiance en vous...

— Vous avez raison, Audrey, l'ai-je interrompue. Il vaut mieux effacer les traces de ce passé.

Avec un soupir, elle baissa les yeux vers le coffret et en poursuivit l'inventaire.

— Voyons, que reste-t-il ? Mon certificat de mariage avec Harry Robson. Inutile de le détruire... Ah, oui ! Mon acte de naissance. Brûlez-le, s'il vous plaît.

— En êtes-vous sûre ? Il n'y a pas vraiment de raison.

Elle réfléchit un instant avant de répondre.

— Si, Vivianne. Ariel et Charles savent que j'étais actrice sous le nom d'Audrey Lysle, et qu'avant d'épouser Édouard j'étais veuve de Harry Robson, qu'ils croient mon premier mari. Ils n'ont donc jamais entendu parler de Mary Ellen Rafferty et je préfère éliminer tout ce qui pourrait me rattacher à la famille Locke. Jetez-le au feu.

Je lui obéis et me remis debout.

— Il était plus sage de se débarrasser de ces preuves, Vivianne, reprit-elle. Je ne voudrais à aucun prix qu'Ariel et Charles les découvrent plus tard. Et puis, je me félicite de vous avoir tout dévoilé. Je crois que cette confession vous décharge d'un fardeau comme elle m'en a moi-même libérée.

D'instinct, je me suis agenouillée près de son fauteuil.

— Je me montrerai digne de votre confiance, Audrey. Je vous donne ma parole de ne répéter à personne au monde un seul mot de ce que vous m'avez dit.

— Je sais, ma chère enfant, dit-elle en m'embrassant sur le front. Je vous connais. Vous êtes comme Ariel, trop loyale de nature pour commettre la plus légère malhonnêteté. D'ailleurs, je puis vous le dire maintenant, vous êtes pour moi comme une fille, Vivianne. Je vous aime autant...

Son sourire s'effaça soudain et je vis des larmes sourdre sous ses paupières.

— C'est comme si je lui avais plongé de mes mains un couteau en plein cœur, dit-elle d'une voix étranglée par l'émotion. Je suis entièrement responsable de la mort de Sebastian, Vivianne. Je le sais, et depuis plus de sept mois, je vis le pire des cauchemars qui m'aient jamais hantée. De toutes mes épreuves, de toutes mes souffrances, celle-ci est la plus insoutenable.

— Non, Audrey, non! De grâce, cessez de vous torturer. Vous n'êtes coupable de rien. Vous *deviez* agir comme vous l'avez fait. Vous n'aviez pas le droit de laisser Sebastian épouser Ariel; c'eût été monstrueux.

Elle garda le silence un instant, chercha un mouchoir dans sa poche, s'essuya les yeux.

— Il n'empêche, dit-elle enfin; sa mort a jeté sur mon cœur une ombre qui ne se dissipera jamais.

Mes efforts pour la consoler finirent par porter leurs fruits. Lorsque Hubert vint nous servir le thé, Audrey était rassérénée — du moins le paraissait-elle.

— Voyez-vous, très chère Vivianne, me dit-elle au bout d'un long silence, l'amour est la seule chose qui compte, la seule qui ait une signification dans ce monde absurde et impitoyable où nous vivons. Croyez-en l'expérience d'une vieille femme qui a tout vu et tout essayé, ou presque, au cours de sa vie. Dans le mariage, n'acceptez aucun compromis, aucune solution de facilité. Vous vous remarierez, Vivianne, j'en suis convaincue, et ce sera par amour. Mais vous devrez être très sûre de vous-même et de vos sentiments.

— Je le serai, Audrey.

— Je n'en doute pas un instant, ma chère enfant. J'ai confiance en vous, dans votre bon sens, votre générosité. Vous avez toute votre vie devant vous. Vivez-la pleinement, et soyez heureuse comme vous le méritez.

37

Il était tard quand je pris congé d'Audrey; aussi me suis-je rendue directement au restaurant où j'avais rendez-vous avec Jack pour dîner. Dans le taxi qui m'y conduisait, je me suis demandé si je devais enlever le cœur d'or et de diamants épinglé au revers de mon tailleur noir, mais il était si beau que j'ai décidé de l'y laisser.

Jack était déjà là quand je suis arrivée.

— Plus resplendissante que jamais, ma douce, dit-il en m'embrassant sur les deux joues. Quel chic!

— Toi aussi, mon chou, tu as une mine superbe.

— Flatteuse, va! Sérieusement, Viv, je suis content de te voir. Dis donc, qui t'a donné cette broche?

— Oh, ça? ai-je répondu évasivement. Je l'avais depuis des années, je l'ai retrouvée dans un tiroir.

— C'est du style Sebastian, en effet. Buvons quelque chose. Qu'est-ce qui te ferait plaisir?

— Champagne, si cela te convient.

— Bonne idée, j'essaie de boire moins en ce moment. Alors, reprit-il après avoir commandé une bouteille de veuve-clicquot, as-tu réussi à lui mettre la main dessus?

— Sur qui? ai-je demandé de mon air le plus innocent.

Je savais pourtant de qui il parlait.

— La mystérieuse inconnue dans la vie de Sebastian, voyons! Ariel de Genillé.

— Non. Et je n'ai pas l'intention d'insister.

— Pourquoi donc? Tu étais remontée à bloc, tu tenais absolument à la faire parler.

— Eh bien, j'ai parlé à sa mère, cela revient au même. Je perdrais mon temps en allant en Afrique.

— Pour un changement de cap, c'en est un! As-tu au moins appris des choses intéressantes?

— Non, aucune. Ariel était en Afrique au moment de la mort de Sebastian. A l'évidence, elle ne peut m'éclairer en rien. De fait, elle en sait encore moins que toi et moi sur la question.

— Est-elle vraiment médecin?

— Oui, Jack. Elle dirige, m'a dit sa mère, un programme de recherche sur des virus tels que l'Ebola.

— C'est dangereux, dis donc!

— Oui, très.

L'arrivée du serveur avec la bouteille de champagne interrompit un instant les questions de Jack.

— Dis-moi, était-elle réellement fiancée à Sebastian? voulut-il savoir avec une évidente curiosité.

— Oui, bien sûr. Ils comptaient se marier au printemps, comme Sebastian me l'avait confié. Mais je ne peux rien te dire de plus, Jack, sauf que tu avais raison depuis le début. Nous ne saurons jamais pourquoi Sebastian s'est tué. Le mystère reste entier.

— Tu n'as donc plus l'intention de l'interviewer?

— Non, ce serait inutile, je te le répète. A ta santé, ai-je enchaîné en levant mon verre.

— A la tienne. Et ton article? Bientôt fini?

— Pas tout à fait, mais presque. Je compte rentrer demain à Lourmarin pour y mettre la dernière main.

— J'espérais que tu resterais me tenir compagnie quelques jours, bougonna-t-il. Je suis coincé à Paris jusqu'à la fin de la semaine à cause de la foire aux vins.

— Désolé, mon vieux Jack, mais il faut vraiment que je rentre. J'ai du travail en retard et j'ai grand besoin d'être tranquille au Vieux Moulin. Seule.

— Tu iras dans le Connecticut en août, comme d'habitude?

— Oui. Pourquoi?

— Je serai peut-être à Laurel Creek à ce moment-là.

— Pas possible? Toi, délaisser ton cher Coste?

— Rassure-toi, je n'ai pas l'intention de rester là-bas plus de quinze jours, répondit-il en riant.

— Ah bon! Je croyais qu'on t'avait changé.

J'observais Jack tout en parlant. Comme je le lui avais dit en arrivant, il avait une mine superbe. Il était plus soigné que d'habitude et paraissait d'humeur joyeuse, presque folâtre — ce qui, de sa part, était exceptionnel.

— Je voudrais te demander quelque chose, Jack.

— Vas-y, je t'écoute.

— Regarde-moi dans les yeux et dis-moi que tu n'aimes plus Catherine Smythe.

— Et voilà que tu gâches ma soirée alors qu'elle n'a même pas commencé!

— Réponds, Jack! L'aimes-tu encore, oui ou non? C'est à moi que tu parles, Viv, ta vieille copine à qui tu ne feras pas prendre des vessies pour des lanternes. Alors?

— Mmm... oui, mais...

— Pas de mais, Jack! Réponds-moi franchement.

— Qui t'a donné cette belle broche? Je suis sûr de ne l'avoir jamais vue.

— Ne change pas de sujet, ça ne prend pas.

— Bon, d'accord, je l'aime. Et après?

— J'ai rencontré Catherine, il y a deux jours, quand je suis allée à Londres voir mon éditeur.

— Ah, tu l'as vue? Comment va-t-elle?

— Je l'ai trouvée plus en beauté que jamais, radieuse, même. La grossesse réussit à certaines femmes, elle en

301

donne le meilleur exemple. Elle a un moral d'acier, elle nage dans le bonheur en pensant au bébé, elle travaille d'arrache-pied à son livre sur Foulques Nerra et s'apprête à déménager.

— Quand cela?

— Elle n'a pas encore trouvé, mais elle espère bien pouvoir s'installer dans un appartement plus spacieux avant son accouchement.

J'attendis un commentaire ou une question, mais Jack se contenta de vider son verre sans mot dire.

— Catherine t'aime toujours, Jack, ai-je insisté.

— A d'autres, grommela-t-il.

— Si, Jack. Je t'assure que c'est vrai. Je sais aussi qu'elle ne demanderait pas mieux que de vivre avec toi, avec ou sans mariage. Tu la connais, elle est trop indépendante pour se soucier de ce genre de formalités.

— Si elle m'aime autant que tu le dis, pourquoi m'a-t-elle trahi?

— Trahi? Que veux-tu dire?

— Je veux dire qu'elle savait pertinemment que je ne voulais pas entendre parler d'enfant!

— Elle ne l'a pas fait exprès, Jack, elle me l'a répété. Laisse-moi te poser une question, par simple curiosité. Pourquoi détestes-tu les enfants à ce point?

— Je ne les déteste pas. Je ne veux pas en avoir à moi, c'est tout.

— Selon ce que m'a dit Catherine, tu te crois incapable d'aimer les enfants parce que tu es persuadé que Sebastian ne t'aimait pas.

— Ah, oui! Si mes souvenirs sont bons, c'est la profonde analyse qu'elle m'a servie en partant, répliqua-t-il avec un ricanement sarcastique. Elle est complètement idiote! Je suis parfaitement capable d'aimer des enfants, mais...

Me doutant de ce qui allait suivre, je me suis hâtée de lui couper la parole:

– Alors, qu'attends-tu ? Saute dans le premier avion pour Londres et ramène Catherine en France. Vous pourriez vivre si heureux ensemble, mon chou...

– Pas question, Viv ! Je vis beaucoup plus heureux tout seul, crois-moi.

– Je ne te crois pas, Jack. Parce que Catherine m'a dit autre chose. D'après certaines des confidences que tu lui as faites sur Sebastian, elle pense qu'il souffrait d'un trouble psychologique connu sous le nom de dissociation.

– Oui, je sais, elle m'a aussi cassé les oreilles avec ce fatras pseudo-psychologique.

– Ce n'est pas du fatras, Jack. J'en ai discuté avec un psychologue que je connais et je crois qu'elle a raison. Sebastian était probablement atteint de ce syndrome.

– Avec toi, on va de surprise en surprise !

– Pas du tout. J'ai beaucoup pensé à lui depuis que je travaille sur mon article et j'arrive à le considérer sous un jour différent, voilà tout.

– Alors, raconte. Je suis tout ouïe.

– J'ai pris conscience que Sebastian avait en effet un problème. Il ne pouvait pas nous aimer comme il aurait fallu parce qu'il lui manquait un pan entier de ses facultés émotionnelles. Quand je dis *nous*, je veux parler de toi, de moi, de Luciana, de ma mère, sans doute aussi de toutes ses femmes. Il n'a jamais connu d'amour maternel, vois-tu. Pendant les premières années de son enfance, les plus cruciales dans le développement de la personnalité, il n'a jamais eu de lien réel avec quiconque. Et malgré tout, Jack, il était profondément *humain*, si tu vois ce que je veux dire. Il a toujours porté secours à ceux qui avaient besoin d'aide. Son problème venait de ce qu'il aimait les masses parce qu'elles restaient abstraites et qu'il n'était pas obligé de traiter avec des individus. En distribuant l'argent à pleines mains et en sillonnant le monde pour s'assurer que ses subsides étaient bien utilisés, il se donnait à lui-même *l'impression* d'être l'homme de cœur qu'il aurait voulu être.

Constatant que Jack m'écoutait avec attention, j'ai poursuivi ma démonstration :

— Sebastian était tellement conscient de cette lacune en lui qu'il s'imposait d'énormes efforts pour nous prouver qu'il pensait à nous et voulait faire notre bonheur. Prends ton propre cas, par exemple : il t'a donné le château parce qu'il savait que tu l'aimais, pas du tout pour économiser des droits de succession comme tu l'as souvent insinué. Il t'a encouragé à travailler avec Olivier, à apprendre la viticulture et l'œnologie. Il espérait que tu dirigerais l'entreprise et la fondation, mais sans jamais t'interdire de le faire de loin, comme il l'a longtemps fait lui-même. Il ne t'a jamais non plus imposé de renoncer à Coste et à tes vignes. Quand tu étais petit, il s'occupait de toi dès qu'il avait une minute de liberté, il te poussait à devenir ce que tu es aujourd'hui...

Bouche bée d'effarement, Jack me coupa la parole :

— Tu perds la tête ou quoi, Viv ? Il ne m'a jamais consacré une minute ! Il passait sa vie à voyager, il me collait Luciana et toi sur les bras.

— Allons, Jack ! Ne joue pas les sales gamins, je t'en prie, me suis-je exclamée en pouffant de rire. Tu oublies que c'est *moi* qui me retrouvais avec Luciana et toi sur les bras... Ecoute, ai-je poursuivi en lui prenant la main, Sebastian a fait de son mieux pour ta sœur et toi. Je te le dis parce que je le voyais de mes propres yeux ! Sebastian a passé avec toi tout le temps qu'il pouvait. Il t'a appris à monter à cheval, à jouer au tennis, à nager, que sais-je encore ? Tu te butes sur ces aspects de ton enfance parce que tu hais Sebastian pour une raison que je ne me suis jamais expliquée. Je n'arrive pas non plus à comprendre pourquoi tu ne lui accordes pas au moins le bénéfice du doute.

— Quand tu dis que tu le vois sous un jour différent, Viv, tu prends tes désirs pour la réalité. En tout cas, tu l'as toujours vu sous un autre angle que moi.

– C'est vrai jusqu'à un certain point. Il est non moins vrai que je le vois maintenant de manière plus... réaliste. Je l'ai toujours idolâtré, idéalisé, si tu préfères. Soit. Mais ce stade est bel et bien dépassé. Je me rends compte qu'il n'était pas doté de toutes les perfections que je lui prêtais. Les trois quarts du temps, il était invivable, tourmenté, morose. Mais cette tristesse plongeait ses racines dans son effroyable enfance. Rends-toi compte ! Avoir été élevé par Cyrus et une mégère en guise de nurse pour subir ensuite une marâtre comme Hildegarde, il y a de quoi ruiner la vie d'un enfant ! Quand j'y pense, ça me fait mal, je te le jure. Compte tenu d'un handicap aussi sévère, il s'en est bien sorti, à mon avis.

Jack garda le silence un long moment, comme pour mieux assimiler ce que je venais de lui dire.

– Tu sembles avoir bien démonté sa psychologie, dit-il enfin. Selon toi, il souffrait donc de dissociation ?

– Franchement, oui, Jack.

– S'il était incapable d'aimer au niveau individuel, admettrais-tu enfin qu'il ne t'aimait pas ?

– En effet. Il ne m'aimait pas de la manière dont toi et moi, par exemple, définissons l'amour. Oh ! bien sûr, il me disait souvent qu'il m'aimait, mais ce n'étaient que des mots. Il était généreux, il faisait tout pour satisfaire mes caprices, je sais. Il aimait aussi faire l'amour avec moi. Beaucoup et souvent. Mais la générosité et la sensualité ne sont pas l'amour, l'amour vrai.

– Tu brûles ce que tu as adoré ? Quel coup de théâtre !

– Non, Jack. L'éclairage sous lequel je le vois s'est modifié, voilà tout. Et cela ne signifie pas que j'aime Sebastian moins qu'avant. Mon regard a changé, les sentiments que je lui porte sont toujours identiques.

– Je vois...

– Fais un effort, Jack, essaie au moins de le considérer autrement que tu l'as toujours fait. Tu te sentiras mieux, crois-moi. Sebastian a été pour toi un bon père, tu n'as aucune raison de le haïr.

Il ne répondit pas mais j'eus la nette impression qu'il m'avait comprise et me respectait davantage pour la franchise dont je faisais preuve.

— Il m'a quand même toujours pris ce que je voulais, dit-il tout à coup.

— Quoi donc? ai-je demandé, étonnée.

— Ma Reine, pour commencer. Antoinette, ta mère. J'étais éperdument amoureux d'elle.

Sa réponse me stupéfia au point que je n'eus pas même envie de rire.

— Mais, Jack... ma mère était une mère pour toi! Tu n'étais qu'un enfant, elle était une femme. Elle adorait Sebastian. Comment, au nom du ciel, as-tu pu te mettre en tête une idée aussi saugrenue?

— Je ne sais pas... J'ai toujours eu le sentiment que je devais lutter pour mériter l'attention et l'affection d'Antoinette — les tiennes aussi, d'ailleurs. Votre mariage m'a rendu malade. Toi aussi, il t'avait volée à moi.

— Oh, Jack, c'est trop triste et trop bête... Comment aurais-je pu deviner que tu nourrissais de tels sentiments de rancune, de frustration? Sebastian n'était pas en concurrence avec toi, voyons! Tu n'étais qu'un petit garçon, lui un homme. Et en plus, un homme qui attirait les femmes sans même le faire exprès. Il n'y a aucune commune mesure!

Jack poussa un profond soupir.

— Bien sûr, c'est moi qui m'étais mis en tête l'idée idiote de le concurrencer. C'est ce que tu essaies de me dire, n'est-ce pas?

— Oui, Jack. Ecoute, ai-je poursuivi, ne revenons pas sur le passé. Je voudrais que tu fasses quelque chose pour moi. Pour toi aussi. Quelque chose de très important.

— Je t'écoute.

– Pars pour Londres demain matin à la première heure. Ne cherche pas encore de faux-fuyants, d'accord? Ramène Catherine à Aix-en-Provence et épouse-la sans perdre un jour de plus, afin que le bébé qui naîtra soit un enfant légitime.

– Pourquoi me le demandes-tu?

– Parce que je tiens à ce que tu redémarres ta vie du bon pied. Parce que je tiens à ce que la famille ne s'éteigne pas de manière aussi triste. Le bébé que Catherine porte en elle représente l'avenir, Jack. Catherine est elle-même ton avenir. Tu ne rencontreras jamais d'autre femme aussi bien faite pour toi ni qui t'aimera autant...

Jack ne répondit pas, mais je sentis cette fois que mes paroles avaient fait mouche.

– C'est bizarre, ai-je repris en souriant. Je viens de me rendre compte que Catherine t'aime exactement comme j'aimais Sebastian.

Les coudes sur la table, le menton dans les mains, Jack me dévisageait. Quand il posa sur moi le regard de ses yeux bleus en haussant un sourcil interrogateur, je ne pus m'empêcher d'être frappée par sa ressemblance avec son père.

– Et de quelle manière, au juste? demanda-t-il.

– Comme il faut qu'on aime : de tout son cœur et de toute son âme.

38

Ainsi que je m'y attendais, la sérénité du Vieux Moulin m'avait apaisée. J'aimais retrouver le silence de ma vieille maison et redécouvrir la beauté de mes jardins sous le ciel de Provence. Depuis quinze jours, grâce à eux, le tumulte de mes pensées s'était tu, le chaos de mon esprit avait fait place à un nouvel ordre.

J'avais changé. Jamais le monde ni moi-même ne m'apparaîtraient plus comme avant. J'y voyais enfin clair.

Cette métamorphose intérieure résultait d'une série d'événements extérieurs à moi, sur lesquels je n'avais eu aucune prise : le suicide de Sebastian, la confession d'Audrey, les intuitions pénétrantes de Catherine, ma réévaluation de tous ceux que je croyais connaître mais dont, en réalité, j'ignorais tout – sans parler du nouveau regard que je portais désormais sur moi-même.

Jack et moi étions plus proches, plus confiants que nous ne l'avions jamais été, peut-être à cause de la franchise avec laquelle je lui avais exposé ma nouvelle vision de Sebastian. J'avais ainsi aidé Jack, je crois, à considérer l'avenir avec plus de clairvoyance. Sa haine irraisonnée de son père s'était évanouie ; il avait maîtrisé ses angoisses ; il était enfin en paix avec lui-même.

Jack avait écouté mon conseil. Il était parti pour Londres

le lendemain de notre dîner et avait ramené Catherine à Coste. A nous deux, nous avions ensuite réussi à la persuader de renier ses principes et de consentir à l'épouser. Leur mariage a été célébré hier, dans l'intimité. A part moi, seuls y assistaient Olivier Marchand, sa femme et quelques vieux employés du domaine qui connaissent Jack depuis son enfance. Luciana n'a pas pu venir de New York mais elle a téléphoné à Jack juste avant la cérémonie pour lui présenter ses vœux de bonheur et ses félicitations. Elle a même échangé quelques mots avec Catherine!

Un lunch servi au jardin a réuni notre petit groupe. C'était une belle journée de mai, douce et parfumée par les lilas en fleur. Dans un tailleur rose pâle qui mettait en valeur ses cheveux roux, Catherine était radieuse. Quant à Jack, en complet bleu marine, chemise blanche et cravate de soie gris perle, je ne l'avais jamais vu aussi élégant de sa vie, et sa ressemblance avec Sebastian était plus frappante que jamais. J'étais au comble de la joie car j'étais sûre que ces deux-là seraient longtemps heureux ensemble.

Le jour baissait. Je me suis levée de mon bureau pour aller sur la terrasse. Le ciel changeait de couleur de seconde en seconde, passant du vermillon à l'orange et à l'or, du violet à l'améthyste, du lilas au rose tyrien. Depuis de longues années, je n'avais pas été témoin d'un plus somptueux coucher de soleil.

La sonnerie stridente du téléphone m'arracha tout à coup à ma contemplation et me fit rentrer dans la bibliothèque. Je reconnus aussitôt la voix de mon correspondant.

— Madame Trent?

— Elle-même, Hubert.

— Bonsoir, madame...

Il s'interrompit. Au tremblement de sa voix, j'avais déjà compris ce qu'il allait m'annoncer.

— Madame la comtesse a rendu le dernier soupir il y a quelques instants, madame. Elle savait depuis cette après-

309

midi que la fin était proche et elle m'avait demandé de vous appeler sans tarder. Dieu merci, elle a eu une fin paisible.

— Son fils était-il près d'elle, Hubert ?

— Oui, madame. Monsieur le comte était à son chevet avec madame la comtesse et monsieur Gérard. Mademoiselle Ariel est là, elle aussi. Monsieur avait pris sur lui la semaine dernière de faire revenir Mademoiselle d'Afrique.

— Il a bien fait. Je suis heureuse de savoir que ma chère vieille amie était entourée de ses enfants. Merci de m'avoir appelée. Bonsoir, Hubert.

— Bonsoir, madame.

En essuyant d'une main mes joues ruisselantes de larmes, je suis de nouveau sortie. Le ciel s'assombrissait. Un instant plus tard, j'ai descendu les marches menant au jardin que Sebastian et moi avions dessiné et planté bien des années auparavant. Il était plus beau que jamais ce soir-là. Le printemps était en avance, les fleurs étaient écloses, l'air embaumait. Au bout d'une allée, je voulus contempler les champs de lavande mais les larmes me brouillaient trop la vue pour que je puisse les distinguer clairement.

Le souvenir d'Audrey m'obsédait. Je savais qu'il me hanterait longtemps, jusqu'à mon dernier jour.

Je lui devais d'avoir appris que nul n'a le pouvoir de modifier le passé. Sebastian incarnait mon passé, un passé auquel une partie de moi-même resterait indissolublement liée. Je devais l'accepter avec tout ce que cela impliquait.

Grâce à elle, surtout, j'avais été capable d'exorciser le spectre de Sebastian. En moi, désormais, le passé et l'avenir étaient enfin réconciliés. Comme Jack, j'étais prête pour un nouveau départ. Je pouvais reprendre le cours de mon existence.

Seule, m'avait dit Audrey, la vérité libère. En me révélant la vérité, elle m'avait délivrée.

Elle m'avait redonné la vie.

DU MÊME AUTEUR

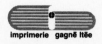

imprimerie gagné ltée